동화를 어떻게 쓸 것인가

동화를 어떻게 쓸 것인가

2011년 9월 16일 초판 1쇄 펴냄
2016년 12월 30일 초판 2쇄 펴냄

펴낸곳 (주)도서출판 **삼인**

지은이 이오덕
펴낸이 신길순

등록 1996.9.16. 제 10-1338호
주소 03716 서울시 서대문구 연희로 5길 82(연희동, 2층)
전화 (02) 322-1845
팩스 (02) 322-1846
전자우편 saminbooks@naver.com

표지디자인 (주)끄레어소시에이츠
인쇄 대정인쇄
제책 은정제책

ISBN 978-89-6436-036-1 03800

값 15,000원

동화를 어떻게 쓸 것인가

이오덕 지음

삼인

제5장 | 동요를 살리는 길_이원수 동요 세계를 훑어보면서

일러두기

1. 이 책 제4장 '다시 살려야 할 뛰어난 유년동화의 고전'의 글은 《삶, 사회 그리고 문학》 통권 제7호(1996. 여름)부터 제9호(1996. 겨울)까지 세 차례, 《너하고 안 놀아》(현덕, 창비, 1995)를 비평한 글을 모은 것입니다.

2. 나머지 장에 실린 글들은 이오덕 선생님이 책으로 묶어 내고자 모아 두신 것입니다. 언제 쓰신 것인지는 뚜렷이 알 수 없어 따로 밝혀 두지 않았습니다.

3. 맞춤법과 띄어쓰기는 지금 표기법에 맞게 고쳤고, 이오덕 선생님은 '우리 말', '우리 나라'는 띄어 써야 옳다고 하셨기에 그 뜻에 맞추었습니다.

제1장

동화를 어떻게 쓸 것인가

1. 어린이들에게 이야기를 들려주자

❧

어린이들은 이야기를 듣기를 좋아한다. 먼 옛날부터 어린이들은 어머니가 들려주는 이야기 속에서 자랐다. 그런데 요즘은 어린이들에게 이야기를 들려줄 사람이 없다. 어머니고 할머니고 아버지고 텔레비전을 들여다보면서 벙어리가 되었고, 어린이들은 어른들이 보는 텔레비전을 함께 보면서 시간을 보낸다.

가정에 바랄 수 없는 일을 학교에 바라지만, 초등학교에서는 1학년부터 글자 쓰기와 외우기, 시험 문제 풀이 따위로 정신이 없다. 학생들에게 동화를 들려주거나 읽어주는 선생님은 거의 없다. 어쩌다 동화 대회라는 행사를 벌이는데, 이것은 교사가 아이들에게 들려주는 것이 아니라 반대로 아이들에게 말하기를 시키는 것이다. 말하기 지도라는 이름으로 하는 이 동화대회는 껍데기만 남은 교육에 알맹이가 있는 것처럼 보이는 진짜 껍데기 교육의 표본 같은 것이다. 긴 원고를 외우고 별난 목소리의 높낮이며 손짓 몸짓을 하게 해서 연극을 하듯 노래를 하듯 하고 있는 아이들을 보면 이 나라의 어린이들이 너무 가엾다는 생각이 든다.

그래서 유치원, 유아원에 희망을 걸어 보는 것이다. 거짓 교육을 하지 않아도 되는 유치원, 유아원 선생님들은 행복하고 자랑스럽다. 어린아이들의 교육을 맡은 분들이야말로 우리 겨레의 어머니요, 우리 겨레의 교사 노릇을 할 수 있는 것이 아닐까?

2. 무슨 이야기를 들려줄까?

✤

어린이들에게 이야기를 들려주자고 하면 많은 선생님들이 다음과 같이 말한다.

"들려줄 만한 이야기가 없어요."

"재미있는 동화책이 있으면 소개해 줘요."

"유년동화라고 적힌 책을 몇 권 봤는데 도무지 어렵고 재미가 없어요."

정말이다. 많은 동화책들 속에서 재미있는 동화 한 편을 찾아내기가 힘들다. 더구나 나이 어린 아이들에게 주는 동화는 거의 없는 정도다. 아동문학을 한다는 나로서는 여간 미안한 일이 아니다. 이건 미안으로 그칠 수 없는 죄스러운 일이다. 동화작가가 100명도 넘는다는데, 이들은 모두 어떤 걸 쓰고 있는가? 가장 듣고 싶어 하는 어린이들에게는 등을 돌리고, 그런 조무래기들 상대로 글을 쓴 데야 무슨 작가 체면이 서는가 하는 태도로 "어른들도 읽을 수 있는 수준 높은 문학작품인 동화"란 걸 쓴다고 그 어른들조차 읽기 거북한 글을 쓰고 있다면 동화작가야말로 멸시받아야 한다. 간혹 "엄마와 함께 읽는 동화"라거나 "어른과 어린이가 함께 읽는 동화"란 설명이 붙은 작품이나 책을 볼 수 있는데 그런 작품의 대부분이 시시한 이야기가 아니면 어린이들이 이해할 수도 없는 글로 되어 있다. 필경 작품이나 책을 팔기 위한 수작으로 붙인

말이다.

그래 할 수 없이 어린이들의 교육을 진정으로 걱정하는 선생들에게 이런 의견을 말해 준다.

① 아무리 좋은 작품이 드물고 작가가 없다고 해도 그래도 간혹 읽히거나 들려줄 만한 작품이 나오기도 하니 선생들이 동화책을 많이 읽어서 쓸 만한 것을 찾아내는 수밖에 없다. 교사들이 협력해 재미있는 작품이나 동화책의 목록을 만들면 좋겠다.

② 어린이들은 창작동화보다 옛이야기를 좋아한다. 옛이야기에는 우리 겨레의 생활과 감정과 사상이 들어 있는 만큼 겨레 교육을 위해서도 꼭 들려주거나 읽을 수 있게 해야 한다.

③ 창작동화를 낭독해 줄 때는 쓰인 문장을 그대로 읽어 주어서는 대개 이해하기 곤란하고 재미없어 하니 내용이나 문장을 이따금 해설해 가면서 들려주어야 한다.

④ 이솝우화는 좋은 이야깃감이다. 그대로 들려주어도 좋지만 때와 자리와 듣는 이에 따라 적당히 각색하거나 이야기의 어떤 부분을 고쳐서 들려줄 수도 있다.

그런데 이렇게 하여도 여전히 불만스러움은 남는다. 그것은 원체 우리의 동화문학이 빈곤하기 때문이다. 우리의 옛날이야기는 어린이들이 좋아하지만, 그것은 워낙 오늘날의 창작동화가 재미가 없으니 할 수 없이 옛날이야기라도 읽고 싶어 하는 것이라 생각된다. 그리고 옛날이야기는 오늘날의 시대에 맞지 않는 내용이 많다. 그렇다고 해서 서양 사람들이 지은 이야기를 위주로 들려줄 수는 없다. 사정이 이러하기에 참된 교육정신을 가진 사람이라면 당연히 자기의 철학과 교육관을 바탕으로 한 생각을 이야기로 만들어 어린이에게 주고 싶어 할 것이다.

이래서 들려줄 이야기가 없다든지, 재미있는 동화가 없다고 말하는 분들에게 "그러면 선생님들이 한번 이야기를 지어내어 보시지요. 동화를 써 보셔요. 그것이 가장 바람직한 일입니다"고 말해 주고 싶은 것이다.

3. 동화를 써 보자

✤

　동화는 문학이다. 문학작품이라면 문학에 특별한 소질을 타고난 사람이거나, 적어도 높은 학교에서 전문으로 수련을 쌓은 사람이라야 쓸 수 있는 것이지, 어디 아무나 함부로 손댈 수 있는가? 정말 작가가 아닌 사람이 동화를 쓸 수 있을까? 학교 선생님이나 어머니들이나 또는 농사꾼들이 동화를 쓸 수 있을까? 나는 쓸 수 있다고 생각한다, 얼마든지!

　앞에서 말한 바와 같이 우리의 아동문학은 대체로 어린이의 것이 못 되고 있다. 이것은 많은 작가들이 아동문학을 개인의 오락처럼 여기고 있기 때문이고, 어린이나 사람을 위해 문학이 있다는 것을 문학의 불명예로 알기 때문이다. 어린이를 팔면서 사실은 어른들이 읽는 문학의 흉내나 내려고 애쓰는 까닭이다. 그리고 문단에 세력을 넓히려고 하는 문단 정치꾼들이 그릇된 문학관을 가지고 작가들을 함부로 마구 내어놓고 있는 것도 커다란 원인이 되고 있다.

　우리는 오늘날의 문단과 작가들에게 크게 기대할 수 없게 되었다. 차라리 문단 밖에서 문학이란 것을 모른다는 많은 교사와 부모들에게 기대하고 싶다. 어린이들과 함께 살아가면서 그 어린이들이 무엇을 느끼고 생각하며 어떻게 살고 있는가, 어린이의 문제가 무엇인가를 그 누구보다도 잘 알고 있어서 그들의 앞날을 걱정하고 행복을 간절히 바라는 교사와 부모들이야말로 어린이들에게 참된 꿈을 심어 줄 수 있는 이야기를 쓸 수 있을 것이라 믿어진다.

이제부터 동화를 쓰는 방법을 대강 말해 보겠다.

4. 동화란 무엇인가?

✣

먼저, 동화란 무엇인가를 생각해 본다. 동화라고 할 때보다 동화문학이라고 하면 좀 어렵게 느껴진다. 그러나 문학이란 걸 너무 어렵게 생각하지 말자. 문학은 특별한 부류의 사람들, 귀족스러운 사람들이나 쓰고 즐기고 하는 것이 아니다. 장사하는 아주머니나 농민이나 노동자나 사무원이나 누구든지 친근하게 대하고 즐길 수 있는 것이다. 그런 문학이라야 진짜 문학이다. 문학이란 말을 사전에서는 "언어로 사상과 감정을 표현하는 예술"이라 해 놓았지만, 이것도 쉽게 "생각과 느낌을 상상의 힘을 빌려서 쓰는 글"이라고 하면 그만이다. 그래서 동화문학이란 것을 좀 더 자세히 말하면, "자기 눈으로 세상을 보고 사람들이 살아가는 참모습을 어린이들이 읽을 수 있는 이야기로 쓰는 글"이다. 또는 "사람이 세상을 어떻게 살아가야 하는가를 어린이들이 알 수 있는 이야기로 쓰는 글"이다.

아동문학이 일반문학과 구별되는 점은 첫째로 어린이들이 흥미를 가질 수 있는 내용이어야 한다는 것이다. 어린이들이 읽는 문학이라 해서 소꿉놀이 이야기나 교과서의 교재, '명랑동화' 같은 것으로만 될 수 없다는 것은 누구나 알 것이다. 어린이들이 살고 있는 주변의 이야기는 물론이고 어른들이 살아가는 이야기, 정치·경제·문화의 모든 사회 현상에서 어린이들이 관심을 가지고 흥미가 끌리기만 한다면 아동문학의 글감이 안 될 것이 없다. 다만 어린이들의 나이에 따라서 사회와 인간에 대한 이해의 폭과 관심의 정도가 다르기는 하다. 그리고, 남녀의 성에 관한 이야기만은 어린이들의 관심을 벗어난 어른들의 것이 되기 쉬우니 아동문학의 내용으로 다루어지기 어렵다. 둘째로 아동문학은 어린이들이 이해할 수 있는 형식으로 써야 하는데, 쉬운 말과 쉬운 문장으로 쓰지 않으면 안 된다. 이 문제에 대해서는 뒤에 가서 다시 말하려고 한다.

흔히 아동문학을 동심의 문학이라고 한다. 이것은 잘못된 말이 아니다. 다만 이렇게 동심이란 것을 떠메고 다니는 사람들 거의 모두가 그 동심이란 것을 너무 쉽게 생각하는 것 같다. 세상의 괴로움, 인간사회의 거짓과 불의와 악을 모르고, 어린이들이 그러한 어른 사회 속에 살면서 불순하게 물들어가고 있는 사실을 모르고, 다만 즐겁게 놀고 유치하게 행동하는 것을 동심이라고 하여 그런 어린이들의 놀이 세계만을 그려 보이는 것을 아동문학이라고 보는 견해가 상당히 널리 퍼져 있다. 이것은 매우 그릇된 생각이다. 이런 무지한 인식 때문에 아동문학은 문학으로서 제구실을 하지 못한다. 그리고 일반문학에서 시나 소설을 쓰려니 힘이 들고, 그런 문학을 해낼 만한 정신의 바탕이 없으니 할 수 없이 쉬운 글로 어린애들 재롱부리는 모양이나 그려서 문인 행세나 하자고 아동문단에 들어온 사람이 상당한 수로 있을 것 같은 것도 이런 아동문학에 대한 천박한 인식 태도가 널리 퍼져 있기 때문이다. 쉬운 글로 쓴 동화는 수준이 낮고 어려운 글로 쓴 소설은 수준이 높은 문학이라면 문학에 대한 오해가 이보다 클 수 없다.

동심이란 낱말이 통속으로 쓰이는 경우라면 모르지만 적어도 그것이 아동문학의 알맹이로 이념으로 쓰여서 '동심의 문학'이라고 할 때 어찌 치졸한 소꿉놀이 세계가 되어 쓰겠는가.

그렇다면 정말 동심이란 무엇인가?

나는 동심을 다른 글에서 세 가지로 설명한 일이 있다.

첫째는 허욕이 없는 마음이다. 물질에 대한 소유욕은 근원에서부터 어른의 것이다. 에고이즘은 인간의 본질이 아니며, 좀 자라난 어린이들의 이기주의는 어른들한테서 배운 것이다. 물욕을 갖지 않는 마음이 어린이의 마음이다.

둘째는 정직함이다. 어린이는 거짓이 없고 거짓스러운 꾸밈을 하지 않는다. 속이고 꾸미는 것은 어른의 것이다. 순진하고 솔직하고 꾸미지 않고―이것이 어린이의 마음이요 어린이의 세계다.

셋째는 사람다운 감정이다. 어린이들은 동정심이 많다. 감수성이 날카롭다. 동물뿐 아니라 풀이나 나무까지도 자기와 같은 몸으로 알고 그것이 밟히거나 꺾이는 것을 괴로워한다. 정의감 같은 것도 가르쳐서 훈련으로 갖게 되는 것이라기보다 사람이 본래부터 갖는 순수한 마음에서 자연스럽게 우러나는 것이라 함이 옳다.

동심은 한마디로 비뚤어진 마음(사심, 邪心)이 없는 마음이다. 이것은 우리가 찾아가야 할 참과 착함과 아름다움의 세계. 아동문학은 이런 동심의 세계를 그리는(표현하는, 그리워하는) 문학이다. 좀 더 뚜렷하게 말하면 ① 동심의 참모습을 보여 주고, ② 동심이 어떻게 해서 짓밟히고 비뚤어져 가고 있는가를 보여 주며, ③ 동심을 끝까지 지켜나가는 어린이와 어른들의 삶을 그려 보이는 것이다.

이렇게 말하면 '역시 아동문학은 어렵구나' 하고 탄식할 사람이 나올 것 같다. 그러나 적어도 이 정도의 견해와 각오는 있어야 한다. 소꿉놀이나 짝짜꿍의 웃음을 파는 세계가 아니라는 것만은 알아둘 필요가 있다. 문학을 가까이하기 곤란한 것으로 보아서는 안 된다. 참된 동심―곧 참된 사람으로 살려고 하고, 그러한 삶을 어린이들에게 보여주고 싶은 사람이라면 누구나 동화를 쓸 수 있다. 나는 동화를 쓰려고 하는 분에게 아동문학개론 같은 책을 읽으라고 권하고 싶지 않다. 그런 개론 따위의 지식은 잘못하면 오히려 작품 창작에 방해가 된다. 사실은 이런 창작법 같은 것도 필요 없을지 모른다. 무엇보다도 먼저 인생을 살아가는 데서 자기 나름의 목표와 생각이 있어야 하며, 어린이의 삶에 대해 사회와 역사의 어떤 문제의식이 있어야 한다. 인간으로서 하고 싶은 이야기가 있어야 동화를 쓸 수 있다는 말이다. 인간과 사회에 대한 성실성, 어린이에 대한 믿음과 사랑이 있으면 되는 것이다.

평생을 동심으로 살면서 거짓되고 비뚤어진 것을 싫어한 이원수 선생은 "아동문학은 나의 종교"라고까지 말했다. "동화작가는 어린이의 대변자"라고 말한 사람도 있다. 참으로 어린이를 사랑하고 그들의 행복을 바라는 사람만이 동화작가가 될 수 있다.

5. 동화의 갈래

✤

동화는 표현과 전달의 방법에 따라 '듣는 동화'와 '읽는 동화'로 나누고, 독자의 나이에 따라 유아동화, 유년동화, 소년(소녀)동화로 나누며, 이야깃거리와 표현 형식에 따라 공상동화와 생활동화로 나눈다.

(1) 듣는 동화와 읽는 동화

듣는 동화와 읽는 동화의 다른 점을 다음에 비교해 본다.

	듣는 동화	눈으로 읽고 보는 동화
표현형식	• 입으로 말하는 말. • 순간으로 이해되는 말. • 비슷한 말, 같은 소리의 말은 목소리의 고·저·장·단으로 구별된다. • 장면 묘사를 하지 않는다.	• 읽는 말. • 어려운 말이 있어도 앞뒤를 보고 또는 되풀이해 읽어서 이해할 수 있다. • 심리, 배경 묘사를 할 수 있다.
대상	• 말하는이와 듣는이는 1대 1 또는 1대 1 이상이다. • 보편으로 되고 일반으로 된 말을 한다. • 개성을 나타내기 어렵다.	• 작자와 독자는 1대 1이다. • 구체로 된 말을 쓰지 않는다. • 개성이 두드러진 표현을 할 수 있다.
내용	• 이야기의 줄거리가 위주로 되며, 시 같은 풍김새나 수필 같은 내용은 거의 용납되지 않는다.	• 역시 줄거리가 분명해야 하나, 때로는 시 같고 수필 같은 것이 있을 수 있다.
이해방법	• 창작 위주. • 목소리의 높낮이, 강하고 약함 같은 것이 중요하다. • 표정과 몸짓으로 이해를 돕는다. • 기타 실물 제시, 판서, 게시물 이용을 할 수 있다.	• 시각에 따른다. • 그림책 밖에는 문장 표현이 단 하나 수단이다.

옛날의 동화는 '듣는 동화'였으나 지금의 창작동화는 '읽는 동화'다. 옛날의 이야기도 이제는 읽는 것으로 되어 버렸다. 옛이야기와는 달리 들려주기 위한 동화가 어쩌다 창작으로 쓰이고 있지만 '듣는 동화'는 너무 시들어 버렸다.

읽는 동화가 빠지기 쉬운 독자 무시, 줄거리 없는 시 같은 분위기에 기대는 버릇, 부질없이 복잡하고 어려운 문장 표현 취미 따위에서 벗어나기 위해 듣는 동화의 관점에서 모든 읽는 동화들을 검토 반성해 볼 필요가 있다. 그리고 더구나 초등학교 저학년이나 유치원, 또는 그 이전의 어린이들을 위해 듣는 동화를 많이 창작해야 할 필요성을 그 어느 때보다도 크게 느낀다.

듣는 동화는 이를 다시, 읽어서 들려주는 동화와, 이야기해 주는 동화로 나눌 수도 있다. 읽어서 들려주는 동화는 듣는 동화와 읽는 동화의 중간쯤에 있는 것이다.

(2) 독자의 나이에 따른 갈래

유아동화─이것은 초등학교에 들어가기 전의 어린이를 상대로 한 동화다. 글을 못 읽는 어린이들에게 읽어 주거나 이야기해 주는 동화다.

유아동화는 주제가 명확하고 구성이 단순해야 한다. 어린아이들은 동물과 식물에 흥미를 가지고 있어서 동식물을 의인화한 형식으로 많이 쓴다. 어린아이들은 병아리나 강아지는 물론이고 풀이나 나무까지 사람과 같은 인격체로 알고 있다. 움직이면서 빨리 전개되는 이야기를 좋아한다.

문장은 글월이 짧고 운율이 있는 것이 좋다. 복잡한 구성과 문장 표현은 절대로 삼가야 한다.

"꼬부랑 할머니가 꼬부랑 지팡이를 짚고 꼬부랑 고갯길을 꼬부랑 꼬부랑……"

이렇게 같은 말을 되풀이하는 데 흥미를 느끼며,

"할멈, 할멈, 그 떡 한 개만 주면 안 잡아먹지."

이렇게 호랑이가 몇 번이나 할머니를 앞질러 다음 고개에 와서 똑같은 말을 하는 내용을 되풀이하는 데 흥미를 갖는다. 그것은 어린아이들이 한 가지 일에서 다른 것을 비교하고 미루어 짐작하는 능력이 모자라기 때문이다.

이 유아기(4~6세)에는 사실동화보다 공상동화를 더 좋아한다. 경험이 넓어짐에 따라 일상의 신변 이야기로는 흥미를 느낄 수 없기 때문이다. 사실동화라도 평범한 생활 이야기가 아닌, 공상으로 되고 모험성이 많은 이야기가 환영받는다.

유년동화―초등학교 1학년에서 3학년에 이르는 정도의 어린이들이 읽는 동화다. 이 나이가 되면 자기중심의 세계에서 벗어나 둘레의 환경과 남을 깨닫게 된다. 집에서는 식구들을, 학교에서는 같은 학급의 급우들과 학급의 일을, 그리고 마을에서는 이웃 사람들을 생각하게 되고 관심을 갖게 된다. 사물을 대하는 태도가 차츰 현실로 된다. 만화책에 빠져 있던 1·2학년 어린이에게 재미있는 유년동화를 보여주면 대개는 자연스럽게 동화를 읽는 재미를 들일 수 있을 것이다.

유년동화는 유아동화보다 말과 나타내는 방법이 좀 더 자유스럽다. 그리고 동화에 담을 이야기 내용은 훨씬 자유로울 수 있어, 이 나이에서 이해할 수만 있다면 인간의 모든 문제를 다룰 수 있을 것이다.

소년동화―이것은 초등학교 4학년 이상을 상대로 하는 동화다. 말이나 문장 표현은 유년동화보다 한층 자유스럽고, 작품의 길이도 꽤 긴 것이 된다.

소년동화와 소년소설이 어떻게 다른가? 본래 동화는 입으로 이야기해 주고 귀로 듣는 것으로, 상징으로 된 문학이었는데, 이것이 읽는 동화로 바뀌고 여기에다 소설의 사실 수법을 문장 표현에 들여오고부터는 제재도 현실의 것이 많아져서 소년동화와 소년소설의 구별이 모호해지고 말았다. 이것은 어쩔 수 없는 오늘날 문학의 흐름이며 굳이 이 두 가지를 나눠야 할 필요성도 없지 않나 생각된다.

이상 독자의 나이에 따라 세 가지로 동화를 나누었는데, 그 어느 시기의 어린이에게도 동화가 필요한 만큼 이 세 가지 동화는 그 중요성에서 차례를 정할 수 없다. 다만 우리 나라에서는 엄밀한 관점에서 볼 때 아직 동화문학이 이 세 가지를 뚜렷하게 유별할 만큼 발달하지 못했으며, 작가들은 너무 독자들을 의식하지 않고 자기중심으로 재미없고 내용이 없는 작품을 쓰고 있는 것이 숨길 수 없는 현상이다. 앞으로 동화를 쓰는 사람은 그 동화를 어떤 나이층의 어린이들이 읽어 줄 것인가를 미리 생각해서 쓰는 것이 옳다고 본다. 그래야만 그 나이에 맞는 이야깃거리를 선택하고 문장 표현을 할 수 있을 것이기 때문이다. 막연하게 "모든 어린이와 어른까지 즐겨 읽는 동화"를 쓰고 싶어 하는 것은 잘못된 생각이다. 그런 동화가 아주 없다고 할 수 없지만, 나이와 생활환경과 인종을 초월한 작품은 그만큼 감동이 엷을 수밖에 없는 것도 사실이다.

(3) 공상동화와 생활동화

공상동화는 현실에서 있을 수 없는 것을 공상해서 쓴 것이다. 공상의 이야기를 쓰는 까닭은 공상 그 자체가 즐거워 쓰는 수도 있지만, 대개는 일상의 현실 세계로서는 보여 줄 수 없는 어떤 인생의 진실을 공상 세계에서 표현해 보고자 하는 욕구 때문이다. 공상동화는 왕성한 호기심과 풍부한 상상력으로 대담하게 공상의 세계를 펼쳐가야 하지만 그것은 어디까지나 자연스러워야 한다. 공상동화에서 조심할 것은 자칫하면 감정이 넘쳐서 시 같은 표현으로 기울어지는 일이다. 이렇게 되면 읽기가 지루해지고 재미없는 동화가 된다. 공상동화도 어디까지나 산문예술이라는 점을 마음에 두어야 하며, 따라서 (발상은 시처럼 되어도 좋으나) 문장 표현은 어디까지나 논리가 서 있는 간결한 산문으로 쓰임이 바람직하다. 마음껏 공상을 펼쳐 나가는 가운데 신비스러운 아름다움의 세계를 만들어 내면서 인생의 참된 모습을 느끼게 해야 하는 것이다.

생활동화는 현실의 삶을 참되게 그려 보이는 동화다. 어린이들이 겪는 나날의 삶, 가정과 학교와 사회에서 일어나는 여러 가지 문제를 사실답게 그려서 어린이들에게 진실을 깨닫게 하고 올바르게 살아가는 길을 생각하게 하는 이야기다. 생활동화는 평범한 일상의 이야기를 평범한 그대로 써서는 재미없는 동화가 되기 쉽다. 나날의 이야기가 재미있는 이야기로 되기 위해서는 구성에도 마음 써야 하겠지만, 무엇보다도 먼저 나날의 일들을 새로운 각도로 (또는 깨끗한 어린이의 눈으로) 바라보는 마음을 가져야 한다. 우리 모두가 참되게 살아가기 위한 더욱 높은 자리에 서서 나날의 일들을 바라보게 된다면 그 나날의 일들이 결코 평범한 이야기로 처리될 수 없을 것이다.

이 생활동화는 소년소설과 그 경계가 모호하다. 소년기에 읽게 되는 많은 동화가 생활동화이며, 따라서 소년들은 자연스럽게 소설의 독자로 자라나게 되는 것이다.

6. 작품이 될 때까지

✤

어떤 차례로 쓰게 되는가? 창작의 자세한 과정은 쓰는 사람마다 얼마쯤씩 모두 다르겠지만 대체로 처음에 주제를 정하고, 다음에 그 주제를 잘 전달하기 위해 뚜렷한 이야기를 짜는 일이 따르고, 이것이 끝나면 문장으로 표현하게 된다. 이것을 좀 더 설명해 보자.

주제는 꼭 하고 싶은 말, 전하고 싶은 생각(사상)이다. 주제는 어떻게 해서 이뤄지는가? 어떤 일에 부딪혔을 때 (지금의 어떤 사건, 지난날의 일, 남들의 이야기들에서) 보통 때는 느끼지 못했던 아주 새로운 느낌이나 발견을 하게 되고, 그런 느낌이나 발견이 그대로 주제가 되거나거기서 다시 새로운 암시를 얻어 주제로 이뤄지는 수가 있다. 또 평소에 인간사회를 살아가면서 가지게 되는 어떤 문제의식이 어느 때 어떤일에 부딪혔을 때 한층 절실한 감동이 되어 그것이 하나의 주제로 되기도 한다.

아무튼 전하고 싶은 간절한 생각이 있으면 이것을 하나의 감동스러운 이야기 속에 담을 수 있도록 해야 한다. 이야기를 짜는 데는 상상력을 떨쳐서 드러낼 필요가 있다. 실제로 있었던 현실을 그대로 내어 놓기만 해서는 모자라고 어설픈 것이 되기 예사다. 체험한 어떤 사건에다다른 이야기를 덧붙여 만드는 수도 있고, 실제 이야기의 주인이나 일이있었던 자리를 바꾸는 수도 있을 것이고, 아주 새로운 공상을 펼칠 수도 있을 것이다. 이야깃거리를 모아 덧붙이거나 버리거나 하여 줄거리를 빈틈없이 짤 일이다. 이야기 속에 나오는 사람은 그 나이, 모습과 성격, 환경, 살고 있는 때를 확실하게 정해야 하며, 장편일 경우에는 이야기가 벌어지는 지방의 지도까지 그려 놓을 필요도 있을 것이다. 이야기의 줄거리를 짰으면 그것이 재미있는가, 자연스러운가, 통일이 되어 있는가, 하는 세 가지 관점에서 잘 따져 보아야 한다.

이렇게 해서 작품의 모습이 결정되면 문장으로 표현을 하게 되는데, 쉬운 말, 깨끗한 우리 말, 알맞은 말로 간결하게 쓰는 것이 문장을 쓰는 원칙이다.

7. 주제에 대하여

✤

동화에 네 가지 요소가 있다. 주제·밑감·구성·문장이 그것이다. 먼저, 주제에 대해서 생각해 보자.

주제는 앞에서도 말한 바와 같이 작품 속에 담긴 지은이의 생각(사상)이다. 이 생각은 지은이가 세상을 살아가는 동안에 그 마음속에 가지게 된 인생관이요 철학이다. 이 생각을 그대로 바로 쓰면 설교가 되고 논문이 되지만, 사람이 살아가는 이야기 속에서 감동으로 느껴지도록 쓰면 소설이 되고 동화가 되는 것이다. 그러니 주제는 이야기 속에, 이야기 속에 나오는 사람의 행동과 말과 사건 속에 자연스럽게 스며들어가 있어서 독자들이 이야기를 재미있게 읽는 동안에 자신도 모르게 그 생각에 따르고 공감하도록 해야 한다. 따라서 주제는 지은이의 인격을 보이는 것이라 하겠으니 훌륭한 삶의 태도와 인생관, 역사관을 가진 사람이라야 훌륭한 동화를 쓸 수 있는 것이다.

동화의 주제는 분명해야 하며 또한 단순하고 소박해야 한다. 복잡하고 난해한 주제는 동화로서 적당하지 않다. 단순 소박한 것은 천박 저급한 것이 아님은 말할 것 없다.

우리 나라의 거의 모든 동화작가가 쓴 작품은 무엇보다도 이 주제가 문제 된다. 대체가 주제가 모호하다. 무슨 생각을 쓰려고 했는지 알 수 없는 동화가 많다. 그리고 주제가 치졸하고 천박하다. 자기 몸에 배지도 않은 생각, 행정에서 나오거나 유행하는 구호 같은 것을 따르는 사람도 적지 않다. 흔히 "교훈이 드러났다"고 비판을 받게 되는 것이 구성이나 표현에도 문제가 있지만 주제 자체가 자신의 것이 아닌 데 더 근본 되는 원인이 있다. 동화작가야말로 철학이 없이는 작품을 쓸 수 없다. 철학이니 인생관이니 하여 어렵게 되었는데, 이 점이 어렵다면 어려운 것이다. 동화를 어린애들에게 주는 장난감이나 과자 같은 것 정도로 보아온 작가들에게는 어려운 것이 당연하지만, 어린이와 겨레가 살아가는 문제를 진정으로 생각하고 있는 부모나 교사들이라면 철학이 있어야 동화를 쓸 수 있다는 말을 당연하게 받아들일 것이다.

어린이들은 어른들이 만들어 놓은 사회에서 그 어른들과 함께 살고 있다. 더구나 오늘날 이 나라의 어린이들은 특수한 역사와 사회 속에 살고 있다는 것을 생각하지 않을 수 없다. 그리하여 어린이들의 깨끗한 인간성이 한 가지로 되고 강압으로 된 틀에 어떻게 짓밟히고 일그러져 가고 있는가, 사람다운 것이 어떻게 사람답지 못한 것에 지고, 혹은 사람답지 못한 것과 맞서서 버티어 나가고 있는가 하는, 가장 긴급하고 중대한 삶의 현실을 제쳐 놓고는 결코 훌륭한 동화를 쓸 수 없다고 본다. 동화작가를 겨레의 교사라고 말할 때, 이것은 결코 적당히 추어주는 말이 아니며, 지나친 찬사도 아닌 것이다.

8. 밑감에 대하여

✤

    이야기를 만드는 데 필요한 모든 재료를 소재라고 하는데 '밑감'이란 말이 더 낫겠다. 집안의 생활, 마을과 학교의 생활, 먼 곳에서 일어난 사건, 지난날에 있었던 사건, 공상의 세계, 동물식물의 세계 따위 어떤 것이라도 동화의 밑감이 안 될 것이 없다. 다만 어린이들이 이해할 수 없는 어른들만의 관심거리를 빼고 말이다. 그리고 같은 어린이라도 나이에 따라서 밑감을 생각해야 한다. 어린아이들은 시간상으로 현재에 가깝고 공간상으로는 자기 바로 옆이나 이웃에 있는 사물이라야 흥미를 가진다. 너무 멀리 있는 사물이나 역사상의 사건은 적당하지 않다. 동물 식물을 밑감으로 많이 이용하는 까닭도 여기에 있다.

    동화에 나오는 인물도 하나의 생각이다. 주제를 살리기 위해 어떤 인물을 등장시키는가 하는 것을 신중히 생각해야 한다. 나오는 사람의 나이, 성격, 환경에 따라 온갖 이야기가 만들어질 수 있기 때문이다.

    유아동화는 등장인물의 수가 적을수록 좋다. 그렇지 않으면 줄거리를 혼란시킬 염려가 있다. 어린아이들은 많은 사람의 행동과 심리를 함께 이해할 수 없기 때문이다. 만일 등장인물이 둘 이상인 경우는 아주 가까운 사람, 곧 중심인물의 어머니이거나 어머니와 가까운 이웃 아주머니, 그리고 그 아주머니 딸 정도의 범위를 넘지 말아야 할 것이다.

9. 구성에 대하여

✤

　구성이란 언제, 어디서, 누가, 어떤 일을 겪으면서, 어떻게 살아갔는가 하는 이야기를 만들어 내는 것이다. 동화를 쓰는 재주는 한마디로 재미있는 이야기를 만들어 내는 재주라고 할 수도 있다. 이야기가 없는 동화를 생각할 수 없고, 그 이야기도 재미가 없다면 죽은 작품이라 할 밖에 없다. 앞에서 주제를 맨 먼저 설정한다고 했는데, 이야기를 재미있게(감동스럽게) 구성하는 동안에 주제도 더욱 깊어질 수 있고, 또한 감동스러운 이야기라야 문장도 잘 쓰인다고 할 수 있다.

　이야기를 읽는 재미는 독자들이 끊임없이 '그래서 어떻게 되었는가?', '그게 무슨 까닭일까?' 하고 궁금해하면서 의문을 가지게 되고, 그리하여 그다음의 해결을 보고 싶어 하는 것이다. 놀라움과 발견, 공감과 비판하는 태도―이런 능동스러운 마음가짐이 되도록 해야 한다. 이러한 긴장을 이어나가도록 하는 것이 교육성에 이어지는 동화의 재미이고, 이러한 흥미를 끌어가는 것이 이야기를 만드는 작가의 재능이다.

　이야기의 흐름은 보통 4단계로 구성하는데, 이것은 발단, 전개, 절정, 결말이라 한다.(4단계가 아닌 5단계로 짤 수도 있고 4단계에서 그 어느 한 단계를 다시 작은 몇 단계로 나눌 수도 있다.) 어떤 사건이 일어나면 그것이 발전하여 어느 국면에서 해결이 되는 동시에 또 새로운 문제가 일어나고, 그 새로운 문제가 진전(해결)되자 또다시 다른 문제가 생겨나고, 이래서 드디어 절정에 이르게 되고 결말을 짓는다. 이야기는 변화와 오르내림이 있지만 처음부터 끝까지 한결같은 흐름이 있어야 함은 물론이다.

동화의 줄거리는 명확하고 단순해야 한다. 선과 악의 판단을 직감으로 할 수 없는 에두른 이야기의 구성, 주제가 모호해서 독자들이 느낄 수 없도록 해 놓은 구성은 좋지 않다. 더구나 나이 어린 아이들이 읽는 동화는 한층 더 그 줄거리가 단순하고 선명해야 할 것이다.

10. 문장에 대하여

✣

문장을 어떻게 써야 할까? 한마디로 쉽고 간결하게—이것이 동화 문장의 요체다. 내용을 전하는 데 가장 효과가 있고 알맞은 말을 선택해서 간결하고 쉬운 문장으로 써야 한다.

(1) 쉬운 말, 알맞은 말을 골라서

어려운 한자말을 쓰지 말아야 한다. 순 우리 말로 바꿀 수 없으면 우리 말로 쉽게 풀어서 쓰도록 해야 할 것이다. 감수성이 예민한 어린이들에게 바르고 아름다운 우리 말을 가르치는 일이 얼마나 중요한지는 아무리 그 뜻을 강조해도 지나치지 않으리라. 겨레의 교사란 이런 점에서도 알맞은 이름이 될 것이다.

저속한 말, 유행하는 말을 쓰지 말아야 한다. 어린이들을 위하고 어린이들을 대변하는 것과 어린이들에 영합하고 아첨하는 것은 다르다. 작가란 사람이 저속한 어린이가 되어서는 안 된다.

어린애들의 혀짤배기소리를 흉내 내지 말아야 한다. 문학에서 보여주어야 하는 동심을 어린애들의 치졸성과 뒤섞는 것은 이만저만 그릇된 것이 아니다. 어린이들이 인간과 세계를 인식하도록 키워가는 것이 문학이요 동화가 아닌가. 나날이 자라면서 유치한 말과 행동에서 벗어나려 하고, 마땅히 그렇게 해야 할 어린이들에게 문학작품을 써 보인다는 작가가 도리어 아기들의 말을 써서 치졸함을 보인다는 것은 우스운 일이다. 아동문학 작품은 이래서 어린이들에게까지 멸시를 받는다.

'아빠'란 말을 지각없이 함부로 쓰는 것도 이와 같은 보기의 하나다. 어떤 작가는 작품에 나오는 중학생까지도 예사로 '아빠'란 말을 쓰게 하는데, 작가들이 자기가 선 자리를 이렇게도 모를까 싶다. 1960년대 이후 이 아빠란 말은 아버지란 말을 추방해 버리고, 더구나 도시에서는 거의 모든 가정에서 널리 쓰게 되었는데, 이것은 우리 나라 도시에 사는 중산층 이상의 부모들이 얼마나 아동교육에 눈이 멀고 무지한가를 말해 주는 하나의 증거가 된다. 대부분의 아이들이 '아빠'를 쓰더라도 문학작품에서는 (젖먹이 아이들의 말이나 그 밖에 특수한 경우가 아니면) 아버지로 정확하게 써야 할 것이다.

대화문이 아닌 본문에서 준말을 함부로 쓰는 것도 삼가야 한다.

(2) 알기 쉬운 문장으로 써야 한다

끝까지 읽지 않으면 뜻을 알 수 없는 문장을 써서는 안 된다.

임자말과 풀이말이 잘 정돈되어 문맥이 시원스레 통하는 글로 써야 한다. 함부로 임자말을 줄이는 일이 없도록 해야 한다.

임자말은 될 수 있는 대로 문장의 앞머리에 나오도록 하는 것이 글의 뜻을 알기 쉽게 한다.

(3) 문장은 적당한 길이로 짧게 끊어 써야 한다

어른들도 길고 너절하게 쓴 문장을 싫어하는데, 어린이들은 말할 것도 없다. 긴 글은 몇 개의 토막으로 끊어 쓰는 것이 좋다. 글월이 짧을 수록 이야기의 전개가 힘차게 움직이는 것으로 되고 속도가 빨라진다.

이것이 동화 문장의 특징이다.

(4) 복잡한 문장을 쓰지 않도록 한다

임자말과 풀이말을 꾸미는 말은 될 수 있는 대로 줄인다. 꾸밈말은 꾸며지는 말 바로 앞에 가도록 함이 좋다. 마디가 있는 문장, 겹으로 된 문장을 써야 할 경우에는 될 수 있는 대로 단순하게 하여 이해하기 쉽도록 한다. 이렇게 해야만 앞에서 말한 짧은 글월이 되고, 또한 시원스레 읽히는 문장이 된다.

(5) 글점과 부호, 줄 바꾸기의 효과

어린이들이 쉽게 읽도록 하기 위해서는 글점과 부호를 정확하게 쓰는 방법을 연구해야 한다. 줄을 바꾸지 않고 너무 길게 달아 써도 읽기 거북스럽게 느낀다. 띄어쓰기는 교정하는 과정에서 바로잡힌다 하더라도 원고에서 정확하게 써야 함은 말할 것도 없다.

11. 창작동화의 문장들

✤

요즘 나오는 동화들을 살펴보면 문장이 제대로 되어 있는 것이 드물다. 무슨 말을 써 놓았는지 이맛살을 찌푸려 되풀이해 읽어도 끝내 알수 없는 글이 이따금 나온다. 이런 정도는 아니라도 어쨌든 꾹 참고 억지로 읽어야 겨우 읽히는 것이 예사다. 문장이 어려운 것은 그 뜻이 깊어서 그런 것이 아니다. 내용은 아무것도 아닌데 글이 알 수 없게 되어 있다.(아무것도 없는 내용이기에 뭔가 있는 것처럼 보이려고 하다 보니 까다롭게 쓴다.)

여기 잘못된 문장을 몇 가지로 나눠 본다.

(1) 겉치레 문장

동화를 쓰는 이들이 가장 많이 빠져 있는 병폐가 겉치레 문장을 즐겨 쓰는 버릇이다. 마치 될 수 있는 대로 남들이 알기 힘들게 그럴듯한 꾸밈말을 많이 써야 문학이 되고, 그렇지 않고 간결하게 써서 알기 쉽도록 해 놓은 글은 문학이 아니란 생각을 가지고 있는 것처럼 보인다. 참으로 어처구니없는 생각이 동화를 쓰는 많은 사람들의 머리를 완고하게 지배하고 있다. 산문문학의 본질을 모르는 이런 엉터리 작가들 때문에 희생되는 것은 어린이들이다. 이런 문장으로 된 작품들이 동화라면 우리의 아동문학은 웃음거리밖에 안 될 것이다.

다음은 신문, 잡지, 낱권책 들에 나온 동화 작품에서 얼마든지 볼 수 있는 글을 몇 가지만 들어본 것이다.

> 꽃잎을 벌린 뜻은 여간 꼼꼼히 생각해 보지 않고는 알아낼 수 없는 긴 한 사연을 푸른 하늘에 보기 좋게 수놓고 싶다는 표정 그대로입니다.

> 저마다의 빛깔로 충만하게 들어서 있는 가을이 부담 없이 안겨주는 기쁨에 젖어 있는 자신을 아이는 모른다.

앞의 문장은 '꽃잎을 벌린 뜻'이 임자말이고 '표정 그대로입니다'가 풀이말인데, 표정이란 말 앞에 나오는 그 긴 꾸밈말들을 아무리 읽어도 무슨 말을 해 놓았는지 알 수 없다. 뒤의 문장은 '자신'을 꾸민 요란한 말이 그저 어리둥절하게 할 뿐이고, 더구나 임자말 '아이'가 앞에 안 나오고 맨 뒤에 와서 무슨 소리를 해 놓았는지 거듭 읽어야 하고, 그래도 알 수 없는 글이 되어 있다. 이런 글을 동화라고 읽어야 하는 아이들이야말로 불행하다.

> 야자의 껍질에다 물을 담으면 사람은 작은 개미로 보이는 크기의 연못입니다.

이런 것도 얼핏 읽어 넘기면 참 적절한 비유가 들어 있는 문장 같지만 사실은 심상의 혼란을 일으키는 매우 불투명한 겉치레 문장이다. 이런 문장이 많은 작가들에게 놀랄 만큼 유행되고 있다.

이것은 들찔레 숲속에서 있었던 일이어요.

내가 향기란 향기는 모두 욕심내어 하루 종일 노란 꽃가루투성이가 되어 얼얼해 있을 때, 느닷없이 엄마 향기를 아느냐고 묻는 여자아일 만났지요.

창백한 얼굴은 온통 어룽이었고, 아기 개암나무 같은 작은 몸집에 어찌나 커다란 눈을 가지고 있었던지 글쎄, 처음 나는 그게 작은 옹달샘인 줄로 알았다니까요. 맨발에다 옷차림까지 후줄근한 주제에 엄마 향기를 아느니 어쩌니 하는 게 나를 조금 화나게 했단 말이어요. 향기에 나처럼 예민한 게 또 어디 있을라고요.

이것은 어느 동화의 첫머리다. 무슨 말을 해 놓았는지 도무지 종잡을 수 없다. 이런 황당한 겉치레 문장을 문학의 문장이라고 한다면 문학이야말로 어린이들에게는 커다란 재앙일 것이다.

- 선생님의 웃는 소리가 내 머리를 때려 주었다.

- 나는 방에 들어와 잠을 불렀습니다.

- 아버지가 벽 쪽으로 눈을 주었다.

- 사람들의 눈길이 아이의 몸에 떨어졌습니다.

눈길을 보냈다든지, 눈길이 모였다든지 하는 말은 어쩌다 경우에 따라 쓸 수 있을 것이다. 그러나 잠을 불렀다든지, 눈길이 등에 꽂혔다든지, 박혔다든지, 눈을 주었다든지 하는 말들은 도무지 부자연스럽다. 이런 신기함을 좇고, 억지스러운 말초감각의 표현을 재미로 추구하는 것은 작가로서 결코 건강한 태도가 아니다. 문학은 기이함을 노리는 말의 기교에 있지 아니하며, 더구나 동화의 문장이 이렇게 되는 것은 크게 잘못되고 있는 현상이다. 이런 실감을 떠난 말의 기교도 한갓 겉치레 문장이다.

(2) 사실성이 없는 문장

> 뚝! 찢어진 고무신에 떨어진 눈물방울이 번져 얼룩이 지는 것도 일 년이면 정해 놓고 이 무렵에 되풀이되는 일입니다.

해마다 이 무렵이면 눈물을 흘린다고 말하면 모르지만 '뚝! 찢어진 고무신에 떨어진 눈물방울이 번져 얼룩이 지는 것'이 해마다 정해 놓고 되풀이되다니, 어디 이럴 수가 있는가?('일 년이면' 하는 말도 잘못 되었다.)

> 달리는 염소의 이마에서 땀이 비 오듯 쏟아졌습니다.

동식물의 이야기를 쓸 때는 그 동식물의 삶을 잘 알아서 틀리지 않게 써야한다. 동식물의 모습과 습성을 잘 모를 때는 그것이 있는 곳을 찾아가서 잘 살펴보도록 해야 할 것이고, 그럴 수 없다면 도감이라도 찾아보고 남들에게 묻고 하여 잘못을 저지르지 않도록 할 일이다. 더구나 요즘은 자연이 멀어져서 사람에게 가장 친근하던 집짐승이나 벌레들의 모습조차 잘못 쓰기 쉽다. 도시의 어린이들이 자연을 모른다고 해서 함부로 아무렇게나 쓴다는 것은 게으르고 책임 없는 태도다. 동화에서 동물이나 곤충을 잘못 그리는 예가 너무 많다.

다음은 이원수 선생의 동화 〈아기 붕어〉의 한 대문이다. 물고기의 모습을 자연스럽게 그려 보이면서 의인화한 훌륭한 문장으로, 참고가 될 것 같아 예시해 본다.

아기 붕어는 엄마가 가 버리던 때 일을 잘 기억하고 있었습니다.

"아가, 이리 와. 맛난 먹이가 있다"고 엄마가 부를 때, 아기붕어는 갈대 줄기를 가지고 장난을 치고 있었습니다. 장난을 치다 말고 엄마 있는 데로 가는데 엄마가 휙 사라져 버린 것입니다. 엄마가 물속에서 공중으로 번개같이 올라가 버린 것입니다.

"엄마, 엄마―."

아기 붕어가 부르며 하늘 쪽을 쳐다보니, 거기에는 커다란 해가 번쩍이고 있을 뿐, 엄마는 보이지 않았습니다.

"아빠, 아빠, 엄마가 어디 갔어? 응? 엄마가 금세 없어졌단 말야."

하고 아기붕어가 물풀 밑에 쉬고 있는 아빠 붕어에게 소리치자, 아빠 붕어는 양쪽 지느러미를 꽝 내려뜨리며

"아이고, 그만 낚여 갔구나. 이런 변이 또 있나?"

하고 진흙에다 머리를 들이박고 탄식을 했습니다.

"낚여 가는 게 뭐야, 아빠?"

아빠 붕어는 대답도 않고 소리 없이 울고만 있었습니다.

그러다가 아기 붕어가 따라 울어 대니까,

"울지 마, 네 엄마는 저 해나라로 올라갔다. 다시 오진 못해도 해나라

에서 잘 살 게다."

하고 아기 붕어를 달래 주었던 것입니다.

물고기와 사람과의 다름에서 오는 표현의 어려움을 잘 처리하고 있다. 더구나 엄마 붕어가 갑자기 사라져버린 사실을 알리는 아기 붕어의 말을 들은 아빠 붕어의 태도를 그리는 데서, 보통 여느 동화작가들 같으면 기껏 통곡을 하였다든지 아니면 땅을 치며 소릴 지르고 울었다고 예사로 써 버릴 것을,

"…… 아빠 붕어는 양쪽 지느러미를 꽝 내려뜨리며,

'아이고, 그만 낚여 갔구나. 이런 변이 또 있나?'

하고 진흙에다 머리를 들이박고 탄식을 했습니다"고 하여 아주 붕어답게 그 몸짓을 표현해 놓았다. 의인화 동화에서 동식물의 모습이나 행동을 정확하기 그린다는 것은 붕어면 붕어답게, 딱정벌레면 딱정벌레답게 자연스럽게 그린다는 것이고, 그렇게 자연스럽게 그리자면 그 벌레나 그 짐승의 생태를 잘 알아서 그 특징을 잡지 않으면 안 되는 것이다.

(3) 숨이 짧은 문장

앞에서 든 겉치레 꾸밈 문장은 모두가 그 뜻이 흐릿하고 에두르거나 추상으로 된 글이다. 그것은 또 대개의 경우 지루하도록 숨이 길다. 동화의 문장은 짧아야 하는데 너절하게 길어지면 그것 자체가 문제로 된다. 이런 긴 문장과는 대조가 되게 아주 짧은 글월로 된 문장을 다음에 들어 본다.

좋다. 내일은 추석 명절. 학교도 된다. 더욱 좋다. 삼돌인 엄마와 누나

가 송편 빚는 걸 보고 있었다. 아버지도 보고 있었다. 재미있다. 한 번 빚어볼까? 누나도 빚는 걸 삼돌이라고 못 빚을 리 없다. 요렇게 요렇게 빚음 된다. 문제없다. 찔름 봤다. ……

이 글은 겨우 130자가 되는 분량인데 12개의 글월이 들어 있다. 가장 긴 글월이 19자고, 짧은 것이 4자, 2자까지 있다. 그리고 평균 한 글월의 길이가 11자다. 아마 글월이 짧고 속도가 빠르기로는 대표가 될 만한 동화의 문장일 것 같다. 누구나 읽어서 느끼겠지만 어린이의 심리가 짧게 끊어서 쓴 문장에 생생하게 나타나 있다. 혹은 이 글을 잇달아서 한두 글월로 고쳐 써 놓고 읽어 보라. 그 느낌은 아주 다를 것이고, 짧은 글월의 중첩에서 오는 생동감은 감쪽같이 사라지고 너절한 심리 묘사의 글이 될 것이다. 동화에서 문장을 짧게 쓴다는 것은 어린이들의 심리와 행동을 잘 잡아서 그들의 세계를 움직이는 그대로 보여 주는 것이 된다. 어린이들이 이런 문장을 좋아하는 것은 당연하다.

그런데 이 글에서 속도감, 경쾌감이 느껴지는 것은 좋은데, 그것이 너무 지나쳐 경망한 느낌이 든다. 그 까닭은 일부러 너무 문장을 짧게 끊어 쓰는 데만 관심을 두었기 때문이다. 짧은 글월로 된 문장에는 그만큼 인물의 행동과 사건 전개에서 변화가 있고 뜻이 가득 차고 따라서 흥미가 생겨나 주어야 하는데, 이 글에는 그런 사건의 전개가 없고 들어 있는 뜻도 없고 다만 어린아이의 심리를 그려 놓았을 뿐이다. 이 문장을 한두 개의 긴 글월로 고쳐 써 놓았을 때 생동감을 조금도 찾아볼 수 없게 되는 것도 이 때문이다. 문장 형식만을 동화답게 쓴다고 해서 좋은 동화가 되는 것이 아니다. 문장은 생각을 담는 그릇일 뿐이다.

12. 어린이의 글에서 배운다

*

　나는 동화를 쓰고 싶어 하는 이들에게 요즘 동화작가들이 쓴 작품을 읽으라고 권하고 싶지 않다. 이원수, 이주홍, 현덕 같은 작가들, 그밖에 몇 사람 것 외에는 차라리 안 읽는 것이 좋겠다는 생각마저 든다. 오히려 일반 소설가들의 작품, 예를 들면 황석영 같은 작가의 작품을 읽고 그런 작가의 문장에서 배우라고 말하고 싶다. 황석영 씨의 문장이 일반 동화작가들의 문장보다 훨씬 간결하고 선명하기 때문이다. 그러고는 어린이들의 글을 읽을 필요가 있다. 물론 어른들의 손으로 다듬어지고 고쳐져서 어디 무슨 대회에 나가 상 같은 걸 받은 그런 글이 아니고, 깨끗한 아이들의 말로 아이들의 이야기를 쓴 글말이다. 이런 어린이의 글에서 어린이들의 느낌과 생각을 알 수 있고, 어린이의 말과 글의 특징도 배울 수 있다. 더구나 도시에서 어린이의 삶을 자주 가까이하지 못하는 분들은 어린이의 글을 읽어서 그들을 알 필요가 있다. 다음은 어느 도시의 3학년 어린이가 쓴 '심부름'이란 제목의 글이다.

　　나는 어머니의 심부름을 갔습니다. 어머니는 동생하고 같이 가라고 하셨습니다. 나는 동생하고 같이 가기가 싫었습니다. 그러나 안 데리고 갈 수는 없었습니다. 그래서 데리고 갔습니다. 나는 동생하고 손을 잡고 걸었습니다. 가는데 동생이 넘어졌습니다. 동생의 옷에 흙이 묻었습니다. 나는 동생의 흙 묻은 옷을 털어 주지도 않고 있었습니다. 동생은 옷을 털고 있었습니다. 그러다가 내가 넘어졌습니다. 내 옷에도 흙이 묻었습니다. 동생은 내 옷을 털어 주었습니다. 나는 아까 내가 동생의 옷을 털어 주지 않은 것이 부끄러웠습니다.

아무런 꾸밈이 없는 글이요, 겪은 일을 그대로 쓴 글이다. 그러나 얼마나 감동스러운가? 우리 동화작가들의 작품에서 이만한 감동을 주는 유아동화를 나는 아직 본 일이 없다. 물론 이것은 어쩌다 이런 일을 겪었기에 쓰게 된 글이라 할 수 있다. 그러나 어린이들의 생활에는 이와 같이 우리가 동화로 쓸 수 있는 무한한 세계가 있다. 우리는 그러한 동화의 보물 창고를 그들의 글을 읽는 데서 내 것으로 삼아 가질 수 있는 것이다.

앞에 들어 놓은 어린이 글에서 동화의 구성에서 말한 기·승·전·결의 4단계가 잘 나타나 있다. 이 글을 가지고 조금만 더 살을 붙여서 쓰는 연습을 할 수도 있을 것이다. 이것이 원고지 한 장 반의 길이인데, 다섯 장 안팎, 또는 예닐곱 장 정도가 되도록 말이다.

13. 작품의 보기

✤

다음은 처음으로 동화를 쓴 어느 분의 작품이다. 이 작품을 어떻게 보아야 할까?

병아리 이야기

아저씨, 세상에 참 재미있는 일이 있어요. 누나와 나는 병아리 한 마리를 길렀거든요. 날개깃도 나지 않은 아주 어린 병아리였답니다.

그런데 어느 날 그 병아리가 그만 물통에 빠져 버렸어요. 우리가 깜짝 놀라 물속에서 파드득거리는 병아리를 건져 놓았지만 병아리는 일어나지 못하고 그만 넘어져 버리더군요. 암만해도 죽을 것만 같았어요.

누나는 몹시 걱정스러워 그날 밤새도록 병아리를 품에 안고 지냈습니다. 잠들면 병아리가 눌려 죽을까 봐 한숨도 자지 않았어요.

아저씨, 아저씬 병아리가 앓는 소리를 들어 보셨나요? 눈을 힘없이 감고 찌르르 찌르르 한답니다. 그러면 누나가 가엾다고 더욱 두 손으로 꼬옥 안아 주지요.

나는 잠들었다가 아침에 병아리 소리에 일어났습니다. 아, 반갑게도 병아리는 힘이 나 있었어요. 온 방 안을 날아다니다가 내 배 위에도 얼굴 위에도 마구 올라앉지 않겠어요. 이젠 찌르르르 하는 앓는 소리가 아니고 아주 힘차게 주둥이를 짝짝 벌리며 삐약삐약 시끄럽게 울었습니다. 나는 벌떡 일어나 누나에게 소리를 쳐 물었습니다.

"누나, 병아리 다 나았어?"

그러니까 누나가 자랑스럽게 대답했어요.

"응, 다 살아났어. 이젠 모이도 제법 먹는구나. 하지만 며칠 더 방에서 길러야겠지."

난 머리를 끄덕였어요.

"누나, 근데 똥은 종이에다 싸게 해, 응?"

"그래, 병아리보구 내 말해 볼게."

누나는 호호 웃었어요.

병아리는 몸이 다 나아서 마당에 내려놓았습니다. 그런데 아저씨, 이제 야단났어요. 글쎄 병아리는 누나가 엄만 줄 알고 자꾸만 따라다녔으니까요.

부엌이나 빨래터나 어디고 쫄랑쫄랑 따라다녔어요. 어쩌다 잠깐 누나를 놓쳤다 싶으면 그만 날개를 포르륵거리며 뛰다간 날고 누나를 따라가느라 법석을 떨지요. 제일 딱한 건 누나가 꼭 혼자만 들어가야 하는 데를 못 들어가고 놓치면, 누나가 나올 때까지 그 앞에서 삐이약 삐이약 하고 입이 찢어질 듯 부르며 찾는 겁니다.

아저씨, 병아리가 사람의 머리 꼭대기에 올라서 있는 걸 보았나요? 아침마다 누나가 엎드려 방을 쓸거나 마루를 닦을 때면 병아리가 누나 등에 날라 올랐다가 일어날 때면 어깨 위로 가서 머리로 날아오르지요. 누나는 병아리가 떨어질까 봐 조심조심 걸어 다닌답니다. 그러면 나는 마구 손뼉을 치며 소리를 지르지요. 꼭 서커스 같지요?

그 뒤 어찌 되었냐구요? 아주 잘 컸어요. 제멋대로 집 안을 돌아다니면서 모이를 주워 먹고 물도 마시고 삐약삐약 울기도 하더니 어느새 날갯죽지가 쭉 뻗어나구요, 입부리도 자꾸 굵어지더니 흙빛으로 됐답니다.

그래서 어찌 되었냐구요? 발톱이 길게 생겨나 이웃집 강아지하고도 싸우려들고, 담장 위에도 날아오르려고 하지 않겠어요.

그러고는 아주 큰 닭이 됐습니다.

바로 며칠 전이었어요. 낮인데도 둥우리에 올라가 앉아 있더니 한참 뒤에 갑자기 _꼬꼬댁꼬꼬 꼬꼬댁꼬꼬_ 하고 야단법석을 치잖아요. 그래 가서 둥우리를 들여다보았더니 아 글쎄 거기 달걀 하나가 있잖아요! 동글동글 뽀얀 달걀 말입니다. 나는 달걀이 그렇게 이쁜 걸 처음 보았습니다. 난 너무 좋아서 "누나, 달걀! 달걀 낳어!" 하고 소리쳤어요. 그러고는 그 뽀얀 달걀을 가만히 들여다보다가 손을 갖다 대었습니다. 달걀은 따스했습니다. 뺨에다 대어 봤습니다. 뺨으로 해서 내 온몸이 따스한 느낌이었어요.

오늘도 하나 낳았어요. 닭은 입부리로 달걀을 굴리고 놀다가 일어나서 _꼬꼬댁꼬꼬_ 하고 소리를 쳤습니다.

아저씨, 어미닭의 몸에서 방금 나온 따스한 달걀을 본 적이 있나요? 고 따스한 달걀 속에 숨을 쉬는 생명이 들어 있다지요? 난 다음에 병아리가 알에서 깨어나는 것을 꼭 보고 싶습니다.

이 작품은 병아리를 기른 이야기로 동물에 대한 사랑을 그려 놓은 것이다. 실제로 겪어 보지 않고서는 쓸 수 없는 이야기여서 그만큼 재미가 있다. 더구나 어린이들은 재미있게 읽을 것이다.

절실한 생각(주제)은 절실한 체험에서 나올 수밖에 없다. 흐리멍덩한 생각은 체험의 바탕이 없는 데서 나오고, 그래서 머리로 억지로 만든 거짓 꾸밈의 이야기는 어설프고 재미없는 동화가 된다. 싱거운 동화, 무엇을 써 놓았는지 알 수 없는 동화보다는 차라리 정직한 생활 기록 같은 것이 훨씬 읽을 맛이 나는 까닭이 여기에 있다.

이 작품은 물론 체험을 그대로 기록한 형식은 아니다. 우선 이야기를 들려주는 사람만 해도 그렇다. 지은이는 필경 '누나'일 것인데, 지은이의 동생인 '나'가 '아저씨'에게 이야기해 주는 형식으로 썼다. 그리고 더구나 마지막에 가서는 적당한 결말을 지어 보려고 한 것 같다.

그러나 역시 이야기가 너무 평면으로 되었다. 현실에서 겪은 것, 받은 감동을 거의 그대로 썼을 뿐, 작품 창작에 필요한 '구성'의 과정을 충분히 겪지 않았던 것 같다. 어린이들이 쓴 글과 작가의 문학작품이 다른 것이 바로 이 점이다.(물론 나는 여기서 어린이 글보다 어른의 문학작품이 반드시 더 가치가 있다고 말하는 것이 아니다.)

앞에서 글의 형식이 지은이의 동생의 입을 빌려 말하게 하였다고 했는데, 이렇게 한 까닭이 어린이들이 읽을 글이니까 더 나이 어린 사람이 말한 것으로 함이 좋겠다고 판단한 때문인 것 같기도 하고, 또는 지은이가 바로 그대로 '나'가 되어 겪은 것을 써서는 동화 같지 않게 느껴져서 이렇게 시점을 바꾼 듯도 하다. 그러나 이것은 작품으로 봐서 조금도 필연성이 없는 형식이었고 효과가 없는 시점의 설정이었다. 이 작품에서 '누나'는 나이 많은 어른으로는 나타나지도 않았으며(나이 많은 사람이라도 얼마든지 그대로 동화의 주인이 될 수 있다.) 따라서 '누나'로 하지 말고 그대로 '나'로 하여도 좋았을 것이다. 동생을 중심인물로 내세워 간접으로 전달하는 데서 오히려 그 절실한 체험에서 우러난 감동이 얼마쯤 엷어졌고, 더구나 '아저씨'란 쓸데없는 인물을 또 설정해서 그 아저씨에게 이야기하도록 한 것은 주제를 전달하는 효과면에서 크게 손실을 가져온 것이 확실하다. 작품의 중심인물, 전개되는 이야기를 보는 각도, 이야기를 하는 이의 자리 같은 것은 어디까지나 짜여진 이야기 속에서 필연성이 있게 결정되어야 할 것이다.

그러면 이 글에 나타난 생활 체험을 바탕으로 하여 작품을 어떻게 구성할 수 있을까?

먼저, 주제부터 좀 생각해 보자.

최초의 감동은 병아리가 저를 살려준 사람을 엄마같이 여기고 따라다닌다는 데서 나왔다. 병아리도 엄마가 필요하다. 동물도 사람과 마찬가지다. 모든 생명은 존귀하고 평등하다. 그런데 이 세상에는 학대받는 생명들이 있다. 사람은 잔인한 짓을 예사로 한다. 사람은 동물을 학살하고 인간끼리 서로 죽이기도 한다. 어린이들도 어른들의 잔인성을 배우고 있다. 어린이들이 사람답게 자라나기 위해 그들에게 목숨이 귀하다는 것을 깨닫도록 해야 한다. 그러기 위해 동물들의 세계가 얼마나 착하고 아름다운가를 보여 주어야 한다.

이러한 생각, 곧 주제가 설정되었다면 이 주제를 잘 전달하기 위해 이야깃거리를 고르고 짜야 한다.

동물에 대한 사랑, 목숨의 귀중함, 사람들의 잔인한 행위에 대한 비판—이런 생각을 주기 위한 이야깃거리로서는 개, 소, 고양이 같은 집짐승을 비롯하여 온갖 새들과 물고기와 벌레들이 다 될 수 있다. 중심은 바로 그 동물이 될 수도 있고, 그 동물을 상대로 한 사람으로 할 수도 있다.

이미 병아리 이야기가 나왔으니 병아리를 제재로 한 이야기를 하나 생각해 보자. 병아리 이야기라면 곧 생각나는 것이 병아리를 사서 장난감으로 학대한다는 도시 어린이들 이야기다.

발단―골목길에 병아리 장수가 앉아 있다. 학교에 가는 아이들이 그 병아리를 사서 가지고 논다. 아이들 손에 놀림감이 돼서 던져지고 떨어지고 하는 불쌍한 병아리들.

전개―높은 곳에서 몇 번이나 떨어지고 하던 병아리들이 죽어간다. 그것을 보고 있던 어린 중심인물이 땅바닥에 떨어진 병아리들을 주워 고이 가지고 간다. 그중의 한 마리가 다행히 살아난다.

전환―어린이는 집에서 그 병아리를 기른다. 병아리와 함께 살아가는 과정은 대체로 앞에 든 작품에 나오는 내용대로 해도 좋을 것이다.

절정―그러다가 어린이는 이사를 가게 되었다. 빚 때문에 집을 팔고 어머니와 동생과 함께 남의 집 셋방으로 가게 된 것이다. 이사를 가게 되면 다 큰 병아리를 데리고 갈 수 없다. 이사 갈 집에 물어봐도 병아리를 가져오면 안 된다고 한다. 할 수 없이 어머니 말대로 병아리를 이웃집에 주기로 결심한다.

결말―이사를 가기로 한 하루 전날, 뜻밖에도 아버지가 돌아왔다. 멀리 돈벌이 갔다가 소식도 없었던 아버지가 갑자기 돌아온 것이다. 그래서 셋방이 아닌 다른 조그만 집을 사서 이사를 하게 되어 모든 것이 해결된다.

이 이야기의 구성은 기(발단)·승(전개)·전(절정)·결(결말)의 4단계에서 그 중간에다 '전환'이란 한 단계를 더 넣어 5단계로 하였다. 병아리 대신에 산새나 꿩의 이야기를 이와 비슷하게 쓸 수 있을 것이다. 여치나 메뚜기, 개구리도 된다. 다만 그런 날짐승이나 벌레들의 생태를 잘 연구해야 하리라. 그리고 마지막에 가서 병아리와는 달리 자연 속에 풀어놓아 주도록 해야 할 것이다.

그러나 이와 같은 이야기는 너무 흔하다. 이런 유형의 동화를 감동스러운 내용을 담아 정확한 문장으로 쓰는 일을 익힌 다음에는 좀 더 새로운 이야기, 지금까지 그 아무도 쓰지 않았던 참신한 내용과 형식으로 된 작품을 쓰고자 하는 의욕을 가져야 할 것이다.

또 이 이야기의 구성에서는 앞의 '병아리 이야기'를 셋째 번 단계에다 거의 다 넣어 버렸지만, '병아리 이야기'를 그것 자체로 더욱 재미있게 읽히도록 만들 수 없는 것도 아니다. 병아리의 삶이 너무 평탄하게 되지 않도록, 여러 가지 문제에 부딪히고 어려운 형편에 빠지고 하여 읽는이의 관심을 끄는 사건으로 펼쳐 나가도록 할 수는 없을까? 사람을 따라다니는 병아리를 잘 살펴보면 실제로 온갖 어려운 일들, 놀라운 일들이 많이 있을 것이다. 동물의 이야기를 사실성 있게 그리는 형식이니까 몇 가지 직접으로 연관성이 없는 이야기나 사건이 연쇄되어 생겨나도록 해도 좋겠지. 아무튼 창작에는 체험과 관찰에다 자유분방한 상상이 매우 소중하다.

제2장

옛이야기,
그 내림을 이어받는 문제

1. 옛이야기와 창작동화

✤

백 년 전만 하더라도 우리 나라에서는 동화작가가 없었고 동화란 말도 쓰이지 않았다. 그때는 다만 옛날이야기가 있을 뿐이었다. 동화란 말은 서구문학이 일본을 거쳐 들어온 후, 역시 일본에서 쓰던 말을 그대로 쓴 것이다. 그래서 동화란 말을 쓰기 시작하던 때 이 말의 뜻은 옛날부터 전해 오는 이야기로서 아이들이 어른들한테서 즐겨 듣거나 책에 기록된 것을 재미있게 읽는 것으로 되어 있었다. 해방 직후까지도 그랬다. 귀로 듣는 것과 눈으로 보고 읽는 차이는 거의 없었다. 책에 씌어 있는 이야기는 단지 입으로 이야기할 것을 그대로(조금은 글말로 바꿔서) 문자로 고정시켜 놓았다는 것뿐이었다. 우리 아동문학의 초창기에 활동했던 방정환 씨가 훌륭한 동화 구연가(口演家)였다는 것, 그리고 옛이야기를 글자로 옮겨 써서 책으로 만들어 내는 일을 애써 하였다는 것은 결코 우연한 일이 아니다.

그러던 것이 지금은 어떤가? 동화라면 작가들이 제멋대로 지어내는 이야기라고 누구나 알고 있다. 반세기 전에 동화라고 하던 것은 '옛날이야기' 혹은 '전래동화'라 하고, 그런 옛날이야기는 대부분의 사람들이 글자도 모르고 무지몽매하던 시대에 입으로나 전해 오던, 문학성이나 예술성이 없는 유치한 이야기로 여기게 되었다. 적어도 지금 동화작품을 창작하고 있는 많은 작가들이 은연중에 이런 생각을 하고 있다는 것은 숨길 수 없는 사실이다. 그리고 동화라면 눈으로 보고 읽는 것이 전부이고, 그것을 입으로 말하고 귀로 듣는 전달 방법은 특수한 경우에 한정되거나 곁다리로 되어 있는 것쯤으로 알게 되었다. 입으로 들려줄 경우, 특별한 말법을 연구하는 사람이 따로 있는 것으로 되고 그런 일들이 동화작가들의 일과는 상관이 없는 것처럼 여긴다. 구연동화란 것이 문학작품으로서는 한 등급 낮은 것으로 보이게 되었다.

입으로 말해서 귀로 듣던 것이 눈으로 읽히는 것으로 바뀜에 따라 동화는 표현 형식에서부터 내용에 이르기까지 너무 많이 달라졌다. 원고료를 받아서 살아가는 전문가들이 작품을 쓰게 되었다는 것이 동화를 아주 달라지게 만든 것이다. 동화를 읽는 쪽에서 보면 부모나 조부모나 그 밖의 어른들한테서, 어떤 자리에 앉아 친근한 분위기에서 들려주는 사람의 목소리와 표정과 함께 이야기 속으로 끌려가던 것이, 이제는 외롭게 혼자 앉아 책을 보게 된다. 책이란 아무리 다른 물질과 다르다고 하더라도 그것이 활자로 찍히고 기계로 인쇄되고 제본된 상품임에는 틀림없다. 그 옛날 등잔불 밑에서 듣던 이야기 속에는 부모들의 자식에 대한 간절한 소망과 사랑이 녹아들어 있었는데, 지금의 책으로 읽히는 창작동화에는 그런 애정이 빠져 있다. 그 대부분이 작가 혼자만의 인생관으로 씌어진다. 더구나 현대사회에서는 작가들의 취미나 인생관이란 것이 사회와 아동과는 끊어진 상태에서 이루어지는 경향이 두드러져서, 재미가 없고 읽히지 않는 작품들이 문학의 이름으로 변명되면서 쏟아져 나온다.

이것은 두말할 것도 없이 산업사회가 작가들을 사람답지 못한 길로 몰아가기 때문이다. 동화작가들이 읽는 아이들을 생각하지 않고, 더러는 "어른들이 즐기는 동화야말로 예술의 가치가 있다"고 하여 작가 자신의 값싼 관념 세계나 회고 취미, 또는 연애 감정 따위를 동화의 이름으로 쓰는가 하면, 심지어 돈과 권력을 숭배하고 입신출세의 삶을 권장하는 작품을 쓰기도 한다. 이야기 줄거리의 재미로 읽히던 동화가 소설의 기법을 빌려 묘사를 많이 하게 된 것은 문학의 변모 과정에서 어느 정도 수긍이 가는 일이지만, 그것이 너무 지나쳐 묘사가 문학의 전부인 것처럼 되고, 문장을 꾸미는 것이 곧 문학인 것으로 그릇 알게 되는 어처구니없는 현상이 벌어지기도 한다. 그리하여 묘사나 요란한 꾸밈말 문장에 가려져서 요긴한 이야기의 줄거리가 보이지 않게 되는 동화가 쏟아져 나오는가 하면, 애당초 이야기가 없는 동화까지 아무런 내용도 없는 채로 씌어져 나오기도 한다. 문장은 입말체에서 글말체로 되고, 그것이 점점 복잡해지고 난해해지는, 시대를 거스르는 현상이 나타난다. 이 모든 동화의 변모는 민중의 것이던 구전문학이 분업화·전문화·상업화했기 때문이며, 이러한 추세는 농업 중심의 사회체제가 무너지고 상공업 중심의 도시 산업사회가 된 것과 그 역사를 같이하는 것이다. 더구나 우리 동화가 이와 같이 극단으로 비뚤어진 모습을 보여 주는 것은 우리의 역사와 사회 자체가 안고 있는 기형으로 된 특수성에 말미암은 것이라 생각된다.

우리의 옛이야기와 창작동화는 이렇듯 너무 서로 다르게 대조적 문학 세계를 보여 주고 있다. 옛이야기와 창작동화는 그 계보를 각각 달리 가질 수 없고 한 역사로 이어져야 하며, 창작동화는 당연히 옛이야기의 내림을 받아 그 문학 세계를 창조 발전시켜 나가야 옳을 것이다. 그런데 우리의 창작동화—적어도 현재 거의 모든 작가들이 쓰고 있는 동화는 그 계보가 모호하여 조상이 없는 상태다. 족보가 있다면 일본을 거쳐 온 서유럽의 것이다. 우리의 내림은 어디로 갔는지 행방을 모르겠다. 방정환의 노력에도 불구하고, 그리고 마해송, 이주홍, 이원수 님들의 공헌에도 불구하고, 오늘날의 20대에서 40대에 이르는 대부분의 작가들한테서 우리 동화의 내림을 찾는다는 것은 매우 힘들게 되었다. 더욱 문제되는 것은 작가들이 내림을 찾으려고 하지 않고, 그런 것을 찾는다는 것이 문학의 퇴보인 것으로 알고 있거나, 아니면 아주 뜻 없는 옛것 돌아보는 취미에 빠지는 것을 내림의 계승이라고 잘못 알고 있는 것이다.

2. 옛이야기에 대한 관심과 이해

✤

　우리 아동문학에서 옛이야기에 관심을 갖게 되고, 문학의 전통성을 찾아야 한다는 깨달음이 얼마쯤이라도 생겨나게 된 것은 1970년대에 들어와서부터다. 1972년에 나온 《아동문학사상》(김요섭 편집)에서는 '전래동화의 세계'란 표제로 특집을 꾸민 바 있고, 계간 《아동문학평론》은 1977년 여름호에서 '전래동화와 아동문학'을 특집으로 내었다. 두 아동문학 단체에서도 모두 한 차례씩 전래동화, 혹은 아동문학의 전통성을 주제로 연수회를 가진 바 있다. 전래동화집의 간행도 활발해져서 동화집의 머리말이나 발문, 후기 들에는 저자들의 전래동화에 대한 견해나 재화(再話)의 원칙 같은 것을 밝혀 놓은 것도 나오게 되었다. 1970년대에 들어와서 이와 같이 옛이야기나 전통문학에 대한 관심이 높아진 것은 우리의 일반 문단에서 지난날의 식민지 문학관과 서구문학 추종의 역사를 비관하게 된 추세와, 이웃 나라 일본 문단의 민화 연구에 자극 받은 것이 아닌가 생각한다.

　그런데 아이들한테서 환영받는다고 하여 여러 출판사에서 전래동화집을 내었지만 그런 책들이 바람직한 모습으로 나온 것은 극히 드물고, 연구 논문도 겨우 한두 분이 남다른 관심을 보였을 뿐 이것을 전공으로 깊이 파고드는 이가 없으며, 논문집 한 권 나오지 못한 실정이다.

　유럽의 여러 나라들은 벌써 오래 전에 민간설화를 모아 정리하는 일을 끝내고 이를 바탕으로 하여 저마다 자기 나라의 풍토에 맞는 아동문학을 창조해 왔으며, 2차 대전 이후에는 아프리카·동남아의 여러 약소 국가들도 모두 설화를 수집·정리·보존하는 일에 힘을 기울여 왔는데, 우리 나라에서는 아직도 사회에서는 거의 내버려둔 상태다. 겨우 뜻 있는 몇몇 사람들이 다른 일을 하는 틈틈이 한 부분을 수집 기록하여 온 정도이며, 출판업자들은 일제시대 이후에 나온 몇 권의 바탕책을 가지고 적당히 고쳐 다시 엮어 내고 있는 실정이다. 《구비문학의 세계》를 쓴 조동일 씨에 따르면 우리 나라에는 한 군(郡)에 전승되는 구비문학의 자료만 해도 한 작가가 평생을 두고 연구해야 할 만큼 풍부하다고 하는데, 아직 우리는 이런 일에 손도 대지 못한 상태이고, 귀중한 문화 유산이 그대로 사라져 가고 있는 형편이다.

여기에다 교육이나 문학에 관심이 있는 이들이 옛이야기나 우리의 전통에 대한 이해를 어느 정도로 하고 있는가 하는 문제에 이르면 더욱 한심하다. 최근 이에 대한 관심이 높아져 논문도 나오고 논의도 더러 있었다고 앞에서 말했지만, 아동문학을 전공으로 한다는 이들조차 어느 정도로 참된 깨달음을 하고 있는지 대단히 의심스럽다. "전통을 이어받아야 한다", "민족문학의 뿌리를 찾자", "고전(古典)의 유산을 보존하자" 이렇게들 부르짖고 있는 터이지만, 그것이 막연한 구호에 그치고 있다는 느낌이다. 역사학계에서 식민지 역사관을 비판하여 주체가 있는 사관을 확립하려는 데 영향을 받아 일반 문단에서도 문학사의 구분부터 다시 하게 되니까 아동문학도 덩달아 구호 같은 것을 외쳐 본 것이 아닌가, 우리 자신의 주체가 서 있는 아동문학관을 확립하는 데에 이르지 못하고, 그저 일반 예술이 옛것을 찾는 구호의 흉내를 낸 것이 아닌가 의심되는 것이다. 그 까닭은 아동문학의 이론을 담당하고 있다

고 자처하는 사람의 저서나, 앞에서 든 잡지들에 나온 논문들을 살피면
잘 알게 된다.

여기서 옛이야기나 우리의 전통을 보는 학자나 아동문학인들의 관
점이 어떤 자리에 있는가 알아보자.

> 이러한 전래동화나 전래동요는 작가가 불명한 민중 공동 제작품으로
> 서, 그 내용과 소재가 동화적·동요적 요소로 충만되어 있다. 이들은
> 원시민족의 사고방식을 대변하는 것으로 물활론(物活論)·유령설(有
> 靈設)을 기반으로 하고 있으며, 이것은 곧 아동문학의 대상인 아동의
> 사고방식과 일치하고 있다. 그러므로 이들 전승문학은 개작·재화·정
> 리되어 아동문학의 영역에 들어온 것이다.(이재철,《아동문학개론》,
> 서문당, 1990, 175쪽)

> 옛날이야기에는 인류의 조상들이 원시적 미개시대에 자연과 사물을
> 과학적으로 이해하지 못했고, 합리적으로 해석하지 못한 데서 나온 것
> 이다.(위의 책, 186쪽)

이 인용문에 나타난 견해를 살펴보면 ① 옛날이야기는 인간이 미개
했던 원시시대의 산물이며, ② 옛이야기나 전래동요는 작자가 불명한
민중의 공동 제작품(따라서 오늘날의 창작동화에 비해 한 등급 떨어지는
것)으로 그 내용과 소재가 (그대로 동화나 동요로는 될 수 없으니) 겨우
'동화적·동요적 요소로 충만'해 있을 뿐이다. ③ 이 옛이야기나 전래
동요는 물활론·유령설을 믿고 있던 미개인들의 생각을 보여 주고 있
는데, 이것이 아동의 사고방식과 같다.(여기서는 아동의 존재를 미개인과

같이 낮춰 본다.) ④ 이래서 전승문학은, 구전하는 그대로는 문학이 될 수 없고, 그것을 고쳐 써야만 아동문학이 된다.(옛날이야기는 인류의 조상들이 원시적 미개시대에…… 어쩌고 했는데, 조동일 씨에 의하면 우리의 옛이야기는 그 대부분이 18세기 이후에 형성된 것이라 했다.)

이러한 잘못된 견해는 하필 이 씨만 가진 것이 아니고 옛이야기를 논의한 거의 모든 글에서 발견된다. 그리고 이것이 오늘날 거의 모든 아동문학작가들이 가지고 있는 문학관이 아닌가 싶다. 이것이야말로 경제면에서 가난한 나라나 짓눌려 있는 민족, 더구나 글자를 가지지 못한 민족을 열등시하고, 그들이 가지고 있는 구전문학을 문학으로 보지 않으려고 하는 서구문학에 중독된 사람들이, 있어 버리지 못하는 문학관이다. 이러한 문학관이 그대로 우리의 역사나 내림을 멸시하는 사상으로 굳어져 있음은 말할 것도 없다. 그리하여 옛이야기는 미개한 원시인들이나 갖고 있던 것이고, 그런 것은 문학도 예술도 될 수 없으니 이를 문학이 되는 동화로 다시 고쳐 써야 한다는 의견은 거의 모든 논문의 필자들이 아무런 주저도 없이 말하고 있는 것이다.

> 문화가 발달됨에 따라 민중의 예술적 욕구가 구비동화만으로는 만족할 수 없게 되면 구비동화를 소재로 하여 예술적인 동화를 재창조하게 된다.(장덕순,《전래동화의 세계》)

이러한 논술에는 물론 일면의 타당성이 있지만, 민중의 예술적인 욕구가 과연 어떤 것인지, 그리고 그런 욕구가 옛이야기보다 이른바 '예술적인 동화'로 다시 창작했다는 오늘날의 창작동화에 더 만족하고 있는지 검토한다면 이런 견해는 좀 더 신중하게 말하지 않을 수 없을 것이다.

이런 전래동화를 우리는 갈고 닦아 거기에 문학성을 부여하여 하나의 정착된 문학 형태로서 남기는 게 중요하다고 하겠다.(한상수,《전래동화의 민중의식과 형식》)

이것은 한 논문의 결론 중에서도 마지막 구절이라 글쓴이가 가진 핵심 되는 견해라 보인다. 이에 따르면 옛이야기는 문학성이 없는 어설프고 자리 잡히지 않은 이야기이며, 이것을 갈고 닦아 '문학성을 부여'해야 하는 것이다. 분명히 잘못된 견해다. 옛이야기야말로 오랜 세월을 지나는 동안에 수많은 사람이 갈고 닦은 보물과 같은 것이다. 어찌 한 작가의 머리로 만든 것에 댈 수 있겠는가? 설령 재화·재창작이 필요하다 하더라도 그것은 옛날부터 문학성이 없기 때문이 아니라 오늘날의 시대에 맞지 않아서 그렇게 하는 것이다.

설화는 화석이나 골동품이 아니라 민중 속에 살아 있는 민족의 집단적 정신과 생명이요, 장 깊은 내면에 흐르고 있는 지하수로서 언제나 우리를 온고지이신(溫故而知新)시키고 수구초심(首邱初心)으로 일깨워 주는 살아 있는 어제요, 또 오늘과 내일의 미풍양속(美風良俗)의 거울이다.(이재철,《아동문학평론》1977년 여름호, 권두언)

따라서 우리 아동문학가들은 고전 유산의 현대적 계승이란 기치 아래 옛이야기를 채집·보존하는 데 힘쓸 뿐 아니라, 그것을 문학으로 승화시키기 위해 전래동화의 특질과 구조를 연구하고 그것을 민족의 고전으로 남기기 위한 개작·재구성 작업에 솔선수범해야 할 의무가 있는 것이다.(위의 글)

여기서는 설화를 온고이지신이니 수구초심 정도로 보고 있고, 미풍양속의 거울쯤으로 이해하고 있다. 그래서 문학가들은 그런 고전(古典) 유산(고전이라고 했지만 그 뒤에 이어진 문장을 보면 그것은 문학으로 승화되지 못한 '고전'이다.)을 '문학적으로 승화'시켜 '민족의 고전으로 남기기 위해' 솔선해서 개작·재구성 작업을 서두를 의무가 있다고 했다.

이상 몇 분의 글에 나타난 것과 같이 옛이야기를 중심으로 한 전통 계승에 대한 견해는 거의 모든 논자들이 한결같이 옛이야기는 문학이 될 수 없고, 그래서 고쳐 쓰거나 그 내용과 소재만 가지고 다시 창작해서 참된 문학이 되도록 해야 한다고 하고 있다. 이것은 위험하기 짝이 없는 무책임한 말들이다. 옛이야기의 수집 정리 작업도 전반으로는 손도 대지 못한 채 아까운 유산들이 사멸해 가고 있는 이때에 겨우 얼마쯤 기록으로 남겨 놓은 것마저 그것을 신중하게 보존하려 하지는 않고 다만 그런 어설픈 옛이야기를 고치고 보태고 깎고 새로 써야 한다고 너도 나도 주장하고 있으니, 만일 이런 논자들의 말대로 한다면 간신히 보존해 가지고 있는 것마저 모조리 짓밟아 없애고 말게 될 것이 아닌가! 이런 일을 아동문학인들이 의무로 알고 다투어 하게 된다면(벌써 그런 노릇을 태연히 하고 있는 이들이 있다.) 아동문학인들이야말로 우리 것을 이어받는 것이 아니라 우리 것을 파괴하는 죄인이 될 것이다.

다음에 또 한 가지 매우 한심스러운 것은 우리의 옛이야기를 외국의 그것에 비교해서 보잘 것 없다고 낮춰보는 태도다.

> 외국의 동화는 금빛 찬란한 왕자와의 로맨스, 공주와의 로맨스가 꽃피고 있는데, 우리 전래동화에는 이와 같은 이야기가 빈곤한 것은 무엇을 말하는 것일까?

전래동화란 민간 속에서 서민들이 즐기는 대중오락이라고 보면, 궁정 이야기가 되어서 불경죄에 걸릴까 하여 피했던 것인가? 아무튼 우리 정신사의 풍요성을 위하여 왕자나 공주와의 이야기가 화려하게 개화를 보지 못한 것은 못내 아쉬운 일이다.

우리 정신사의 빈곤을 드러내는 것은 왕자나 공주뿐 아니다. 거인(巨人)과 작은이도 우리 전래동화 속에서는 별로 나타나지 않는다.(김요섭,《아동문학사상》 8, 권두언)

동화작가들이 무엇보다도 해야 할 일은 몇 천 년을 두고 화석화(化石化)된 거인과 작은이를 동화 창작을 통해 불러내는 일이다.(위의 글)

우리의 옛이야기에 '금빛 찬란한 왕자와의 로맨스, 공주와의 로맨스'가 없는 것을 한탄하고 기인과 작은이가 나오지 않는 것을 섭섭해하는 것은 우리 나라 사람의 머리칼이 노랗지 않고 눈이 파랗지 않음을 원통하게 여기는 마음과 똑같다. 이 얼마나 서구문학에 심취되어 있는 상태인가? 내가 보기로는 우리의 민중들이 전해온 이야기에 왕자나 공주 따위의 이야기가 없음은 너무 당연하고 크게 자랑삼을 일이다.

우리나라의 전래동화의 속성은 거의 권선징악의 플롯 이상을 넘지 못하고 있다. 모험이나 슬기나 신비가 깃들어 있지 않다는 말이다.(유경환,〈어머니 목소리 속 동화의 나라〉,《아동문학사상》)

줄거리뿐이지 묘사가 없고, 교훈이나 비극 위주이며, 모험과 슬기, 그리고 신비가 결여되어 있다고 본다.(위의 글)

……서구 사회의 전래동화나 민화에서 볼 수 있었던 개혁, 저항정신이나 모험, 탐험심을 우리에게 주지 못했다.(위의 글)

　이 인용문에서 "줄거리뿐이고 묘사가 없고, 교훈이나 비극 위주"란 점에 대해서는 뒤에 가서 상세히 말할 기회가 있을 것이다. 여기서는 우리 옛이야기에 모험과 슬기와 신비가 없다고 한 말에 대해서 언급한다. 우리 옛이야기에 대한 이런 불만 역시 서구문학에 빠져서 헤어날 줄 모르는 상태에서 나온 말이다. 근세에 들어 서구인들(해적과 다름없는 이들)이 배를 타고 아프리카나 아시아의 연안, 남북 아메리카를 찾아가서 그곳의 원주민을 총칼로 위협하고 약탈하여 온 역사의 과정에서 생겨날 수 있었던, 미지(未知)와 신비의 세계를 상상하고 모험심을 자극하던 문학작품들에 견주어, 우리의 옛이야기가 그렇지 못하다고 한스럽게 여긴다면 이 얼마나 비참한 생각인가? 또 슬기란 어떤 것을 말하는지 몰라도 우리의 옛이야기를 읽으면 거기 민중들의 슬기가 넘쳐 있다. 언뜻 보기에 아무 뜻도 없이 다만 웃기기만 하는 듯한 짧은 이야기 속에도 거기 무르익은 풍자가 있고 혹은 깊은 가르침과 슬기가 은연중에 담겨 있다. 그런데 슬기가 없다니!
　우리가 옛이야기와 같은 자랑스러운 문학 유산에 대해 갖는 견해와 처지는 민족과 민중에 대해 갖는 그것이다. 민중을 멸시하고 민족을 열등시하는 처지에 서 있는 사람은 민중의 전통을 멸시하고 옛이야기를 열등시할 것이 당연하다. 민중을 높이 보고 민족에 애정을 갖는 사람만이 민중들의 느낌과 말을 사랑하고 그들이 남긴 이야기를 속속들이 이해하게 되는 것이다. 이웃나라 일본에서는 우리의 몇 십 배나 되도록 옛이야기를 기록 보존하고 있다. 나는 그 나라의 옛이야기를 별로 읽어 보지 못했지만, 일본인들이 자기 나라의 문학 유산을 아끼고 가꾸려는 태도는 대단하며 아이들도 그렇게 풍부하게 기록된 옛이야기를 즐겨 읽으면서 자라고 있다. 그런데, 얼마 전 그 나라의 한 아동 문학작가가 한국의 옛이야기를 몇 편 읽고 나서 탄복하는 말을 바로 들었다. "한국의 민화는 일본의 민화보다 훨씬 훌륭합니다. 세계에 자랑할 만합니다"고 했던 것이다. 나는 이 일본인의 말과, 우리 나라 옛이야기에 실망하고 있는 우리 아동문학작가들의 말을 비교해서 생각해 본다. 그리하여 아직도 우리는 식민지 문학관을 버리지 못하고 있다는 것을 통감하게 되는 것이다.

3. 옛이야기의 자리

✤

여기서 잠깐 옛이야기의 위치를 살피고 넘어가기로 한다. 아동문학에서 옛이야기는 어떤 자리에 있는가? 릴리언 H. 스미스(Lillian H. Smith)는 그의 저서 《아동문학론》에서 어린이들이 읽는 책을 다음 아홉 가지로 나누어 놓았다.

① 옛날이야기
② 신(神)들과 인간
③ 서사시와 사가의 영웅들
④ 시
⑤ 그림책
⑥ 스토리
⑦ 판타지
⑧ 역사소설
⑨ 지식의 책

이 중에서 ①, ②, ③이 모두 구전문학에 들어가는 것이니 옛이야기가 아동문학에서 얼마나 중요한 자리를 차지하고 있는가를 알 수 있다.

다음에 미국의 여러 대학에서 아동문학 교과서로 쓰고 있다고 하는 메이힐 아버스노트의 저서《어린이의 책》에는 아동문학을 다음과 같은 갈래로 나누어 놓았다.

① 다시 한 번 노래하며

ㄱ. 마더 구스와 발라드

ㄴ. 어린이 세계의 시, 난센스와 일상생활의 시

② 옛날 옛날에

ㄱ. 묵은 마법(魔法)―옛이야기와 민화

ㄴ. 우화·신화·서사시

ㄷ. 새로운 마법(魔法)

③ 픽션과 픽션보다 이상한 것

ㄱ. 동물 이야기

ㄴ. 지금 이곳의 이야기

ㄷ. 다른 때와 장소

ㄹ. 전기

여기서는 크게 셋으로 나누었는데, '① 다시 한 번 노래하며'는 시요, '② 옛날 옛날에'는 공상 이야기요, '③ 픽션과 픽션보다 이상한 것'은 현실 이야기이다. 구비문학은 ②에 해당된다.

가미쇼 이치로(上笙一郎)의 《아동문학론》에는 열 가지로 갈래를 나눠 놓았다. ① 스토리텔링, ② 그림책, ③ 동요, ④ 소년소녀 시, ⑤ 공상 이야기, ⑥ 소년소녀 소설, ⑦ 희곡, ⑧ 재화(再話), ⑨ 전기, ⑩ 논픽션―이렇다. 여기서는 '⑧ 재화'가 옛이야기이다.

후쿠다 기요토(福田淸人), 나메가와 미치오(滑川道夫), 도리 고에신

(鳥越信) 엮음의 《아동문학개론》에서는 아동문학의 형태를 다음 여섯 가지로 분류했다.

①동요·시
②아동극
③그림책·유년극
④대중아동문학(모험소설·탐정 소설·구연성이 짙은 이야기)
⑤전승동화(민화·옛이야기)
⑥구연동화

여기에서도 '⑤전승동화'가 한 항목으로 되어 있다. 이런 갈래 문학에서 느낄 수 있는 것은, 외국에서는 어린이들이 보는 책이나 아동문학을 분류하는 데 어디까지나 독자인 어린이의 처지에서 살피고 있다는 사실이다. 그런데 이재철 씨의 《아동문학개론》에는 아동문학을 동요·동시·동화·아동소설·아동극의 다섯 가지 갈래로 나누어 놓았다. 어린이들이 가장 즐겨 읽고 많이 보는 옛이야기를 외국에서는 모두 아동문학의 중요한 갈래로 다루고 있는데 우리 나라에서는 아예 갈래에도 넣지 않고 있다. 옛이야기가 한 갈래로 인정되고 있지 않을 뿐 아니라, 그것이 문학으로조차 대우를 받지 못하고, 다만 문학이 될 수 있는 글감으로 다루어지고 있다 함은 앞에서도 말하였다. 참으로 이상한 일이요 잘못된 일이라 아니할 수 없다.

4. 옛이야기에 대한 불만과 비난에 대하여

✤

옛이야기에 대한 불만과 비난은 가장 그것을 잘 이해해야 하고 그 내림을 이어받아야 할 아동문학인들이 하고 있다는 데 문제가 더 심각하다. 일반으로 흔히 내던지는 불만과 비난의 화살이 어떤 것인가 검토해 보자.

첫 번째 던지는 화살은 주제에 대한 것인데, "사상이 너무 단순하다"는 것이다. 교훈이 위주가 되고 "권선징악뿐이다"고 한다. 그러나 바로 이 점이 옛이야기의 생명이다. 복잡한 주제와 불투명한 사상은 민중들과 인연이 없는 것이고, 어린이의 것이 될 수 없다. 주제의 단순성은 민중들이 살아가는 태도가 확고한 데서 나온 필연의 결과다. 권선징악뿐이라지만, 가령 《해님과 달님》 같은 것은 권선징악을 어떻게 말할 수 있으며 교훈성을 어떻게 논할 수 있는가?

두 번째 화살은 구성이 단순하다는 것이다. 단선이라든지, 발단·전환·종결의 세 단계뿐이라든지, 반드시 시간의 경과에 따라 말하고 있다든지 하는 따위다. 그러나 또 바로 이 점이 동화문학의 기본 특성을 잘 보여 주는 것이다. 동화가 복잡한 구성으로 되어 있으면 동화일 수 없다. 앞에서 주제의 단순성이, 민중들의 살아가는 태도의 명확함을 말해 주는 것이라고 했지만, 옛이야기의 구성이 단순함은 민중들의 확실한 인생관·세계관에서 오는 느낌과 생각을 또한 명료한 형태로 전달하기 위함인 것이다.

세 번째의 화살은 문장 표현에 대한 것인데, 이야기만 있고 묘사가 없다는 것이다. 인물·정경·심리의 묘사가 없어 재미가 없고, 이래선 문학이 되지 않는다는 것이다. 그러나 옛이야기의 재미는 이야기의 재미다. 그것은 지루한 묘사가 없기 때문에 얻어진다. 현대의 창작동화에서도 묘사란 것이 조금이라도 지나치면 재미가 없다. 그리고 옛이야기에서 묘사를 하지 않고 행동의 설명으로 이야기하는 까닭은, 민중들이 인간과 사물을 움직임이 없는 말이나, 머리로 생각하는 논리로서가 아니라 행동으로 파악하기 때문이다. 여기서 어린이들 역시 행동으로 사물을 알고 깨닫는다는 사실에 주목할 필요가 있다. 동화가 아동문학에서 가장 특색 있는 갈래로 되어 있는 까닭, 그 동화의 문장이 단순 선명해야 하는 까닭이 이러하다.

네 번째 화살은 등장인물의 틀(전형성)을 말하는 것인데, '유형(類型)'으로 되어 있다는 것이다. 이 문제에 대해서는 옛이야기의 창조자인 민중이 그들을 압박하는 권력 계급과 언제나 맞서 있는 자리에 놓여 있었다는 사실을 깨달으면 이해될 것이다. 즉, 옛이야기의 창조자들은 오늘날의 많은 작가들처럼 제3자의 눈을 가질 수 없었다. 옛이야기에 나오는 등장인물을 보면 포악한 군주나 관리에 대해서는 반드시 서민이 맞서 있고, 호랑이에 대해 토끼라든가, 양반에 대해 평민이라든가 하여 서로 대비되어 이야기가 꾸며져 있는데, 이것은 내면의 갈등을 외면의 대립 관계로 파악하여 보여 주고 있는 옛이야기의 특성이라 할 만하다.

옛이야기는 그것이 창조되고 전수되던 시대와 환경을 무시하고서는 이해할 수 없다. 이상의 네 가지 비난의 화살은 옛이야기가 훌륭한 민중의 문학으로 그 할 일을 발휘하고 있던 시대를 조금도 생각하지 않고, 마치 현대 도시의 어느 빌딩에서 열리는 옷 전시장에서 한복의 무명옷·삼베옷을 꺼내어 생산 과정이 거북스럽다느니 실용성이 없다느니 색깔이 어떻다느니 유행에 뒤떨어졌다느니 하고 비난하는 것과 같다. 대개 문학의 갈래란 시대에 따라 변천되어 어떤 갈래가 어느 시대에는 크게 발전했다가 시대가 바뀌면 그것이 어느 정도 쇠퇴하여 또 다른 갈래가 생겨나기도 하는 것이다. 이것은 그림의 경우와도 비교할 수 있다. 밀레의 그림과 피카소의 그림을 서로 비교하면서 그 어느 한편의 처지에서 다른 그림을 돼먹지 않았다고 한다면 이보다 더 어리석은 일이 없을 것이다.

다만 여기서 옛이야기와 오늘날의 창작동화를 비교해서 확실히 말할 수 있는 것은 옛이야기는 그것이 참으로 오랜 세월을 두고 민중과 어린이의 훌륭한 문학으로 그 할 일을 다해왔지만, 현대의 창작동화란 것은 아직 그 세계를 확실히 가지지 못하여 남의 나라 것이나 어른들 문학의 흉내나 내려고 이리 기웃 저리 기웃 살피고 있으며, 어린이들에게도 어른들에게도 별로 환영받지 못하고 있다는 사실이다. 적어도 우리 나라의 경우는 그러하다. 옛이야기와 지금의 창작동화, 그 어느 것이 문학의 이름으로 버젓이 내세울 만한 것인지 실제 작품들을 두고 한번 생각해 볼 일이다. 그리하여 무명옷이나 삼베옷이 아직도 훌륭히 우리들 상황에 쓰일 수 있듯이, 그 이상으로 옛이야기에서 우리의 창작동화가 찾아 가져야 할 것이 많다고 본다. 우리 동화가 우리 땅에 뿌리를 내리지 못한다면 결코 제대로 그 열매를 맺지 못할 것이다.

5. 무엇을 이어받아야 하는가

✤

　오늘날의 창작동화가 옛이야기에서 배워야 할 것은 첫째가 민중성이요, 다음이 사상성(교훈성)이며, 셋째가 흥미성이다. 이 세 가지는 그대로 옛이야기의 특성이요 생명이다. 곧, 누가(민중성) 무엇을(사상성) 어떻게(흥미성) 창조하였는가, 하는 것을 우리의 뿌리에서 찾아야 한다.
　첫째, 민중성의 내림을 생각해 본다. 옛이야기에 나오는 중심인물은 모두가 일하면서 살아가는 민중이고, 모든 이야기는 민중의 생활에서 우러난 것이다. 간혹 어떤 것이 바로 민중의 생활을 이야기한 것이 아닌 것도 있지만, 그런 것 역시 민중의 눈과 귀와 마음을 통해 만들어진 것이다. 우리는 수수떡을 이고 가는 할머니가 호랑이에게 그 떡을 다 빼앗기고 목숨마저 잃게 되는 이야기를 통해, 속고 당하기만 하여온 민중들의 한 많은 삶을 역력히 느끼게 된다. 그리고, 이 이야기의 후반부에서 어린이로 상징되는 민중이 얼마나 착하고 정직한가를 새삼 생각하게 되고, 모든 희망을 철저하게 빼앗긴 상태에서 오직 하느님께 구원을 빌고 있는 민중의 기막힌 역사를 읽게 된다. 우리 민중의 삶을 이만큼 감동적으로 형상화해 보여 준 동화고 소설이 현대문학에서 창조된 일이 있는지 나는 모른다.
　옛이야기의 민중성은 그것이 전수되고 있었던 자리의 형편과 분위기를 생각하면 더욱 잘 이해하게 된다. 옛이야기는 우리들의 구들방에서 생각났다. 거기서는 이야기하는 사람과 듣는 사람, 곧 창조하는 사람과 받아 누리는 사람이 무릎을 맞대고 호흡을 같이하고 있었다. 이야기하는 사람과 듣는 사람이 하나로 되어 있었다. 그 방이란 것은 한 식구가 모두 말없이 앉아 텔레비전을 시청하는 오늘날의 방 안 풍경과는 아주 달랐다. 또 흔히 '동시' 같은 데서 겨울밤 할머니가 화롯불에 밤을 묻어 두고 손자들에게 옛날이야기를 들려주는 장면을 그려 보이고 쓰지만(물론 그런 경우도 있겠지만), 그러나 그런 틀에 박힌 장면 묘사는 오늘날의 동시대인들이 우리 선조들의 참된 삶을 생생하게 파악하지 못하고 다만 어떤 모양으로 굳어진 장면을 안이하게 그리는 버릇으로 된 것일 뿐이다.

자, 우리의 옛날 민중들의 겨울 방 안 생활 풍경을 한번 그려 보자. 거기에는 할머니와 손자들만 앉아 있는 것이 아니다. 등잔불을 둘러싸고 아버지도 어머니도 언니도 동생도 온 식구가 있는 것이다. 앉아서 이야기만 하는 수도 있지만, 대개의 경우 일을 하고 있다. 아버지는 흔히 짚신을 삼았다. 새끼를 꼬는 일도 흔하고 멍석을 매기도 했다. 이런 일은 겨울 동안에 하지 않으면 안 되는 것이다. 그리고 어머니는 옷을 짓거나 다듬이질을 했다. 버선을 꿰매기도 했다. 집안일이란 여자들의 경우 더욱 많아서, 겨울밤이라 해서 가만히 앉아 세상 이야기나 하고 있는 경우는 아주 드물었다. 할아버지도 같이 일을 하시는 것이 예사였다. 이렇게 옷을 깁고 신을 삼으면서 아이들에게 들려주던 것이 옛이야기였던 것이다. 그러니 이야기가 전수되던 자리는 온 식구가 모여 앉아 일을 하는 자리, 생산을 하는 자리였다는 것, 이야기하는 사람과 듣는 사람, 창조하는 사람과 받아 누리는 사람, 어른과 아이가 온전히 하나로 되어 있었다는 사실에서 민중성의 본질을 이해해야 되는 것이다.

물론 언제나 일만 하는 것이 아니고, 때로는 고담(古談) 책을 한 사람이 읽으면 이웃 사람들까지 모여서 듣기도 하였고, 아이들에게 천자문이나 동몽선습(童蒙先習)이나 명심보감(明心寶鑑) 같은 것을 가르치기도 했다. 함께 앉아서 세상 이야기, 다음 해 농사 의논도 했겠지. 아무튼 옛이야기를 듣고 들려주던 방은 생산하는 자리인 동시에 교육하는 자리요 쉼과 놀이의 자리였다는 것, 그리고 그 생산과 쉼과 놀이와 교육이란 것이 같은 민중을 따라서 이뤄지고 그 누구의 지시나 간섭으로 되는 것이 아닌 민중 스스로의 삶이었다는 점이, 오늘날 생산과 소비, 노동과 놀이가 분리되고, 텔레비전을 보는 방이 완전히 생산과 격리된 소비와 놀이만의 자리가 되어 있는 것과 아주 다른 점이다. 그리고, 옛이야기가 무엇보다도 생산을 하는 이들의 느낌과 생각의 세계를 잘 보여 주고 있는 점에서 옛이야기의 민중성으로 우리가 귀하게 여기는 것이다.

　오늘날 우리가 지난날의 유산에서 배워야 할 점이 많지만, 그중에서도 가장 먼저 주목해야 할 것이 바로 옛이야기가 전수되던 자리에 대해서다. 지금 우리가 참된 아동문학을 창조하는 데서 가장 중대한 자격한 가지가 빠져 있다면 그것은 작가들이, 민중과 어린이들이 살아가는 자리, 생산의 자리에서 멀리 떨어져 있고, 그 멀리 떨어져 있는 것을 또 당연하게 알고 있는 것이다. 이렇게 된 까닭은 말할 것도 없이 사회와 산업의 구조가 크게 달라진 때문이다. 옛날에는 작가란 사람이 따로 없었는데, 모든 것이 분업화·상업화된 지금에는 소설가·동화작가·시인이 따로 생겨 글만 쓰고 있다. 인간의 소외 현상, 비인간화 현상은 이렇게 해서 나타나는 것이다. 그러므로 작가가 참된 문학작품을 쓰려면 그 자신의 인간성을 회복해 가지려는 성실한 노력을 끊임없이 이어가지 않으면 안 된다. 작가의 인간성을 어떻게 회복하는가? 자신이 비인간성을 강요받고 있는 형편에 놓여 있다는 사실을 깨닫고 개인으로 살아가는 껍질 속에 갇혀 있는 상태에서 벗어나 모두가 살고 있는 현장으로 나아가 역사와 사회를 전체 관계에서 이해하고 파악하는 태도를 가져야 할 것이다. 도대체 누구를 위해 누구에게 읽히기 위해 쓰는가, 이런 물음에 올바른 몸가짐으로 해답함이 없이, 그저 쓰고 싶어 쓴다는 따위 말로 얼버무린다면 이것보다 더한 무지가 어디 있겠는가? "어른들이 읽을 수 있어야 버젓한 문학작품이 된다"고 하면서 어린이들이 읽을 수도 없고 읽을 맛도 없는 이상야릇한 글을 동화라고 쓰고는 그것을 자랑삼기까지 하는 작가들이 있다는 것은 실로 어처구니없는 일이다.

아동문학의 세계에서는 어린이와 어른이 따로 없다. 그것은 그 옛날의 설화 시대에 어른과 아이가 한 방에서 같은 이야기를 즐기면서 살았던 것과 같다. 어린이와 어른을 따로 갈라서 어린이는 보잘것없고, 어른은 월등 높은 수준의 세계에서 살고 있는 존재라고 생각하는 것은 어린이를 모르고 인간을 모르는 태도이며, 아동문학을 말하거나 작품을 쓸 자격이 없는 사람이다. 어린이들이 즐겨 읽는 동화라야 어른도 재미있게 감상할 수 있다는 것은 아동문학의 상식이다. 생활 이야기든 공상 이야기든 창작동화에서 민중성의 전통을 이어받는 일은, 작가들이 독자인 어린이의 세계를 어른의 유치한 상념이나 게으른 정신의 퇴영 취미나 안이한 관념의 흉내로서가 아니라 참으로 어린이가 살아 있는 세계, 살아서 움직이는 세계를 알고 붙잡는 데서 될 수 있을 것이다. 작가 자신이 어린이가 살아가는 자리에서 함께 숨쉬는 민중성을 몸으로 얻어 가져야 한다. 동화를 쓰는 이들 중에는 그 자신이 어렸을 때를 추억해서 쓰는 이들이 있고 그럴 수도 있지만, 그것만으로는 살아 있는 문학의 창조가 어렵게 되었다. 그만큼 오늘의 사회는 30년 전이나 40년 전과는 아주 다르고, 10년, 20년 전과도 다르게 되었다. 오늘날의 어린이들이 교과서에 나오는 어린이같이 그렇게 행복하지 않다는 것, 그 어린이들의 불행이 옛날과는 또 다른 모습으로 심각해져 있다는 것, 그리고 외국 동화에 나오는 꿈같은 세계의 어린이들과는 매우 다른 역사와 생활 속에 숨 쉬고 있다는 것, 이것을 모르고서 동화고 소설이고 시를 쓴다면, 그런 작가나 시인이 역사와 민족에서 이탈한 슬픈 존재가 될 것이란 사실은 불을 보는 일보다 더 환하다.

둘째는 동화의 주제에 대한 것이다. 오늘의 창작동화에서 일반으로 커다란 결함이라 지적할 수 있는 것이 주제가 모호하다는 것이다. 무엇 때문에 썼는지 알 수 없는 작품이 많다. 아동문학에서 주제는 곧 넓은 뜻의 교훈성이라 할 것인데, 이 교훈을 받아들일 수 없는 것으로 보는 이가 있다. 교훈을 너무 밖으로 드러내어 보이는 훈화나 도덕 교과서의 글같이 되었다면 그것은 문학작품이라 할 수 없지만, 교훈성 그 자체를 완전히 없애려고 하는 것은 아동문학의 본질을 모르기 때문이다. 교훈을 꺼리고 무서워하는 사람일수록 재미없고 해로운 작품을 쓴다. 교훈이 없다는 것은 작가의 의도가 없고 사상이 없다는 것이고, 역사와 사회, 어린이에 대한 믿음과 정열, 사랑이 없는 것을 말해 준다.

옛이야기를 살펴보면 거기서는 그 어느 작품도 뚜렷한 주제와 사상이 들어 있음을 발견하게 된다. 어떤 이는 주제가 너무 단순하고 권선징악의 낡은 교훈의 틀에 박혀 있다고 하여 가치 없는 것으로 여긴다. 물론 오늘날의 눈으로 보면 비판되어야 할 것이 더러 있지만 결코 다 그런 것이 아니다. 옛이야기 속에는 일하는 사람들의 삶의 지혜가 있고 철학이 있다. 민중들이 무슨 철학이고 사상을 가졌을 것인가, 한다면 사상이니 철학이니 하는 말 대신에 살아가는 태도, 느낌과 생각의 방향과 세계라 하면 되겠지. 아무튼 그러한 몸에 배인 민중들의 삶의 지혜가 옛이야기에는 놀라울 정도로 풍부하게 들어 있다. 그런 삶의 느낌과 생각은 지극히 수수하면서 선하고 참되고 아름답게 느껴지는 것이 특징이다. 아무도 믿을 수 없는 상황에서 오직 어린 자식들에게 한 가닥 희망을 걸면서, 그들만은 착하고 어질게 살아가 주기를 바라는 부모들의 간절한 심정이 수많은 이야기 속에 담겨 있다. 손동인 씨의 논문에도 있지만, 우리의 옛이야기에는 강하거나 부하거나 큰 존재에 대해 약하거나 가난하거나 작은 자가 잘 대비되어 있고, 이 대비에서 앞의 것은 어리석고 뒤의 것은 현명하여 마지막에는 반드시 뒤의 것이 이기도록 된다. 이것은 역사의 현실이 아니고 민중들의 간절한 소망이 나타난 것이다. 이런 것을 권선징악으로 본다면, 세계의 위대한 문학의 고전들은 그 대부분이 필경 권선징악의 문학이 될 것이다. 이리한 민중들의 소망과 지혜가 담긴 교훈성이 있기에 옛이야기는 오늘날까지도 문학으로서 살아 있는 것이다. 넓은 뜻의 교훈성(사상)을 배척해 버린다면 예술성이고 문학성이고 있을 수 없는 것이 아동문학이다. 우리의 창작동화가 어린이들에게나 어른들에게나 감동을 주고 재미있게 읽히는 문학이 되도록 하기 위해 깊이 있는 주제, 더욱 근본이 되고 무게 있는 사상을 다루어야 할 필요성을 절실히 느낀다.

셋째는 흥미성이다. 교실에서 동화책을 읽어 준다면 어린이들은 모두 벙긋거리며 좋아한다. 그런데 '옛날이야기' 책을 읽어 준다고 해 보라. 틀림없이 기쁜 아우성을 칠 것이다. 창작동화집과 옛이야기 책, 이 두 권의 책을 두고 읽으라면 어린이들은 모두 옛이야기 책을 읽고 싶어 한다. 또, 여러 사람이 쓴 동화책을 읽히고, 그 책 속의 작품들 중에서 가장 재미있었던 작품이 어느 것이냐고 물었을 때, 수십 편의 창작동화 속에 섞인 한두 편의 옛이야기가 단연 인기가 있다는 사실을 나는 여러 번 확인한 일이 있다. 오늘날 창작동화보다 옛이야기가 더 재미있게 읽히고 있다는 것은 숨길 수 없는 사실이다.

옛이야기의 재미는 어디서 오는가? 그것은 옛이야기가 본래부터 가지고 있는 특성에서 온다. 곧, 이야기 속에 나오는 사람들에 대한 동질감(同質感)―바로 민중성이 그 첫째요, 교훈의 명증성(明證性)이 둘째요, 그 민중성과 교훈성을 재미있는 이야기로 짜서 살아 있는 말씨로 전달하는 구성과 말씨의 소박 간결한 묘함이 셋째다. 첫째와 둘째에 대해서는 지금까지 대강 말했기에 여기서는 구성과 문장에 언급한다.

옛날이야기는 줄거리와 말이 단순하고 투명하다. 이것은 동화문학의 본질을 잘 보여 주는 것이다. 아니, 동화문학의 본질이란 것이 이러한 옛이야기의 성격에서 찾아낸 것이라 함이 정확하다. 복잡하거나 문장이 불투명하고 에돌아가면서 요란한 꾸밈말로 되어 있다면 그것은 동화일 수가 없다. 어린이들은 그런 것을 싫어한다.(물론 어른도 싫어한다. 어른이 동화를 읽는 것은 그것이 동화이기 때문에 읽는 것이다.)

이야기 줄거리의 단순함, 문장의 투명함이 동화의 본질이고, 이 본질이 옛이야기에서 얻어진 것이라면, 옛이야기에 나타난 이런 본질은 또 어디서 온 것일까? 그것은 어린이들이(옛이야기 시대에는 민중들도) 복잡하고 불분명한 것을 싫어하기 때문이다.

어린이들은 왜 복잡하고 불투명한 것을 꺼리는가? 어린이의 심리가 단순하고 정직하기 때문이다. 진리는 단순하고 명확하며 어린이들은 본래 진리 속에 살고 있는 것이다. 어린이들은 어른들(더구나 글을 쓰는 사람들)같이 사색에 잠기거나 추상된 이론 같은 것을 좋아하지 않는다.

그들은 직감으로 진리를 깨닫는다. 삶 속에 움직인다. 공상도 어디까지나 현실에서 출발한다. 어린이들에게 읽혀야 할 동화의 본질이 이런 어린이의 삶과 마음에 바탕을 두게 됨은 당연하다.

어른들이 읽는 소설에서는 인물이나 행동의 묘사, 더구나 심리 묘사 같은 것을 매우 중시하고 있고, 어른들은 실상 그런 소설을 어느 정도 즐겨 읽기도 하겠지만, 어린이들은 묘사 문장을 싫어하여 두 번 다시 그런 작품을 읽고 싶어 하지 않는다. 소년소설에서 어느 정도 묘사 장면을 보이는 것도 그래서 좀 나이가 든 소년들이 읽도록 하기 위함이고, 또 '어느 정도'로 간결하게 할 것이지 결코 지나쳐서는 안 된다.

오늘날의 창작동화는 서구의 소설을 뒤따르는 많은 소설들의 흉내를 내려고 하는 데서 동화문학의 파멸을 스스로 가져오는 것 같다. 우리는 옛이야기의 내림을 물려받아 그 단순 명확한 구성과 문장에서 동화문학의 원형을 확실히 파악한 위에다 새 시대의 문학을 창조할 수 있어야 비로소 어린이들이 받아들이는 산 문학이 될 것이다. 인간을 심리로서가 아니라 행동으로 파악하는 것을 옛이야기에서 배워야 한다.

다음, 옛이야기의 흥미성을 생각할 때 빠뜨릴 수 없는 것이 이야기하는 사람의 독특한 말씨가 듣는 사람의 흥미를 끌었다는 점이다.

구전문학이 기록문학으로 되고부터 이 특성 ─ 입으로 해서 귀로 전달되는 말씨의 독특함은 완전히 사라졌다. 그만큼 구전문학은 치명상을 입었다. 이것은 더구나 나이 어린 아이들에게 불행을 가져왔다고 할 수밖에 없다.

옛이야기는 전수자의 말씨를 제쳐두고 제대로 감상할 수 없다. 무엇을 말하는가 하는 것도 중요하지만 어떻게 말하는가 하는 것이 전수자들의 큰 관심거리였고, 그러한 말씨가 재미를 일으켰던 것이다.

"옛날 옛날 먼 옛날에⋯⋯."

"이 밭을 갈아서 누구하고 먹고 사알꼬."

"할멈, 할멈, 떡 하나 주면 안 잡아 머억지!"

얼마나 율동감이 있는 말씨인가. 오늘날의 산문에서 이런 운문을 쓰자고 하는 것이 아니다. 이런 흥겨운 말의 재미가 없어졌다면 다른 재미라도 그만큼 더 있어야 하겠는데 무엇이 있는가?

유년동화에는 어느 정도 이런 반복의 묘미를 살린 글을 쓸 수 있을 것이다. 또한 유년동화의 문장은 될 수 있는 대로 이야기체로 쓰는 것이 재미를 일으키고 어린이들에 가까이 하는 방편이 될 것 같다. 읽는 동화만 쓸 것이 아니라 구연동화를 쓰는 것도 내림을 이어받고 어린이들을 문학으로 키워 가는 귀중한 방법으로 널리 권장하고 싶다.

> 옛날에, 요 참 한 사람이. 나는 짤두리한데(짧은데), 짤뚜막한(짧은) 거래요, 그래 살다가이 넘우(남의) 거로(것을) 자꾸 훔치다 묵고(먹고) 싶어. 그런데 한 군데 어디 가다가이 참 도째비(도깨비)로 만났는데, 도째비로 만내가,
>
> "아, 이 사람들아, 우짜면 돈도 생기고, 밥도 생기고, 술도 생기노?"
>
> 카이께네
>
> "김 서장, 그런 기 아니라, 우리 씨기는 대로 할래?"
>
> 카그덩, 도깨비가.
>
> "시기는 대로 하지러."
>
> "내가 이거로 하나 줄 모양이께네."
>
> 턱 덮어씨와 주그덩.
>
> 《도깨비 감투》, 조동일 '설화 조사 보고 예')

여기에 나오는 이 말씨에서 장단이나 속도, 억양과 쉬는 사이들을 짐작해보라. 얼마나 재미있는가? 이런 이야기를 바로 입에서 귀로 들려줄 수 없다는 것은 여간 불행한 일이 아니다. 이런 귀로 듣는 이야기의 재미와 즐거움을 눈으로 읽는 동화에서 어떻게 살릴 것인가 하는 것은 동화문학 창조에서 앞으로 풀어야 할 중대한 과제라고 생각한다.

6. 서유럽 동화를 받아들이는 문제

✤

동화에서 민중성과 교훈성, 흥미성을 되찾아 그 내림을 이어받는다는 것은 오늘날에 방향감각을 잃은 문학을 살리는 가장 현명한 길이다. 그것은 사람답지 못하게 된 문학을 사람다운 문학으로, 어린이한테서 떠난 문학을 어린이의 문학으로 되게 하는 길이며, 식민지 문학에서 우리의 민족문학으로 방향을 바로잡는 길이다.

그런데, 우리 아동문학의 내림(전통)은 최근에 와서 더욱 끊어져 버리는 듯한 모습을 보여 주고 있다. 겨우 몇 사람, 내림에 대한 어떤 부분에 관심을 나타내고 있는 작가들 말고는 일반으로 내림과는 아주 핏줄이 이어질 수 없는 작품을 쓰고 있으며, 서양 사람이 쓴 것인지 일본 사람이 쓴 것인지 알 수 없는 동화의 사생아들이 넘쳐나고 있는 현상이다. 동화에 인어 아가씨가 나오고, 서양 인형이 나오고, 피아노를 치면서 투정하는 팔자 좋은 아이가 아니면 동화의 중심인물이 될 수 없는 듯이 생각하는 작가들도 있어, 이들의 작품에는 민중의 생활을 멸시하고 자기 민족을 열등시하는 사상과 감정이 너무 진하게 나타나 있다. 깨끗한 어린이들의 핏속에 독소를 주입시키는 이러한 동화의 사생아들의 혈통을 따지면 마침내 서양문학의 모방과 이식이라는 문제에 부딪히게 된다.

우리 아동문학의 전통 단절(내림이 끊어짐)은 역사의 급격한 변동에 따른 우리 정신의 몰락, 주체성의 상실에서 온 것이다. 사회의 급속한 변화에 따라 천박한 물질 만능의 문명이 우리 민족의 정신을 전반으로 지배하기에 이르렀는데, 이것을 달리 말하면 서구 문명에 우리가 압도 당하고 정복당한 것이라 할 수 있다. 지금도 도시의 책방에 가 보면 외국 아동 문학의 상품 시장이란 것을 너무 잘 깨닫게 된다. 물론 엉터리 줄임판으로 된 외국 작품들이고 그런 것이 또 크게 문제되어야 하겠지만, 설사 성실한 번역으로 되어 나온 것이라 하더라도 서유럽의 문학 작품을 위주로 해서 문학 교육이 이뤄진다면 그것은 중대한 문제가 된다. 그 까닭은 서유럽의 여러 나라들과 우리 민족은 서로 매우 다른, 상반되거나 대립되는 역사를 이어 왔기 때문이다. 서양 나라들의 작품이 아무리 이름난 작가가 쓴 것이라 하더라도 그것을 아무 비판도 없이 받아들일 때, 우리의 어린 독자들에게는 크나큰 해독을 끼칠 수 있는 것이 된다. 이 짐에서 우리와 비슷한 처지에 있는 라틴아메리카 여러 나라에서 보고 있는 서유럽 동화에 대한 견해를 참고할 수 있다. 다음은 《유네스코·꾸리에》 한글판 3월호에 실린 에콰도르 작가 '호르헤 엔리케 아둠' 씨의 글 〈동화에 나타난 가시〉를 요약한 글(〈외국 동화 수입 바람직한가?〉, 《서울신문》, 1979년 5월 9일)인데, 우리 말법으로 좀 다듬어서 옮겼다.

라틴아메리카에 유럽의 동화가 들어온 것은 18세기 말엽으로 생각된다. 이 동화들은 식민 정권을 지원하려는 수단이었다.

가장 잘 알려질 동화는 《어미 거위가 말하는 지난날의 이야기》다. 1697년 프랑스의 67세 된 노인 샤를 페로가 자신의 10살짜리 아들 페로 다르망쿠르가 쓴 것처럼 서명해서 루이 14세의 공주에게 바쳤다.

어른이 임금에게 충성하기 위해 쓴 이 동화는 곧 출판되었다. 신성한 왕권을 널리 알리고 군주 제도의 유지에 이바지하게 하는 것이 목적이 었다.

어린이들은 판단력이 약하기 때문에 동화 내용과 현실을 혼동하는 경향이 있다. 라틴아메리카의 학생들은 일반 교양 과정에서 세계의 일반 문학가들의 작품을 만난다. 그러나 동화에서 "세계 모든 전통의 일부이므로 해로울 것 없다"는 주장은 그릇된 것이다. 스칸디나비아나 독일이나 슬라브의 내림을 이어받고 있는 유럽의 동화들에서는 작품 중 인물이 당연히 흰 살갗에 푸른 눈과 금빛 머리털이다. 칠흑처럼 검은 머리의 백설공주는 예외다. 라틴아메리카의 원주민이나 혼혈아들은 열등감을 갖게 되기 쉽다.

그림 형제가 쓴 《신데렐라》에서는 계모가 "예쁘고 살갗이 흰데도 마음씨가 나쁘고 속이 검은 두 딸"을 데리고 온다. 인종주의의 잔인한 암시다. 유럽의 동화 중에서 라틴아메리카의 어린이들에게 가장 잔인하지 않고 위안이 되는 것은 한스 안데르센의 《미운 오리 새끼》라는 까닭을 알아내기는 쉬운 일이다. 배다른 자매들의 멸시를 감수하는 《신데렐라》나 숨어서 살아야 하는 《백설공주》의 이야기는 복종과 체념이라는 교훈을 주며, 다루기 힘든 식민지에서 통치 조직이 장려한 미덕의 훌륭한 본보기이다.

어린이들이 글을 읽을 수 있어 책을 가까이 하게 될 때면 그들의 꿈은 《신밧드》와 《알라딘》, 《걸리버》와 《로빈슨 크루소》의 모험으로 채워진다. 글을 읽을 수 없는 어린이는 인디언이나 흑인을 물리치는 영웅들의 영화에 사로잡힌다. 아직도 몇몇 할머니와 어머니들은 "옛날 옛적에……" 식의 이야기를 해 주고 있지만, 젊고 교양 있는 어머니들은 옛날이야기가 주는 교육의 가치를 의심한 나머지 이런 버릇을 깡그리 집어치워 버린 것 같다.

내림의 창조를 위해 라틴아메리카의 많은 작가들이 힘썼다. 인디언의 천지개벽설이나 아프리카에서 온 토박이 이야기를 찾는 데 힘을 쏟았다. 그러나 이 작가들은 어린이들에 대해 별로 성공을 거둔 것 같지는 않다.

작가들이 좋은 의도로 새로운 이야기와 우화들을 발표해 왔지만 대부분, 독자들인 어린이들을 지능이 떨어지는 대상으로 보고 쓴 맥 빠지고 유치한 이야기가 아동문학이 될 수 없다. 사람이 달에 착륙하는 것이나 지하 세계를 상상한 생활, 혼자서 수많은 적을 전멸시키는 카우보이를 텔레비전에서 보고 난 어린이에게 두꺼비 군이 개구리 양에게 장가드는 이야기가 먹혀들지 않는다.

이러한 함정을 피한 경우로서 아르헨티나의 시인이며, 인형극 부리는 사람인 자비에르 빌라파네의 예를 들 수 있다. 그는 작은 마을을 돌아다니면서 어린이 자신들의 이야기와 경험담을 모아서는 그것을 이동 인형극 무대에 올려 이야기 속에 생명을 불어넣었다. 어린이들은 자신이 굉장한 것을 창조했다는 기쁨을 갖게 된다.

어린이들의 그림은 어느 나라에서든지 때 묻지 않은 표현으로서 장려되고 있다. 그러나 어린이 말로 그들 자신을 나타내는 일은 거의 장려되고 있지 않음은 기이하다.

이 글에서 언급되고 있는 문제를 대강 몇 가지 들어 본다.

① 유럽의 동화가 식민지 통치 권력을 지원하는 수단이 되고 있으며, 복종과 단념과 같은, 노예로 살아가는 미덕을 가르치고 있다.

② 백인들이 쓴 동화의 대부분이 유색인종에게 열등감을 불어넣어 주는 것이다.

③ 유럽인의 꿈과 모험을 보여 주는 동화나 소설, 흑인을 물리친 영웅들의 영화에 사로잡히는 아이들과, 젊은 어머니들이 옛이야기를 멸시하는 교양을 받고 있는 문제.

④ 전통의 창조, 그 땅에 뿌리내린 동화문학의 창조가 매우 어렵게 되어 있는 형편.

⑤ 거의 모든 작가들이 어린이들을 지능이 떨어지는 상대로 보고 맥빠지고 유치한 작품을 쓰고 있다는 것.

⑥ 자극을 주는 모험담, 공상과학물을 텔레비전으로 본 어린이들을 개구리나 두꺼비를 의인화한 예스러운 동화의 세계로 끌어가기가 어렵다는 문제.

이런 여러 가지 문제들이 어쩌면 오늘날 우리 나라의 상황과 그렇게도 닮은 것인지 신기할 정도다. 그리고 아르헨티나의 어느 인형극 조작을 하는 시인이 마을을 돌아다니면서 어린이들의 이야기와 경험담을 모아 그것을 표현해 보이고 있다는 것은 우리들에게 매우 유익한 가르침을 주고 있다.

7. 어떻게 이어받을 것인가

✤

옛이야기의 내림을 오늘에 살린다는 것은 어른들이 그리워하는 옛날로 돌아가도록 하는 일이 아니고, 어린이들에게 옛날을 가르쳐 주기 위함도 아니다. 내림을 이어받아야 할 까닭은 교육과 문학의 두 가지 측면에서 생각할 수 있다.

먼저 교육면에서는 받아들이는 어린이의 편에서 본 것인데, 옛이야기나 옛이야기의 내림에 뿌리가 닿은 창작동화를 읽히거나 들려주어서 ① 동화를 읽는 재미를 느끼게 하고, ② 그 동화 속에 들어 있는 우리 민족의 생각과 느낌과 삶의 모습을 이해하게 하고, ③ 그러한 느낌이나 생각이나 삶이 우리들 자신의 것임을 깨달아 그 속에 살아가는 떳떳한 자랑을 갖게 하며, ④ 착함과 슬기를 배우게 하려는 데 있다.

다음, 문학 면에서는 작품을 쓰는 작가의 문제가 되는데, 작가들이 내림 속에서 비로소 살아날 수 있는 우리 민족의 동화문학을 창조하도록 하는 데 있다.

이러한 당위성 앞에서 내림을 이어받기 위해 우리가 해야 할 일을 생각해 본다.

첫째는 옛이야기를 널리 찾아 모아서 정리 보존하는 일이다. 우리의 옛이야기는 지금까지 모아 적어서 책으로 되어 나온 것이 겨우 몇 권 정도밖에 안 된다. 그리고 지금 급격한 사회 문화의 변천으로 많은 이야기들이 아깝게도 사라져가고 있어, 이를 찾아 모으고 적어서 보존하는 일이 매우 급한 과제로 되어 있다. 내림을 이어받기 위한 기본이 안 되어 있는 셈이다. 이 일은 무엇보다도 시골의 할머니 할아버지들이 들려주는 이야기를 될 수 있는 대로 그대로 충실히 적어서 보존해야 하며, 이런 일은 마땅히 정부의 지원으로 할 일이다. 그렇지 못하면 학자, 작가, 교육자 들이 협력해서 할 수 있을 것이다.

둘째는 독서 교육에서 옛이야기나 옛이야기의 내림 속에 창작된 동화를 많이 읽히고 감상시키는 일이다. 이것은 부모와 교사들이 할 일이다.

셋째는 어린이들에게 동화를 많이 들려주는 일인데, 이것 역시 부모나 교사가 맡을 일이다. 이야기 들려주기를 교육 수단으로 많이 이용하면 민족 교육이 효과 있게 이뤄질 수 있을 것이다.

이야기를 하게 되면 이야기하는 방법의 연구도 필요하고 이야기하기에 맞는 동화나 들려주는 구연동화의 창작도 장려될 것이고, 일반 창작동화를 들려주는 동화로 각색하는 일도 하게 된다. 이런 일은 모두 교육자와 작가가 협력해서 할 일이다. 이렇게 하면 어린이를 멀리하여 온 창작동화에도 좋은 영향을 주게 될 것이다.

넷째, 내림을 이어받은 작가들이 할 일인데, 재화(再話), 재창작, 창작―이런 문제들의 원칙을 여기서 생각해 보기로 하겠다.

① 옛이야기의 줄거리는 그대로 두고 다만 재미있게 읽히도록 쓰는 것이 재화다. 이것은 듣는 이야기에서 읽는 이야기로 바꾸는 데 따라 새로운 문학성을 주는 것이라고도 말할 수 있다. 이 일에는 작가들이 픽 구미가 당겨 손을 대고 싶어 할 것이나 조심할 일이다. 앞에서도 말한 바이지만 부질없이 살을 덧붙이거나 소설을 흉내 내어 장면 묘사에

치중한다고 해서 과연 재미가 더하거나 문학성을 가지게 될까 의심되기 때문이다. 도리어 재미를 줄이고 마는 결과가 되지 않을지 깊이 생각해 볼 만하다. 줄거리에다 살을 붙인다는 일만 해도 그 일 자체가 타당한가 그렇지 않은가를 논할 수 있고, 또 이런 일이 필요하다고 하더라도 그 정도와 방법은 더욱 신중히 살피고 따져야 할 것이니, 귀중한 문학 유산을 작가들의 경솔한 붓끝으로 비뚤어지게 한다면 이보다 큰 잘못이 어디 있겠는가.

② 재화에서 어느 한 부분을 고치는 일이 생각된다. 본래 옛이야기는 그 전부가 어린이들에게 들려주기 위한 것이 아니었다. 그래서 어린이들에게 맞지 않는 것이 한 부분에 있다면 그것을 고쳐 줄 수 있다고 본다. 또 이야기 가운데 어린이들에게는 너무 잔인하게 느껴지는 대문이 있으면 그런 것을 고쳐 주고 싶은 것은 당연하며, 그 밖에 교훈 면에서도 어떤 부분에 문제될 것이 있다면 수정할 수 있으리라. 이 일 자체의 옳고 그름은 그리 큰 문제가 되지 않을 것이나, 어떻게 고치느냐 하는 실지 문제에서는 다음에 말하는 전면 재구성의 경우와 다름없이 조심해야 할 것이다.

③ 재구성, 재창작의 문제다. 옛이야기의 대부분이 봉건시대를 거쳐 전해 오는 것이라 그 내용들이 봉건 도덕을 권장하고 있어서 현대에 맞지 않는 것이 적지 않다. 그래서 오늘날에 맞게 이야기를 다시 짜거나 새로운 각도에서 창작하는 것이다. 옛이야기는 전해 내려오는 동안 그 줄거리가 보태어지기도 하고 깎여지기도 하여 변화해 온 것이 사실이다. 만일 우리가 살고 있는 이 시대도 옛이야기의 시대라면 우리는 이것을 우리의 역사와 생활에 맞게 어느 정도 보태거나 깎거나 해서 어린이들에게 들려줄 것이다. 그렇다면 오늘날의 작가들이 이렇게 엄청난

변화를 한 시대에 맞게 옛이야기를 다시 짜고 만들어 내는 일을 어쩔 수 없이 해야 한다. 이 재구성, 재창작에서 가장 중요한 문제는 작가가 확고한 역사의식을 가지고 있어야 한다는 것이다. 봉건시대의 교훈을 올바르게 비판하는 견해가 오늘날의 역사를 정당하게 파악한 철학의 바탕 위에 서 있어야만 비로소 이런 일을 신념을 가지고 해 내게 될 것이다.

④ 어떤 옛이야기를 고쳐 쓰거나 다시 창작하는 것이 아니고 다만 옛이야기에 나오는 소재와 분위기만을 빌려 창작하는 경우가 있다. 이 역시 현대를 살아가는 작가의 철학이 바탕으로 되어 있어야 한다. 옛이야기를 위장하는 수가 있는데, 이것은 서양 사람이 한복을 빌려 입고 관광 사진을 찍은 꼴이라 하겠다. 내림(전통)의 분위기에 기대는 것이 아니라(의존이란 정신이 빠져 버린 상태의 몸짓이니까) 그것을 이용하여 현대의 정신과 삶을 더욱 효과 있게 창조해 보여야 할 것이다.

⑤ 이 밖에, 옛이야기에서 이어받을 수 있는 어떤 면, 가령 민중이 살아온 세계나 이야기 줄거리의 재미를 찾아 캔 이야기하는 말씨의 독특한 재미스러움을 오늘날의 문장에 다시 살려 본다든지 하는 것도 개성과 재질에 따라 얼마든지 해 볼 수 있을 것이다.

또한 어린이들의 이야기와 그들의 생활 경험을 어느 라틴아메리카의 시인처럼 작품 속에 살려 보는 것도 살아 있는 내림을 작품이 되게 하는 지극히 중요한 방법이 될 것이다. 어린이야말로 가장 깨끗하게 살아 있는 우리의 내림이 아닌가!

8. 재화·재창작·창작의 실제와 그 문제점

�֎

(1) 재화·재창작 작품 살피기

〈말 안 듣는 청개구리〉

① 전해 온 이야기 살펴보기

이 이야기의 줄거리는 매우 단순하여 이야기하기에 편리하다. 앞부분에 나오는 말 안 듣는 아들 청개구리의 이야기는 무엇이든지 반대로만 하는 예를 이야기하는 사람이 그 자리에서 흥이 나는 대로 생각해 내어 이야기하면 된다. 산에 가라면 들에 가고, 세수하라면 얼굴에 흙 묻히고…… 이런 이야기를 하면 듣는 아이들은 재미가 있어 저절로 웃음을 터뜨리게 된다. 이것은 하나의 웃기는 이야기다. 아이들이 웃으면서 재미스러워 하는 것은 마음속에서 우러난 감동 때문이 아니고 말의 재미스러움, 아들 청개구리의 익살스러운 짓 때문이다. 동화에서 아이들을 웃긴다는 것은 매우 중요한 일면일 수 있고, 사실 우리 옛이야기에서는 익살과 재치가 하나의 특집으로 되어 있다.

이 이야기에 담긴 교훈은 말할 것도 없이 아이들이 부모의 말을 순종하도록 타이르는 '효행'이다. 그런데, 이런 교훈의 속뜻은 실상 효과가 있을 것 같지 않다. 그 까닭은 이 이야기를 듣는 아이들은 아무도 이것을 참된 이야기로 받아들이지 않고 한갓 우스개로 들을 것이기 때문이다. 어느 자식이 부모가 시키는 말에 반대로만 하겠는가. 더구나 오늘날에 와서 듣는 이 이야기는 다만 웃음거리밖에 안 된다. 반항기의 어린이들에게는 어떤 깨달음을 줄지 모르지만, 어디 그런 것이 문제인가.

또, 부모가 아이들을 너무 잘못 보고 잘못 말한다고 할 수도 있다. 물론 웃기는 이야기로 가볍게 듣고 마는 것이라 큰 해독이 있는 것은 아니지만.

엄마가 죽은 뒤 아들은 뉘우치고 착하게 되었지만, 죽은 엄마는 아들을 영원히 오해하고 가버렸다. 엄마와 아들의 이 풀리지 못한 엇갈림의 불행, 언제까지나 울고 있어야 하는 너무 지나친 형벌, 이것이 동화로서 문제가 된다.

② 이원수 재화 작품 〈말 안 듣는 청개구리〉

이 재화에서는 줄거리를 그대로 두고 살을 붙이되 장면 묘사의 수법을 쓰지 않고 설명하는 문장을 좀 더 자세히 늘려서 적는 가장 무난한 방법을 썼다. 작품의 앞부분을 좀 들어 본다.

> "아가, 놀려거든 저 아래 풀밭에 가서 놀아라. 위쪽엔 날짐승들이 많이 오니 가선 안 된다."
> 이렇게 어미 개구리가 일러 주면, 아들 개구리는 일부러 위쪽 풀밭에 가서 놉니다. 오늘은 산에 가서 놀아라 하면, 엄마 말을 안 듣고 바닷가에 가서 놀고, 이리 오라면 저리 가고, 저리 가라고 하면 이리 오고 그럽니다.
> "저 애가 어쩌자고 어미 말이면 한사코 듣지 않으려 들까? 남의 집 아

기 청개구리들은 엄마와 정답게 지내면서 엄마가 시키는 말도 잘 듣고 그러던데…… 저 애가 저렇게 자라서 나중엔 무엇이 되려는 걸까?'

엄마 청개구리는 혼자 한숨을 쉬며 슬퍼했습니다. 엄마가 슬퍼하며 걱정하는 걸 보면 아들 청개구리는 허허 웃으며 재미있어했습니다.

"쳇! 암만 시켜 봐. 내 맘대로 하지, 고분고분 하라는 대로 할 줄 알고? 우리 엄마는 제 맘대로만 이래라 저래라 하지. 어림도 없어. 난 언제든지 거꾸로만 해 줄 걸!"

아들 청개구리는 공연히 반항심만 품고, 늘 엄마 청개구리가 시키는 일을 거꾸로 해 놓고, 재미있어했습니다.

아들 청개구리는 엄마가 하라는 반대로 하는 데 재미를 붙이고 나니까, 어떻게 해야 멋진 반대의 일이 될까? 하고 생각했습니다.

"애야, 너 우는 소리가 아직 서투르더라. 개굴개굴…… 이렇게 울어 봐라" 하고 엄마 개구리가 우는 공부를 시키면 아들 개구리는 어떻게 해야 반대 되는 일이 될까 하고 궁리를 합니다. 그러다가 생각이 나서 "굴개, 굴개……" 하고 거꾸로 울어 댑니다.

— 이원수,《솔개가 된 임금》, 창비, 1990.

이 재화 작품에 대해 생각해 본다. 우선 청개구리를 의인화한 이야기에서 엄마와 아들의 대화가 매우 알맞게 표현되어 있다. 그리고 아들 청개구리가 엄마의 시키는 일에 반대로만 한다는 것에 사실성을 주기 위해 거듭 그런 짓을 하게 하고 점점 더 철저하게 그 반항하는 성격을 드러내어 이야기하고 있는데, 이렇게 하여야만 엄마가 죽은 뒤에 그 행동을 뉘우치는 행위의 진실성이 더욱 반증(反證)이 되고 그래서 이 이야기의 막바지 고비인 죽은 엄마를 냇가에 갖다 묻는다는 결과가 참되게 느껴지는 것이다.

이 재화문에서 묘사가 있고 대화가 나오지만 전체의 문맥은 어디까지나 설명이다. 이 점은 뒤에 가서 예시하는 이주홍 〈청개구리〉(재창작)의 문장과 비교하면 잘 알 수 있다. 이와 같이 장면 묘사와 전환법을 쓰지 않고 어디까지나 줄거리에다 살을 붙여 재미있게 읽히는 정도로 그친 것은 그렇게밖에 할 수 없다. 왜냐하면, 원체 이 옛이야기의 내용이 하나의 웃기는 이야기에 지나지 않기 때문이다. 만일 소설 같은 형태로 쓰려고 한다면 단순한 재화에 그칠 수는 없고, 이 이야기의 내용을 크게 고치거나 새로운 줄거리를 만들어 보는 수밖에 없을 것이다. 곧, 제재를 아주 바꾸어 재창작을 해야 하는 것이다.

이러한 일을 한 것이 다음에 보이는 이주홍의 〈청개구리〉다.

③ 이주홍 재창작 〈청개구리〉

이 재창작은 아들 청개구리 깨쇠가 공부하러 서당에는 안 가고, 떡장사를 하고 있는 엄마 청개구리한테 떡이 먹고 싶다고 달라 하다가 안 되니까 엄마더러 죽어라 하고는 핑, 집을 나가는 장면이 대화로 그려지면서 시작된다.

엄마 청개구리가 여느 때같이 떡함지를 이고 시장으로 간 그날은 공주님의 결혼식이 있는 날이라 온 시장이 휴업이다.

사람들은 결혼 축하 환영을 한다고 구름같이 모였다. 엄마 청개구리는 사람들이 모인 자리에서 떡을 팔려다가 순라병한테 쫓겨난다. 한편 아들 청개구리 깨쇠는 날마다 하던 대로 집집마다 다니면서 공부하는 아이들을 불러내어 장난만 친다. 아이들을 데리고 과일 가게에 가서 사과를 사 주는 척하면서 사과를 쥐고 도망치기도 하고, 또순이의 돈을 슬쩍 빼내어 과자를 사서 혼자 산으로 올라가 먹기도 한다.

깨쇠가 산에서 과자를 먹으면서 거리를 내려다보니 공주님과 태자의 신혼 꽃마차가 앞서 가고, 그 뒤를 이어 대신들의 마차가 수십 대 뒤따르고 있다. 사람들은 만세를 부른다. 그러다가 길게 뻗친 행렬이 갑자기 멈추더니 사람들이 한 군데로 몰려가고 소란해지는 것 같다.

무슨 일이 일어났는가 싶어 가 보고 싶지만, 돈을 빼앗긴 또순이 아버지한테 들킬까 싶어 참고 있다가 날이 저물어서야 내려왔다. 그런데 한길 옆에 엄마 떡함지가 떡과 함께 산산조각으로 흩어져 있고 그 둘레에 피가 뿌려져 있다.

그때 또순이 아버지가 깨쇠의 뒷덜미를 탁 잡아 쥐고 고함을 친다. 이것을 본 사람이 "또순이 아버지, 오늘은 그 애를 용서해 주시오. 아까 그 애 엄마가 떡을 팔지 말라는 데도 자꾸 와서 팔다가 그만 꽃가마 말에 치어 죽어 버렸답니다"고 한다. 내궐에서 살아오던 말이 거지보다 더 해진 옷을 입은 걸 보고 놀라서 뛰다가 그 떡장수를 깔아 죽인 거라고 했다. 그러고는 외국의 임금님 눈에 뜨이게 해서는 안 된다고 기마병들이 어딘지 싣고 가 버렸다는 것이다.

이래서 깨쇠는 엄마의 시체도 찾지 못하고 토막집으로 돌아와 밤새도록 울었다. 울다가 잠이 들었는데, 꿈에 엄마 말이 생각나 팽개쳐 두었던 책을 끼고 서당에 간다. 서당 앞에 있는 연못에는 물이 가득 고여 있는데, 그 물위에 낮에 산에서 내려다보니 꽃가마 비슷한 꽃배 한 척이 떠 있고, 그 안에 공주 같은 옷을 입은 엄마 청개구리가 앉았다. 엄마는 "네가 서당에 오기를 기다려 이렇게 서당 근처에 집을 지어 놓고 있다"고 한다.

이래서 다음 날부터 깨쇠는 엄마가 보고 싶어 날마다 서당엘 가지만 마른 연못엔 배가 뜰 수 없어, 꽃배가 나타나도록 어서 비가 쏟아져 물이 붇게 해 달라고 서당 앞 나무 위에 앉아 목이 타게 울고 있는 것이다.

이상의 작품 줄거리는 재화와 재창작의 다른 점을 이해하는 데 도움이 될까 싶어 대강 적어 본 것이다. 작품의 실제를 더 잘 파악하기 위해서 좀 지루하지만 다음에는 본문의 앞부분을 예시해 보겠다.

버드나무 숲이 우거진 둑 밑 토막에서 청개구리의 엄마와 아이들이 살고 있었다.

밤새 비가 내려 추진 나무로 아침밥을 짓느라 청개구리 엄마는 무진 고생을 했다.

"엄마, 나 배고파 이잉!"

"이렇게 밥이 다 돼 있는데 먹으면 될 게 아니니! 어서 일어나기나 해라."

"몰라, 몰라. 누가 그런 보리죽을 먹는댔어. 난 그 함지박 안에 있는 떡 먹을 테야."

어머니는 떡 장사를 하고 있는 터이었다.

"저건 팔 게 아니니! 잘 알면서 그런 소릴 하면 어떡하는 거지?"

"왜 남에겐 주면서 내겐 하나도 안 주는 거야."

"남에게 주면 거저 주니? 그렇게 해서 한 푼 두 푼 돈을 만들어야 네 학비를 대어 줄 게 아니냐!"

"난 공부 안 한다고 하잖았어. 난 공부 안 하고 떡 먹을 테야."

"그런 소리 하면 못 쓴대도 이러구 있지. 애야, 들어 봐라. 내가 누구를 바라고서 이 고생을 하고 있겠니. 네가 공부를 잘해 남처럼 출세하는 걸 보려고 이 어미는 이런 설움을 참아 오고 있는 거야. 그런 걸 넌 벌써 몇 날째나 서당을 쉬고서 놀러만 다니고 있는 거니?"

"몰라, 몰라. 난 그런 소리 안 들을 테야!"

"네가 꼭 엄마 말을 안 듣고 서당에 가는 것을 그렇게 싫어한다면 차라리 내가 죽어 버리는 게 나을까 봐."

"죽어, 죽어! 엄마가 죽어도 난 하나도 겁나지 않아!"

그러면서 아들 청개구리는 문밖으로 후딱 내뺐다.

"깨쇠야! 깨쇠야! 이렇게 비가 오고 있는데 아무것도 쓰지 않고 나가면 어떡하는 거니!"

그러나 깨쇠는 이미 멀리 간 뒤였으므로 엄마 청개구리는 어깨를 뚝 떨어뜨리면서 후유, 하고 길게 한숨을 내쉬었다.

— 이주홍,《못나도 울 엄마》, 창비, 1977.

그러면 이 작품이 재창작이란 점, 혹은 이 작품이 가지고 있는 재창작의 뜻 같은 것을 다음에 몇 가지로 열거해 본다.

첫째, 이 작품이 옛이야기의 〈말 안 듣는 청개구리〉에서 다시 창작한 작품이라는 까닭은 ㉠ 등장인물이 청개구리의 엄마와 아들이라 점과, ㉡ 아들 청개구리가 말을 안 듣고 말썽을 부리는 것, ㉢ 엄마 청개구리가 죽게 된다는 일―이 세 가지 점이다. 그리고 재화가 아니라 창작이 되는 까닭은 앞의 ㉡의 아들 청개구리가 말을 안 듣고 말썽을 부리는 모양을 더욱 사실처럼 더욱 익살스럽게 하나의 이야기를 만들어 전개하면서 그 장면을 제시하는 가운데 잘 그려 보이고 있고, ㉢의 엄마 청개구리가 죽게 된 것도 아무 뜻이 없는 죽음이 아니라 왕권(王權)에 짓밟힌 가난한 백성의 죽음이 되고, 그런 역사의 주제가 새로 첨가 되어 있기 때문이다.

둘째, 아들 청개구리의 이름을 깨쇠라 하고, 엄마 청개구리는 떡장수라 해서 아주 뚜렷한 인물로 설정해 놓았다. 그래서 이 청개구리 모자가 하나의 드라마를 연출하도록 이야기를 꾸미고, 그것을 소설다운 수법으로 더욱 실감이 느껴지도록 그렸다.

셋째, 깨쇠가 또순이 돈으로 과자를 사서 산에 올라가 혼자 먹고 있는 동안 떡장수 엄마는 꽃마차 앞에 짓밟혀 죽는다. 깨쇠의 장난스러운 행동과 떡장수 엄마의 비참한 죽음이 대조가 되어 이야기는 더욱 긴장을 주면서 전개된다. 외국 임금님의 눈에 띌까 싶어 떡장수의 시체를 어디로 가져가 버렸으니, 이야기의 결말이 옛이야기와는 아주 달리 되어 있다. 청개구리 엄마는 아들 깨쇠의 꿈 속에 나타나게 되는 것이다.

넷째, 이렇게 더욱 사실다운 이야기를 그려 내는 데서 단순히 웃기는 이야기가 아니라 어떤 진실에서 오는 감동을 주려고 하였고, 아이들을 너무 무시하는, 효행을 강요하는 봉건시대의 교훈이 담긴 주제를 크게 수정 완화하였다. 이 재창작에서는 아들 청개구리의 행동이 불효라기보다 한갓 개구쟁이 장난꾸러기의 익살로 비쳐지고, 반면 엄마 청개구리인 떡장수의 죽음이 커다란 뜻을 가지고 압도해 오는 것이다.

다섯째, 옛이야기에 나타난 엄마 청개구리와 아들 청개구리의 영원한 엇갈림의 불행이 여기서는 풀려 버렸다.

여섯째, 소설다운 구성의 완벽함과 표현의 묘미인데, 엄마 청개구리와 아들 청개구리가 대조되는 구성은 본디부터 있는 것이지만, 화려한 왕족의 행렬과 서민 생활, 더구나 떡장수 엄마의 삶이 잘 대비되어 있고, 엄마 청개구리의 죽음은 첫머리에 나오는 대화에서 암시가 되어 나타나 있다. 또한 서민다운 구수한 말이며 익살과 풍자가 담긴 문장은

이 작가 특유의 것이다. 이러한 현대 동화 문장의 특색을 단순한 옛이야기의 재화만으로서는 더구나 이 작가의 경우 충분히 발휘하기 어려울 것이다.

〈말 안 듣는 청개구리〉란 제목을 재창작에서는 〈청개구리〉라고 한 것도 내용과 속뜻을 잘 말해 주는 것이라 본다.

〈호랑이, 곶감〉 마해송 재창작

① 대강의 줄거리

호랑이 한 마리가 마을에 내려와 어느 집 문 안을 들여다보는데, 안에서 울고 있는 아기를 달래는 어머니 소리가 난다. 호랑이가 온다고 해도 울음을 그치지 않다가 곶감이란 말을 하니 울음을 뚝 그친다. 호랑이는 "나보다 더 무서운 놈이 있었구나" 하고 대문을 나와 뒤채로 가서 소라도 잡아 가려고 할 때 별안간 뒷덜미를 잡힌다. 캄캄한 밤에 주인이 소를 끌어내려고 하는 것이 바로 호랑이 뒷덜미를 움켜잡은 것이다. "익크! 이게 곶감이로구나!" 호랑이가 무서워 발버둥 치는 바람에 주인은 볼기를 치면서 덥썩 올라탔다. 호랑이는 마구 도망 치고 주인은 소가 아닌 호랑이 볼기를 자꾸 때렸다. 자꾸 가는데 날이 새자 주인은 호랑이인 줄 알고 깜짝 놀랐다. 그래 덥석 주저앉는다.

호랑이는 뒤도 돌아보지 않고 마구 달아났다.

그 호랑이가 늙어 죽을 때 여러 새끼들을 불러다 말했다. "호랑이는 산중왕이지만, 호랑이보다 더 무서운 것이 곶감이니 부디 조심해라."

그러고는 죽었다.

몇 해 뒤에 어린 호랑이가 혼자 사냥을 가서 여우를 만났다. 여우가 달아나려고 하자 호랑이가 "너는 뭐야" 하고 묻고는 "우리 할아버지가 돌아가실 때 호랑이보다 힘센 놈은 곶감밖에 없다 하더라"고 말해 보낸다. 여우를 안 잡은 것은 여우가 어른들이 우리는 먹지 않는다고 하니까 어른인 척 에헴, 하면서 보낸 것이다.

그 후 또 몇 달이 지났을 때 호랑이들이 모두 굴로 들어가서 자려고 하는데 갑자기 산이 무너질 듯한 큰 소리가 나서 모두 밖에 나가 보니 "곶감! 곶감!" 하는 소리가 요란하게 나면서 이상한 짐승들이 나타났다. 눈이 크고 얼굴이 시커멓고 번질번질 윤이 흐르는 것 같고 뿔이 나 있으나 몸뚱이는 조그마해서 마치 개가 소대가리를 뒤집어쓴 것같이 이상한 꼴이다. 그것이 달려오며 "곶감! 곶감!" 하며 호랑이들을 받으려는 바람에 할아버지 이야기가 생각나서 그만 호랑이들은 주저앉아 버렸다.

그로부터 그 괴상한 짐승들은 호랑이 굴 중 가장 큰 굴을 차지하고 호랑이들이 모아 둔 고기들을 먹고 지냈다. 호랑이들은 그 괴상한 짐승의 문을 지켜주고, 먹을 것이 없으면 구해 주어야 했다. 물을 길어 주고 토끼를 잡아 주고, 그러다가 겨울이 되어 먹이를 구할 수 없게 되자 호랑이를 날마다 한 마리씩 바쳐야 했다. 호랑이들은 눈물로 지냈다.

이렇게 몇 해를 지내다가 젊은 호랑이 한 마리가, 그 괴상한 동물의 정체가 의심되어, 늙은 호랑이가 말리는데도 듣지 않고 여러 젊은 호랑이들을 모아 힘을 합쳐 괴상한 곶감의 굴로 쳐들어가기로 했다.

곶감의 굴에 쳐들어가니 그 괴상한 동물은 소 대가리를 쓴 여우들이었다. 호랑이는 여우들을 모조리 죽여 버렸다.

② 작품 살펴기

맨 처음의 부분은 전해 온 이야기지만 그다음부터는 창작이다. 옛이야기의 원형을 일부에 남겨 두었지만, 그것은 단지 이 작품의 시작에 지나지 않으며, 주제가 완전히 바뀌었다. 본래의 것과는 정반대의 것이 되었다고 할 수 있다. 호랑이가 곶감 소리에 놀라 달아난다는, 단지 하나의 우스개 이야기를 여기서는 호랑이 편에서 뒤집어서 곶감의 허상을 깨뜨려 놓은 것이다. 이 작품이 씌어진 때를 생각할 때 곶감의 헛된 이름을 빌려 호랑이를 짓밟던 여우는 제국주의 일본을, 반란을 일으켜 곶감의 허상을 깨뜨린 호랑이는 우리 민족을 비유해 보인 것이라 할 수 있다. 옛이야기의 원형을 그대로 두고서 거기 다른 것을 보태어 주제를 아주 바꿔 놓은 재창작의 보기가 된다. 이 재창작 작품의 분량은 200자 원고지 30장인데, 그중 앞부분의 옛이야기는 겨우 4장 정도밖에 안 된다.

〈꿩과 쥐 이야기〉

① 원작의 줄거리와 주제

양반 꿩과 상놈 쥐가 살았는데, 흉년이 들어 양반 꿩이 상놈 쥐한테 양식을 얻으러 가서 양반 행세를 하며 뽐내다가 양식도 못 얻고 쫓겨난다. 속 시원한 풍자 동화다.

②이원수 재화 〈쥐에게 매맞은 날짐승들〉
여기서는 등장인물이 꿩·비둘기·까치·쥐로 되어 있다. 꿩은 그렇
게 건방지게 굴면서 쥐한테 호령하다가 부엌에서 뛰어나온 쥐 마누라
한테 부지깽이로 뺨을 얻어맞는다. 비둘기도 그렇게 하다가 부지깽이
로 얻어맞는다. 이와는 달리 까치는 찾아가 공손히 이야기를 하고는 양
식을 얻어 온다.
꿩과 비둘기가 양반으로 되고, 까치가 쥐와 함께 서민이 되어 앞의
것들이 통렬하게 비판당한다.
양반이니 상놈이니 하는 말은 아주 쓰지 않았다. 그런 옛날 봉건시
대의 계급을 오늘날의 어린이들이 잘 이해할 수 없을 것이란 생각 때문
이리라. 다만 꿩이나 비둘기가 쥐한테 하는 말투에서 옛날의 반상 제도
를 짐작할 수 있고, 그런 것을 잘 모르는 어린이들은 오늘날 사회에도
남아 있는 계급의 언어 질서로 이 작품을 자연스럽게 이해할 것 같다.
원작의 묘미를 이 재화는 과부족 없이 잘 표현해 보여 주고 있다.
"여봐라, 괭이한테 잡혀 먹히다가 남은 놈아, 먹을 것을 좀 내오너
라. 시장해서 못 살겠다."
이 말 한마디에서 양반들이 평민들을 평소에 얼마나 홀대하고 천시
하였는가 하는 것을 잘 느끼게 한다.
200자 원고지 7장의 길이다.

③김○○ 재화 〈양반 꿩과 상놈 쥐〉
이 재화에는 꿩·쥐·토끼가 나온다. 꿩은 역시 그런 태도로 양반 행

세를 하다가 퇴짜를 맞고 양식을 얻지 못하고 돌아간다. 그런데, 토끼는 아주 아첨을 해서 대접도 잘 받고 양식도 얻게 된다. 이야기의 줄거리는 전해 온 것과 크게 다름없지만, 이 재화 작품에서는 아주 다른 느낌을 받는다. 그것은 너무 엉뚱한 윤색을 해 놓았기 때문이다. 본디의 줄거리에다 재화자가 멋대로 살을 자꾸 붙였는데, 양반 꿩은 꿩대로 우스꽝스럽게 그려 놓았고, 양반 토끼는 토끼대로 아첨꾼으로 그리고, 거기에다 상놈 쥐를 또 그 모양으로 우습게 만들어 놓았다. 그래서 원작과 이원수 씨의 재화에서 볼 수 있듯이, 두 가지 등장인물의 선명한 대조에서 받는 인상과 감동은 어디로 가버렸는지 흔적도 없고, 뭣 때문에 이런 걸 썼는지 도무지 알 수 없는 작품이 되고 말았다. 이건 한갓 난센스밖에 될 것이 없다. 꿩의 거북스러운 양반 행세, 토끼의 아첨, 쥐의 거짓스러운 행동—뭐가 뭔지 모르게 되어 있다. 이 재화의 작가는 현대의 황금만능의 세태를 보여 주려고 했을까? 그것도 아니다. 이야기의 반을 훨씬 넘도록 꿩의 양반 행세를 그리는 데 채워 놓았고, 처음 시작부터 "옛날 옛적 갓날 갓적에……" 하고 아주 옛날이야기같이 쓰고 있는 것이다.

또 이야기체의 문장인데 괴상한 말투가 나온다. "양반 체면만 차렸나요." "생각했다나요." "거드름을 피웠다나요." 이것은 이야기하는 말씨도 아니다. 아이들의 말씨를 잘못 흉내 낸 것인지도 모른다. 이런 어수선한 문장이 200자 원고지 16장의 길이로 씌어졌으니!(앞에 든 이원수 재화작이 7장임을 비교해서 생각해 볼 것이다.)

나는 이 재화 작품을 우연히 어느 잡지에서 보았지만, 듣자니 요즘 아동문학작가들 중에는 옛이야기를 이와 같이 아무 주견도 없이 함부로 살을 붙이고 깎고 하여, 옛이야기집이 잘 팔린다고 손을 펴고 기다리는 출판업자들에게 팔아넘기는 이들이 적지 않다고 하니 크게 걱정이 되고 탄식할 일이다.

재화를 잘못하면 그것을 진짜 우리 것으로 알게 되니 여간 큰 문제가 아니다. 재화자는 전해오는 이야기의 내용과 그 주제를 깊이 이해하여, 무엇보다도 그 이야기 속에 담긴 민중들의 느낌과 생각을 오늘날의 시대에 다시 살리도록 해야 할 것이다. 그러한 신념이 없다면 처음부터 손을 대지 않는 것이 우리의 것을 죽이는 죄를 짓지 않는 길이다.

테두리가 그려진 그림에다 색칠을 하게 하는 '색칠하기'란 것이 있어 어린이들이 창조하는 그림의 재질을 망치지만, 그럴수록 어린이들은 그런 테두리가 그려진 그림에 기대고 싶어 하듯이, 동화작가들도 벌써 짜여 있는 옛이야기의 줄거리에 기대어 거기다 제 멋대로의 윤색을 하고 싶어 할 것 같아 걱정된다. 이것은 분명히 작가의 타락이요, 민족 문화를 짓밟는 범죄 행위라고도 할 수 있다.

(2) 재화에 대한 논란 살피기

옛이야기의 재화에 관한 문제를 실제 작품을 들어 살핀 것은 어효선 씨의 〈전래동화 재화의 문제점〉(《아동문학사상》8호)이 거의 단 하나 내가 읽은 글이다. 그만큼 귀한 자료이기에 여기서 그 글에 나타난 어 씨의 의견에 대해 내 생각을 적어 본다.

'교육적 영향을 중심하여'란 작은 제목이 붙은 그 글에서 어 씨는 맨 처음에 우리 나라 전래동화집을 자료로 열거하고 다음에 몇몇 저자들의 재화의 방법과 태도를 그들의 저서에서 인용해 보인 다음, 〈혹 뗀 이야기〉, 〈나무꾼과 선녀〉 두 이야기를 재화자들이 어떻게 써 놓았는가,

하는 것을 작품의 실제를 비교해 보이면서 논해 놓았다. 이와 같이 매우 절실한 문제를 작품의 실제를 두고 거론한다는 것은 지극히 필요한 것이다. 여기서는 재화문을 인용한 대문까지를 줄이고 어 씨의 견해만을 대강 적어 보겠다.

• 〈혹 뗀 이야기〉(임석재·이원수·이상노 재화문)에 대하여

임석재 씨의 이야기에는, 혹부리 영감이 노래를 부른 것은 도깨비들 놀이에 신이 나서요, 영감의 혹은 담보물이 된다.

이원수 씨의 이야기에는, 무서운 생각을 잊으려고 노래를 부른다. 영감은 노랫소리가 혹에서 나온다고 문득 거짓말을 한다.

이상노 씨도 할아버지가 대뜸 거짓말을 하도록 했다.

임 씨는 교육적 효과를 생각했고, 이 씨는 교육상 영향에 유의했다고 했다. 그렇다면 이 동화의 교육적 효과가 무엇이고, 교육상 어떠한 영향을 미칠 것인가?

임 씨의 경우 혹과 노래와는 아무 상관이 없다. 혹부리 영감의 정직성도 드러나지 않았다. 이 씨의 경우는 혹부리 영감이 도깨비의 성화에 문득 거짓말을 했고, 이상노 씨의 경우는 대뜸 거짓말을 한다. 문득과 대뜸의 차이가 있을 뿐 두 혹부리 영감은 거짓말쟁이다. 그렇다면 혹 뗀 영감과 혹 붙인 영감이 다른 게 무엇인가? 같은 거짓말쟁이인데, 먼저 영감은 재수가 좋았고 나중 영감은 재수가 나빴다고밖에 할 수 없다.

이렇게 볼 때, 이 동화의 교육적 효과는 거짓말의 승리요, 그 영향은 거짓말쟁이를 만드는 것이 아닐까.

이 동화와 원형이 어떤 것인지, 두 이 씨가 그 원형에 충실했다손치더라도 교육적 효과나 영향을 고려한다면 마땅히 변형해야 할 것이다.

먼저 혹부리 영감이 도깨비를 속이는 게 아니라, 도깨비가 아름다운 노래 소리가 그 혹에서 나온다고 단정하고 그 혹을 달라고 애걸하게 하여 혹을 빼앗기고 보물을 받게 되어야 하지 않을까.

• 〈나무꾼과 선녀〉(이원수 재화문 및 문교부 국어 교과서 재화문)에 대하여.

총각 앞에 발가벗은 선녀, 앞에서는 읽기에 민망하다. 선녀라도 사람처럼 치마저고리를 입고 그 위에 날개옷을 더 입는다고 생각해도 좋지 않을까. 후자는 교과서에 실린 것이기는 하지만, 발가벗은 인상을 주지 않는다. 발가벗은 선녀를 데리고 집으로 갔다고 생각되지 않는다.

재화에서 지나친 상상력의 발동으로 그 원형을 크게 바꿔야 문학적인 것으로 되는 것일까? 전래동화는 본디 어린이를 위한 것이라고 한다면 문학 이전에 교육적인 면에서 검토·정리되고 재화되어야 할 것이다.

이상 어 씨의 비판에 대한 소견을 말해 본다. 먼저 〈혹 뗀 이야기〉의 재화에서 교육성을 논란한 부분인데, "거짓말의 승리요, 그 영향은 거짓말쟁이를 만드는 것"이라고 했다. 사실이 그렇다면 비난받을 만하다. 그러나 이 이야기에 나타난 혹부리 영감의 거짓말은 악의가 있는 거짓말이 아니다. 이상노 씨의 것은 앞뒤를 자세히 읽을 수 없어 확실한 판단이 안 가지만, 더구나 이원수 씨의 것을 읽으면 그런 느낌이다. 도깨비들이 노랫소리가 어디서 나는가 하고 자꾸 물었을 때, 그야 입에서 난다고 정직하게 말하지만 곧이 안 듣고 또 묻기에 '이 혹이 이 노래가 든 주머니라고 하면 도깨비들이 재미있어 하겠지' 하고 그런 거짓말을 한 것이니 이것은 도깨비를 속이려고 한 말은 아니다. 한갓 농담으로, 재치가 든 익살로 말한 것이다. 재미로, 동심으로 말한 것이다.

그러나 두 번째 혹을 떼러 간 영감은 경우가 다르다. 그것은 미리 속셈을 하고 꾀를 쓴 것이다. 그리고 그런 계획한 거짓말보다도 남의 뒤를 따르는 흉내란 것이 더욱 문제가 될 수 있다. 앞의 영감의 행동은 악의가 없고, 그 행위는 어디까지나 독창으로 된 것이지만, 뒤의 영감은 흉내가 있을 뿐이다. 모방과 추종이야말로 오늘날의 민주주의 시대에는 비난받아야 할 죄목에 들어가는 것이 아닐까.

혹 속에 노래가 들었다는 이 동심다운 착상의 재미스러움!

다음은 〈나뭇꾼과 선녀〉에서도 교육성을 문제 삼아, "재화에서 지나친 상상력의 발동으로 그 원형을 크게 바꿔야 문학적인 것으로 되는 것일까?"라고 했는데, 이런 문제의 제기는 원칙으로 매우 정당하고 중요한 지적이다. 이렇게 지적당할 만큼 잘못된 재화로 귀중한 문학 유산을 망치는 이를 많이 보기 때문이다.

그런데 못에서 나온 선녀를 나무꾼이 데려가는 장면의 처리는 어렵다면 어렵게 생각된다. 교과서의 문장같이 간략하게 처리할 수도 있으리라. 그게 무난한 것도 같다. 그러나 이 이야기의 원형이 본래 그렇게 되어 있었던 것이 아닐까 싶다. 그것은 원래 이런 설화는 어린이들에게만 들려주기 위해서 전하는 것이 아니기 때문이다. 원형이 그렇더라도 교육면에서 좋지 않다면 고치는 것이 옳겠다. 그러나 이런 이야기는 오늘날의 텔레비전에 나오는 장면같이 결코 퇴폐스러운 것이 아니다. 몇백 년 옛날, 그 엄격한 도덕률에 묶여 살던 때도 이런 이야기를 들려주고 그것을 들어 또 옮기고 했는데, 오늘날에 와서 이런 이야기를 "읽기에도 민망하다"고 하여 개작할 필요가 있을지 의문스럽다.

거짓말, 도둑질, 성(性)에 관한 이야기 ─ 이런 것이 옛이야기 속에 흔히 나오는데, 너무 겉으로 보는 도덕관으로 이런 이야기를 가위질하여 변형시키는 것은 조심할 일이다. 어떤 거짓말이나 절도 행위나 에로틱한 장면이라도 깊이 생각하면 거기 또 다른 숨겨진 뜻이 있을 수 있으니 조심해야 마땅하다. 될 수 있는 대로 원형을 보존하는 방향으로 재화를 하는 것이 좋겠다.

'지나친 상상력의 발동'으로 귀중한 문화유산을 파괴하는 어리석음을 말아야 하는 동시에, 교육에 대한 지나친 염려가 오히려 좁고 얕은 도덕률을 강요하면서 문화의 유산까지 비틀고 파괴하는 결과를 가져오지 않도록 해야 할 것이다.

여기까지 써 놓고 행여나 싶어 문제의 《이원수 전래동화집》(아인각, 1963)을 보니 "발가벗은 선녀를 데리고 집으로 갔다"고 되어 있지는 않고 다음과 같이 씌어 있다.

"나무꾼은 속옷만을 내 주어 입게 하고, 날개같이 생긴 옷은 제가 가지고 집으로 돌아왔습니다."(97쪽)

(3) 〈도깨비 이야기〉에 대하여

여기서는 재화나 재창작이 아니고 다만 옛이야기에서 소재와 분위기를 빌려 창작한 작품들에 언급할 차례인데, 이런 작품 중에서도 더구나 도깨비를 소재로 하여 쓴 동화를 몇 편을 살펴보고 싶다. 그 까닭은 요즘 도깨비 동화가 꽤 많이 씌는 것 같고, 도깨비야말로 우리 민족이 창조한 독특한 상상의 산물이기 때문이다.

이상, 〈황소와 도깨비〉

이 〈황소와 도깨비〉는 이상이 남긴 단 한 편의 동화이며, 길이 200자 원고지 50장 정도로 되는 작품이다. 이야기의 줄거리는 대강 다음과 같다.

어느 산골에 돌쇠라는 나무꾼이 살았다. 나이 서른이 넘었지만 장가도 못 가고 부모형제도 없는 홀몸이다. 핀둥핀둥 놀다가 먹을 것이 없어지면 나무를 팔러 나가곤 했다.

돌쇠가 가진 단 하나 재산은 황소 한 마리였다. 그것은 자기 앞으로 있던 몇 마지기 땅을 팔아서 산 것이다. 돌쇠는 그 황소에 장작을 실어 읍내에 가져가 팔았다. 그는 무척 황소를 사랑하고 아꼈다.

어느 겨울날 돌쇠는 황소의 등에 장작을 실어 읍에 가서 팔고 돌아오는 길이었다. 날씨가 좋지 않아 바람이 불고 진눈깨비가 뿌리고 해서 주막에 두어 시간 쉬었다가 오자니 날이 저물었다. 길을 재촉하며 바삐 오는데, 어느 산허리에서 조그만 도깨비 새끼를 만나게 되었다. 그 도깨비는 사냥개한테 물려 꼬리가 잘려 그만 재주를 못 피우게 되었다면서 제발 좀 살려 달라고 애원한다. 어떻게 해 주면 되느냐고 물으니 황소 배 속에 두 달 동안 들어가 있게 해 달라고 한다. 그러면 황소의 힘이 열 배나 세어질 것이라 한다. 돌쇠는 생각 끝에 허락해 준다.

도깨비 새끼가 황소 배 속에 들어간 뒤로는 황소가 힘이 열 배나 세어져서 장작을 하루 세 번씩 읍에까지 나르게 되어 돈도 벌게 되지만, 황소의 배가 자꾸 불러져서 걱정을 한다. 그러나 아무 일 없이 두 달이 된다.

두 달이 다 지나간 새벽, 외양간에서 쿵쾅쿵쾅 야단스러운 소리가 나서 뛰어갔더니 소가 괴로워 뛰고 있었다. 소를 붙잡고 있으니 소의 배 속에서 도깨비 소리가 났다. 그동안 너무 잘 먹고 살이 쪄 몸이 뚱뚱해졌기 때문에 소 목구멍으로 나갈라니 잘 안 된다는 것이다. 이젠 황소가 죽게 되었구나 하고 큰 걱정을 하고 있는데, 도깨비가 좋은 수가 있다면서 하는 말이, 소가 하품을 하도록 해 달라고 한다. 돌쇠가 소에게 하품을 시키려고 옆구리를 찔러 보고 콧구멍에다 막대기를 꽂아 보고 간질여 보고 하지만, 아무리 해도 안 된다. 정말 꼼짝없이 소를 죽이게 됐다고 정신없이 소 앞에 앉아 소만 쳐다보고 눈물을 흘리고 있다가 그만 피곤해서 머리가 혼몽해지고, 그러다가 저도 몰래 입을 벌리고 하품을 하고 만다. 이때 돌쇠가 하품하는 것을 본 황소가 따라서 커다란 입을 벌리고 하품을 하게 되고, 그 입에서 살이 통통 찐 도깨비 새끼가 뛰어나온다. 도깨비 새끼는 은혜를 잊을 수 없다면서 앞으로 소가 백배나 기운이 나게 해 드리겠다고 하고 절을 하고는 어디론지 사라진다.

죽게 되었던 황소가 힘이 백배나 되어 살아나서 돌쇠는 더욱 부지런해진다.

이 동화를 읽고 우선 재미있게 느껴지는 것이 도깨비의 모습이다. 우리 나라 옛이야기에 나오는 도깨비의 모양은 머리에 뿔이 있고 얼굴이 험상궂게 생겼다. 그런데 이 〈황소와 도깨비〉에 나오는 도깨비는 훨씬 자세하게 그려져 있고, 새끼여서 더욱 그렇기도 하겠지만 모양뿐 아니라 행동이 아주 귀엽게 느껴진다. 더구나 도깨비 새끼가 나오는 장면인데 고양이만 한 새까만 놈이 깡창 뛰어나오면서 눈 위에 엎드려 절을 하는 것을 보고, 그 모습을 그린 대문이 재미있다. 이것은 이상이 그려낸 도깨비의 모습이다. 도깨비는 꼬리로 재주를 부리는데, 그 꼬리가 잘려 재주를 부릴 수 없게 되었다는 것도 재미있고, 사냥개한테 물려 꼬리를 잘리고는 인간에게 도움을 청한다는 것도 도깨비다운 이야기다. 얼마나 귀엽고 풍부한 인간다운 성격을 가진 도깨비인가.

그런데 이야기는 진전됨에 따라 한층 기발함을 더해 간다. 도깨비가 황소의 배 속에 두 달 동안 들어가 있게 되는데, 그것이 또 어려운 문제를 일으킨다. 살이 쪄 나올 수 없게 되다가 하품을 하는 순간에 뛰어나오는데, 그 하품을 일으키는 과정이 또 저절로 웃음이 나오도록 재미있다.

그러나 이것은 단지 기괴한 생각에 그치는 이야기가 아니다. 도깨비가 어찌 도깨비에 머물겠는가. 도깨비는 곧 인간이요, 우리들의 모습이다. 도깨비와 사냥개의 대비에서 우리는 이 동화가 쓰인 시대를 생각하지 않을 수 없다. 그것은 이 동화의 마지막에 가서 돌쇠의 입을 빌려 한 작가의 말 "도깨비가 아니라 귀신이라두 불쌍하거든 살려 주어야 하는 법이야"에서 이 이야기가 말하려고 하는 숨은 뜻을 생각하게 되는 것이다.

이 점을 좀 더 살펴보자.

일본 제국이 말기에 접어들어 식민지의 모든 사회 체제가 황국(皇國)으로 굳어져 갔을 때, 우리 민족의 내림과 생활과 감정 같은 것이 배척당하고 멸시 받아, 어느덧 우리 민족 스스로도 가난한 삶 속에 이뤄진 우리 자신의 모습을 부끄럽게 여기고 열등시하게 되었다. 그러니 일제에 저항하는 생각이나 입신출세와 반대되는 생활 태도를 지닌 사람들은 마치 도깨비와 같은 존재로 되어 쫓기고 숨고 사람들한테서 기피당하고 있었던 것이다. 시와 소설, 수필들을 쓰던 이상이 동화를 못 쓸까닭이 없지만, 단 한 편을 남긴 동화에 어째서 도깨비 이야기를 쓰고 싶었던가 하는 것은 충분히 짐작할 수 있다. 중심인물 돌쇠는 작가 이상의 모습의 어떤 면이 비춰져 있다고 느껴지지만, 낮에 그 모습을 보일 수 없고 밤에 나타나면서 숨고 쫓기고 하는 도깨비야말로 우리 민족의 참모습을 보여주는 형상이었던 것이다. 모두가 한 틀에 짜여 가던 세상에서 "도깨비가 아니라 귀신이라도……" 하고 말한 이상의 외침은 민족과 인간의 양심을 불러일으키려는 소리로 보아야 할 것이다.

이원수, 〈도깨비 마을〉

   도깨비 카아와 쿠우가 심심해서 마을로 가서 사람들 속에 섞여 함께 산다. 사람들은 도깨비가 쌀과 고기와 돈을 방망이로 만들어 내기만을 바란다. 그런데 옛날에는 쌀이고 돈이고 그대로 두었기 때문에 얼마든지 방망이로 끌어올 수 있었지만, 이제는 그런 것을 모두 금고 속에 잠가 두었기에 마음대로 안 된다. 기껏해야 닭이나 돼지 새끼 정도고 잔돈밖에 끌어올 것이 없다. 카아와 쿠우는 사람들의 그런 부탁을 들어주다 보니 카아가 있는 마을과 쿠우가 있는 마을은 물건이나 돈을 잃고 서로 도둑이라고 욕하며 싸우게 되었다. 두 마을 사이에는 가시 울타리가 쳐지고 다니지도 못하게 된다. 카아와 쿠우는 우리가 서로 헤어져 있으니 마을 사람들까지 원수가 된다고 하면서 같이 산골로 들어가고 해서 마을을 떠난다. 도깨비가 떠난 뒤 마을 사람들은 그대로 욕하고 싸우고 가시울타리를 더욱 높이 쳤지만, 세월이 흐르자 그 가시울타리에 찔레꽃이 피고, 아이들이 그 울타리를 뚫고 서로 손을 잡는다. 서로 원수가 된 두 마을의 사이가 아이들을 따라서 다시 하나로 가까워지고, 거짓스러운 어른들의 꾸밈이 깨끗이 벗겨지는 것이다.
   이 동화는 도깨비를 소재로 하여 민족 분단의 현실을 그린 것이다.

작가는 먼 훗날의 통일에 대한 희망과 기대를 어린이들에게 거는 것이다. 도깨비가 사람보다 더 사람답게 느껴지고, 오늘날의 물질문명 속에 살고 있는 도깨비가 웃음을 자아내기도 한다.

이원수, 〈도깨비와 권총왕〉

아이들이 동화책을 읽고 있는데, 그 동화책에서 정말 도깨비가 나타난다. 처음에는 무서워 당황하지만, 곧 아이들은 도깨비와 친해져서 노래를 부르고 상을 받고 한다. 이러다가 한쪽에서 책 장수가 나타나 만화책을 사라고 하자 도깨비는 숨고, 아이들은 권총왕 만화를 사서 읽는다. 이번에는 그 만화 속에 있는 권총왕과 권총이 나와 주었으면 하고 빌어서 정말 권총왕이 나오게 된다. 아이들이 권총을 하나 달라고 말하니 권총왕이 아이들의 머리칼을 쏘아 보인다면서 겨눈다. 아이들이 놀라서 어쩔 줄 모르고 있을 때, 숨었던 도깨비가 나타나 권총왕과 맞선다. 권총왕은 도깨비를 비웃지만, 도깨비가 권총알을 모두 없애 버리고 "잔소리 말고 없어져라"고 하자 사라진다. 아이들이, 도깨비 아저씨는 어디서 사는가 묻자 도깨비는 이렇게 대답한다. "나는 너희들의 동화책 속에 산다. 너희들이 동화책을 좋아할 동안은 나도 너희들의 친구가 되어 같이 살 수 있단다." 이렇게 말하고는 동화책 속으로 들어가 버리는 것이다.

이 동화에서 만화책 속의 권총왕은 위험한 장난을 하는 해로운 존재로 되어 있고, 동화책 속의 도깨비는 아이들과 어울려 재미있게 지내고 아이들을 즐겁게 해 주는 것으로 되어 있다. 권총왕은 현대 산업 사회―서양의 물질문명의 산물이지만, 도깨비는 우리의 내림문화, 정신 문화를 지켜 주고 이어 주는 존재다. 도깨비가 권총왕을 물리치고 이겨 냈다는 것은 불순하고 위험한 존재에 대한 깨끗하고 선한 것의 승리로 서 정말 통쾌한 이야기다. 어린이들의 생활에 스며들어 그들에게 좋지 못한 영향을 주고 있는 만화책, 위험한 장난감 같은 것들에 대해, 진정 한 벗이 될 수 있는 동화책과 도깨비를 대비시켜 재미있는 이야기를 만 들어 놓았다.

이 밖에 몇몇 작가들이 즐겨 도깨비를 소재로 하여 동화를 쓰고 있 지만, 제대로 쓰인 것이 드물다. 일반으로 도깨비가 아무런 뜻도 없이 등장하고 있다. 도깨비만 등장시키면 어린이들은 재미있는 이야기로 읽어 줄 것같이 여겨서 이런 기이한 소재를 이용하려고 하는 듯하나, 이런 이야기는 아무런 신기함도 재미도 없이 씌어 있기 예사다. 무엇 때문에 쓴 것인지 알 수 없는 것이 대부분의 도깨비 동화다. 오늘날의 많은 동화작가들이 소재에 기대어 내용은 생각 않고 책을 만들어 팔고 만 있는 게으른 태도를 도깨비 동화에서도 볼 수 있다.

9. 맺는말

✢

옛이야기의 내림을 이어받는 일은 문제도 많고 할 일도 너무 많지만 지금까지 언급해 온 것을 대강 다음 몇 가지로 요약할 수 있을 것 같다.

① 일반으로 우리의 창작동화가 우리 땅에 뿌리를 내리지 못하고 서양 동화의 흉내, 어른들 소설의 흉내를 내고 있고, 뿌리 없는 나무같이 되었다.

② 입으로는 내림을 이어받아야 한다면서 마음으로는 우리 것을 멸시하고 있다. 진정한 내림이 무엇인가를 깨닫지 못하고 있다.

③ 옛이야기를 찾아 모으고 정리 보존하는 일, 지금의 어린이들에게 들려주는 일 따위, 해야 할 일이 산으로 쌓여 있는데, 작가들은 힘든 일은 피하고 옛이야기를 함부로 고치고 제멋대로 군더더기를 붙여 형편없는 것으로 만드는 짓을 즐겨 하고 있다. 우리 것을 파괴하는 범죄 행위가 성행하고 있지 않은지 매우 걱정된다.

우리 것을 등지고 남의 것에 정신을 팔고 있는 것도 문제고, 우리 것을 이어받는다는 구실로 그것을 엉터리 상품으로 꾸며 내어 팔고 있는 것도 문제고, 이래서 아동문학은 문제투성이로 그 위기가 심각하다. 이 위기를 우리가 똑바로 알아서 이겨내지 않으면 앞으로 민족 문학 전체의 기반을 잃어버리게 될 것이다.

내림(전통)이란 어떤 마음가짐이요 정신이다. 그것은 그냥 있는 것을 주워 가지거나 주는 대로 받아 가지면 되는 그런 죽은 몸뚱이 같은 것이 아니고, 끊임없이 숨을 쉬고 움직이는 생명 같은 것이다. 그러니 내림을 이어받는다는 것은 내림을 창조한다는 말이다. 기계처럼 받아들이기만 하는 몸가짐으로서는 내림을 몸에 붙일 수 없다. 내림 속에 살면서 그 내림을 지배할 수 있는 정신의 활력이야말로 참된 내림을 창조할 것이다.

그렇다면 오늘날 우리 민족의 동화를 창조할 수 있는 작가의 활력을 어떻게 얻을 수 있는가? 그것은 오직 민족과 역사와 어린이에 대한 작가의 양심과 믿음으로서만 얻어낼 수 있을 것이라 확신한다.

제3장

옛이야기,
그 풍부한 문학의 세계

첫째, '팥죽 어머니' 이야기

❦

옛이야기를 말하는 자리에서 먼저 '팥죽 어머니'부터 시작하겠다. 가장 널리 알려진 이야기 가운데 하나이지만, 우선 대강의 줄거리를 말해 놓는 것이 차례일 듯하다.

어느 산골에 오누이를 데리고 살아가는 어머니가 있어, 날마다 남의 집에 가서 농사일을 거들어 주고 품값으로 곡식이나 먹을 거리를 얻어서 살았다. 하루는 또 이웃 마을에 가서 일을 해 주고 저녁이 되어 돌아오는 길에 팥죽을 한 항아리 얻어서 이고 오는데, 재를 넘다가 호랑이를 만나게 된다. 커다란 호랑이가 길을 가로막고 떡 버티고 앉아 있는 것이다.

"거 머리에 이고 가는 게 뭐요?"

"팥죽이란다."

"난 배가 고파. 그 팥죽 내려놓고 가면 안 잡아먹지."

이래서 어머니는 그 팥죽 항아리를 호랑이에게 주고 오는데, 둘째 고개에 오니 또 그 호랑이가 어느 새 와서 길을 막고 기다리는 것이다.

"난 배가 고파. 팔 하나 주면 살려 주지."

이래서 둘째 고개에서는 팔 하나를 호랑이에게 떼어 먹혔다. 셋째 고개에 오니 또 그 호랑이가 어느새 와서 버티고 앉았다.

"나 배고파. 팔 하나 마저 주면 지나도록 해 주지."

그래서 어머니는 남은 팔 하나를 또 호랑이에게 주었다. 그런데 넷째 고개를 넘는데 또 그 호랑이가 기다리고 있었다.

"그래도 배가 고파. 다리 하나 주면 목숨을 살려 주마."

이번에는 다리를 하나 주고 말았다. 이제 어머니는 걸어갈 수도 없어 데굴데굴 굴러서 다음 다섯째 고개를 넘어가려고 하는데, 또 그 호랑이가 어느새 와서 기다렸다. 그래서 어머니는 그 다섯째 고개에서 몸통까지 죄다 호랑이한테 잡아먹히고 말았다. ―대강 이런 얘기다.

그다음에도 이야기는 이어지는데, 장면이 바뀌어, 어머니가 돌아오기를 기다리는 오누이가 있는 외딴집이 된다. 어머니를 잡아먹은 호랑이는 집에서 기다리는 오누이마저 잡아먹으려고 외딴집으로 찾아오는 것이다. 이래서 두 번째 이야기는 '해와 달'이라는 제목으로 따로 이야기되기도 한다.

여기서 우선 지금까지 대강 이야기한 '팥죽 어머니'를 생각해 보자.(이 '팥죽 어머니' 이야기에서 '팥죽'은 곳에 따라 '수수팥떡'이 되기도 하고 '쑥떡'이 되기도 한다.) 대관절 이 이야기에 무슨 뜻이 있는가? 어째서 이런 이야기가 생겨났는가? 그리고 그토록 널리 전해지고 퍼진 까닭이 무엇인가? 더구나 이렇게 잔인한 이야기 아닌가! 우리 민족은 잔인한 짓을 좋아하는가?

많은 사람들이 즐기는 이야기는 그 속에 무엇인가 반드시 사람의 마음을 움직이는 알맹이가 있기 때문이다. 그냥 아무 뜻도 없는 이야기는 결코 널리 퍼질 수 없다. 온 민족이 즐겨 듣고 즐겨 전하는 이야기는 그 속에 반드시 그 민족의 진실이 있다. 민족의 역사를 압축해 보여 주거나 민족이 살아가는 참 모습을 상징해 보여 주기 때문이다.

이 '팥죽 어머니' 이야기에 나오는 어머니는 그 옛날부터 언제나 포악한 정치에 시달리고 짓밟혀 온 민중―백성들의 모습을 잘 보여준다. 호랑이는 물론 백성들을 짓밟는 폭군이다. 우리 백성들은 그 옛날부터 폭군들에게 모든 것을 빼앗기면서 살아왔다. 첫째 고개에서 팔 하나를 떼어 먹히기 시작하여, 둘째 고개, 셋째 고개…… 이렇게 호랑이를 믿다가 결국 속아 넘어가서 아주 목숨을 빼앗기고 마는 것처럼, 우리 백성들은 포악한 군주와 그 군주 밑에서 가렴주구를 일삼는 탐관오리들에게 속아서 모든 것을 빼앗겨 온 것이다. 이 '팥죽 어머니'는 이런 기막힌 우리 역사를, 한 많은 우리 백성들의 삶을 놀랄 만큼 훌륭하게 그려 보인, 우리 민족의 문학이라 아니할 수 없다. 이 이야기를 모든 사람들이 즐겨 듣고, 모든 아이들이 좋아하는 까닭이 이러하다.

둘째, '해님과 달님' 이야기

✤

다음은 앞에서 말한 '팥죽 어머니'에 그대로 이어지는 이야기인데, 이번에는 이원수 선생이 적어 놓은 것을 나대로 말을 좀 다듬어서 여기 들어 보겠다.

옛날 어느 시골 외딴집에, 어린 아들딸 두 오뉘를 데리고, 세 식구가 오순도순 살아가는 홀어머니가 있었어요. 아버지가 일찍 세상을 떠났기 때문에, 어머니는 아기들을 집에 두고 남의 집 일을 해 주러 다녔지요.

어머니가 일하러 나가시면, 어린 오뉘는 집을 지키면서 하루를 보냈어요. 그래서 저녁 무렵이면 어머니가 돌아오시기만 기다렸어요.

단 두 남매가 집을 보고 있자니 무척 심심하지요. 그래 오빠는 누이 동생에게 이야기도 해 주고, 소꿉놀이도 같이 해 주기도 했어요.

저녁때가 되면 집 앞에 나와서, 뒷산 고개를 바라보며 어머니가 오시지 않나, 하고 기다리지요. 그러면 어머니가 품삯으로 받은 곡식을 이고, 고개를 넘어오시는 게 보여요.

"아, 엄마다. 엄마!"

이윽고 어머니가 문밖에 가까이 오면, 두 남매는 달려가서 어머니 팔에 매달리면서 좋아했어요.

그런데, 하루는 해가 저물어 어두워지도록 어머니가 돌아오시지 않아요. 오뉘는 집 밖에 나와 기다리다 못해 할 수 없이 도로 들어와서, 걱정을 했어요. 어머니가 어둡도록 안 오시는 날은 없었는데, 밤이 되어도 오시지 않으니, 걱정이 안 될 수 없지요.

"오빠, 엄마가 왜 여태 안 와?"

"그러게 말야. 밤에 산길에 호랑이가 잘 나온다는데, 웬일일까?"

오뉘는 걱정스러운 얼굴로 마주 앉아 어머니 발자국 소리가 나지 않나 하고 귀를 기울이고 있었어요.

그러나, 어머니 발자국 소리는 나지 않고, 산에서 불어오는 솔바람 소리만 우우 하고 들려왔어요.

이때, 갑자기 문을 흔드는 소리가 났어요.

달각 달각 달각…….

"앗! 엄마 왔나 봐!"

누이동생이 소리쳤어요. 이내 밖에서 들리는 소리.

"애들아, 문 열어라."

"엄마야?"

누이동생이 부리나케 일어나, 밖으로 나가려고 했어요.

그러나, 오빠는 밖에서 들리는 말소리가 어쩐지 어머니 소리가 아니라는 생각이 들었어요. 어머니 목소리는 저렇게 쉰 소리가 아닌데, 이상하다 싶어서 누이동생 옷깃을 붙잡고 못 나가게 했어요.

"엄마 왔다. 어서 문 열어."

바깥문은 꼭 잠가 놓았기 때문에, 잠긴 문을 흔들면서 자꾸 목쉰 소리가 재촉하지요.

오빠가 큰 소리로 물었어요.

"엄마 목소리가 아닌데요. 우리 엄마는 그런 목소리 아녜요."

"감기가 들어서 목이 쉬었단다. 어서 문 열어라. 왜 우물쭈물하고 있니? 엄마 옷을 봐야만 알겠니?"

문짝 사이로 정말 엄마 팔이 쑥 들어왔어요.

"자, 이 옷 봐. 이게 엄마 아니고 누구냐?"

오뉘가 가까이 가서 보았어요. 정말 어머니의 저고리 소매가 틀림없었어요. 그런데 옷은 어머니 옷이 틀림없는데, 손이 이상스럽게 생긴 손이었어요.

어머니는 일을 많이 해서 손이 거칠기는 하지만, 털은 나지 않았어요. 그런데, 지금 문밖에 온 어머니가 들이민 손에는 누른 털이 가득 나 있었어요.

오뉘는 그 손을 보고 깜짝 놀랐어요. 정말 어머니가 아니라는 생각이 든 것이지요.

"이건 우리 엄마 손이 아녜요. 우리 엄마 손에는 이런 털이 없는 걸요."

오뉘가 이렇게 말하자, 밖에서는 정다운 목소리로

"얘들아, 내가 너무 일을 많이 해서, 손이 거칠어져서 그렇단다. 이건 털이 아니야. 어서 문 열어라."

이 말을 듣고, 오뉘는 어머니가 정말 험한 일을 많이 해서 그렇게 됐구나 생각하고, 얼른 문을 열어 주었어요.

"에그, 너희들 배고프겠다. 어서 저녁을 지어야지……"

오뉘는 어머니가 부엌으로 들어가는 걸 보고서야 겨우 안심을 했어요.

'아, 우리 엄마는 참 일을 너무 많이 해서, 손에 털이 난 것 같이 거칠어졌구나. 우리 엄만 가엾다.'

이렇게 오빠는 생각했지요. 그러면서 방에서 나와 부엌을 가만히 들여다보았어요.

아! 그러던 오빠가 깜짝 놀랐어요. 틀림없이 어머닌 줄 알았는데, 그건 어머니 저고리와 치마를 입은 호랑이였어요.

오빠는 얼른 누이동생을 데리고 밖으로 나왔어요. 호랑이에게 잡아먹힐 판이니, 어디든 가서 숨어야겠다고 생각했어요. 누이동생의 손을 끌고 급한 대로 뒤꼍으로 가서, 우물가에 서 있는 커다란 미루나무로 올라갔어요.

미끄러운 나무를 간신히 올라간 두 오뉘는, 나뭇가지에 걸터앉아서 숨을 죽이고, 아래 동정을 살피고 있었어요.

호랑이는 산 고갯길에서 어머니를 만나, 어머니를 잡아먹고, 저고리와 치마를 벗겨 제가 입고는, 아이들까지 잡아먹으러 온 것입니다.

부엌에 들어가서 밥을 짓는 체하고 있던 호랑이가, 인제 아이들을 먹어야겠다고 방 안을 들여다보니, 아이들이 없지요. 호랑이는 눈이 둥그레져 여기저기로 돌아다니며 오뉘를 찾았어요.

그러나 아무리 돌아다녀도 아이들은 보이지 않아요. 뒤꼍으로 돌아가 기웃거리고 있는데, 마침 달밤에 마당에 비친 나무 그림자에, 아이들의 모양이 보였어요.

호랑이는 미루나무를 쳐다보았어요. 정말 오뉘가 높은 나무 위에 올라가 앉았네요.

'아하! 저놈들이 눈치를 챘구나. 그렇지만 내가 그냥 돌아갈 줄 알아? 어림도 없지!'

호랑이는 아까처럼 어머니 말소리를 흉내 내어 아이들을 쳐다보며 말했어요.

"애들아, 밤중에 나무엔 뭣 하러 올라갔니? 거기서 떨어지면 어떡하려고 그래? 어서 내려오너라."

호랑이에게 들킨 걸 알고, 오빠는 가슴이 두근거렸어요. 호랑이가 나무를 올라오게 되면 영낙없이 잡아먹힐 판이지요.

아니나 다를까, 호랑이가 미루나무 밑둥에 다가오더니, 올라오려고 앞발을 쳐들었어요.

이때 오빠는 겁이 나서 눈을 꼭 감았어요. 그러고 있는데, 아래서 호랑이가 소리를 질렀어요.

"너희들은 어떻게 올라갔니? 엄마는 미끄러워서 올라갈 수가 없구나."

호랑이는 나무를 타기 어려웠던 것이지요. 오빠가 한 꾀를 내어 대답했어요.

"우린 부엌에 있는 참기름을 바르고 올라왔어요."

기름을 바르면 미끄러워서, 정말 호랑이가 올라오지 못할 것이라 생각하고, 그렇게 말했지요.

이 말을 들은 호랑이는 부리나케 부엌으로 가서, 참기름 병을 들고 나왔어요. 그러더니 나무에다 마구 기름을 발랐어요.

오빠는 속으로 '옳다 됐다' 하고 호랑이의 거동만 내려다보았어요. 호랑이가 기름을 발라 놓고 올라오려고 하니까, 아까보다도 더 미끄럽지요. 앞발로 나무를 부둥켜안고 올라오려다가는 주르륵 미끄러져 내려요.

철없는 누이동생이 이 모양을 내려다보고 있다가 바른말을 했어요.

"도끼로 발 디딜 자국을 찍어 놓고 올라오면 되지 않아요?"

이 말을 들은 호랑이가 곧 집에 가서 마당 한쪽 장작더미 옆에 있는 도끼를 가지고 나왔어요. 아! 큰일 났어요. 도끼로 미루나무 밑둥에서 차례차례 자국을 내면서, 그 자국을 딛고 나무 위로 올라오는 것 아닙니까.

어머니 옷을 입고 올라오는 건, 오뉘를 잡아먹으려는 호랑이인데, 그걸 모르고 올라오는 방법을 가르쳐 줬으니, 이 일을 어찌하지요?

호랑이가 점점 오뉘들에게 가까이 올라왔을 때, 오빠는 기도를 했어요.

"하느님! 저희들을 살려 주십시오. 살려 주시려거든 제발 동아줄을 내려서 끌어올려 주세요!"

호랑이가 오뉘의 발 아래까지 거의 다 올라왔어요.

호랑이의 앞발이 오뉘의 다리를 잡을 듯 잡을 듯할 때, 하늘에서 동아줄 하나가 내려왔어요. 오뉘가 그 동아줄 끝을 붙잡고 매달리자, 동아줄은 오뉘를 하늘로 슬슬 끌어올려 갔어요.

이 모양을 본 호랑이는 오뉘를 놓친 것을 분해 하다가, 저도 기도를 했어요.

"하느님, 나에게도 동아줄을 내려 주시오."

호랑이가 이렇게 기도를 하자, 하늘에서 동아줄 한 가닥이 주루루 내려왔어요.

'옳다, 됐다! 너희들이 암만 올라가 봐라. 난들 못 올라갈 줄 알고?'

호랑이가 동아줄을 붙들자 동아줄은 아까 아이들을 끌어올리듯, 하늘을 슬슬 올라가기 시작했어요.

그러나 그 동아줄은 썩은 동아줄이었어요. 얼마 안 올라가다가 그만 줄이 뚝 끊어져서, 호랑이는 높은 하늘에서 거꾸로 곤두박질하여 떨어지고 말았어요.

호랑이가 떨어져 머리를 깨고 죽은 곳은 수수밭이었어요. 수수밭에는 온통 호랑이의 피가 튀어, 수숫대에도 벌겋게 피가 묻었어요.

하늘로 올라간 오뉘는 하늘에서 해와 달이 되었어요.

오빠는 사내아이니까 씩씩하게 생긴 해가 되고, 누이동생은 조용한 달이 되어, 동쪽에서 서쪽으로 먼 길을 떠다녔어요.

동쪽 산머리에서 떠올라 온 세상을 비춰 주면서, 구름을 헤치고 먼 길을 다니는 해와 달은, 둘이 같이 한곳에 있지를 못했어요.

해는 낮에만 다니고 달은 밤에만 다녔어요. 누이는 밤하늘로만 다니는 것이 싫었어요. 어두운 숲과 들판을 내려다보면서 다니는 것이 무서웠어요. 그래서 오빠한테 제가 해가 되고 싶다고 말했어요.

오빠는 누이동생의 소원대로 해주어서, 오빠는 달이 되고 누이동생이 해가 되었어요.

누이동생은 밝은 세상을 다니게 되어 무섭지도 않고 좋았으나, 사람들이 환한 제 얼굴을 쳐다볼 때면 부끄러운 생각이 들어 견딜 수가 없었어요. 그래서 화살 같은 센 빛을 쏘아 보내어 아무도 쳐다보지 못하게 했어요.

달은 자세히 쳐다보아도 괜찮은데 해는 쳐다보면 눈이 부시고 아픈 것은, 누이동생의 화살 같은 빛 때문이고, 수숫대 속에 뻘건 빛깔이 있는 건, 그때 호랑이의 피가 묻은 때문이라고 합니다.

여기서 호랑이는 아이들을 속여서 그 아이들을 잡아먹으려 한다. 절대권력을 가진 집권자들은 씨알인 백성의 뒤를 이을 아이들마저 다 잡아 족치려고 하는 것이 옛날이나 지금이나 다를 것이 없다.

호랑이를 피해 밖으로 나간 아이들이 다급해서 나무 위로 올라간다.

130

그런데, 저를 잡아먹으려고 하는 호랑이한테, 도리어 나무에 올라오는 방법을 가르쳐 준다는 데서, 착하고 순진한 아이들 마음이 잘 나타나고, 또한 이 이야기가 아이들다운 이야기가 되어 생생한 느낌을 불어넣어 준다.

호랑이가 자꾸 올라와서 이제는 두 아이의 다리가 거의 잡힐 만큼 가까이 되자 큰 아이는 하느님께 살려 달라고 빈다. 아, 이 어찌할 수 없는 막다른 골목에서 그 밖에 무슨 길이 있겠는가! 여기서도 우리 풀뿌리 백성들의 모습을 그대로 볼 수 있다.

그런데 기적이 일어났다. 하늘에서 밧줄이 내려온 것이다. 여기서 "기적이 일어나? 기적이 어디 있을 수 있는가? 이야기를 너무 안이하게 만들었어" 하고 말할 사람이 있을 것 같다. 하지만 우리 민중—백성들이 살아오고 살아남은 역사를 곰곰이 살피고 생각해 보면 기적이란 생각이 안 들 수 없다. 막다른 골목마다 흔히 기적 같은 일이 일어났다고도 볼 수 있다.

또 이 이야기를 읽거나 듣는 사람들은 누구든지 "그건 거짓말이야" 하고 말할 사람이 없을 것이다. 모두가 '참된 이야기'로 느끼고 받아들인다. 만약 나무 위에 올라가서 "하느님, 동아줄을 내려 주십시오" 하고 비는 사람이 어린아이가 아니고 어른이었다면 어떤 느낌이 들까? 어른이라면 아마도 밧줄이 내려오지도 않았을 것이고, 내려왔다고 하면 '일부러 만든 거짓 이야기'로 느낄 것이다. 저들을 잡아먹으러 올라오는 호랑이에게 도리어 올라오는 수를 가르쳐 주는 아이들이기에 기적이 일어나는 것이고, 기적이 기적이 아니게 되는 것이다. 아이들의 마음, 아이들의 말은 하늘과 땅의 모든 목숨에 가 닿는다. 하느님이 아이들의 소원을 어찌 모르겠는가.

동아줄에 매달려 두 아이는 하늘로 올라가 해님과 달님이 되었다. 절망의 현실을 환한 빛의 세계로 바꾸는, 이 얼마나 놀라운 상상인가! 그야말로 번데기가 나비로 되어 훨훨 하늘을 날듯이, 놀라운 예술의 경지로 꽃피웠다. 온 세계의 이야기 문학에서, 이토록 어두운 고난의 역사와 삶을 이만큼 아름다운 예술로 꽃피운 이야기가 또 있는지 나는 모른다.

한편 그 포악한 호랑이는 썩은 동아줄에 매달려 올라가다가 그만 떨어져 죽었다. 민중의 애끓는 소원은 이렇게 해서 이야기 속에 통쾌하게 이뤄진다.

셋째, '팥죽 할머니' 이야기

✤

이것은 제목이 '팥죽 어머니'와 비슷하지만 이야기는 아주 딴판이다. '팥죽 어머니'는 호랑이한테 당하기만 하다가 결국 잡아먹히고 말지만, 이 '팥죽 할머니'는 아주 통쾌한 복수를 하는 얘기로 되어 있다. '해님과 달님'은 아이들이 하느님한테 구원을 요청하여 하늘로 올라가고, 호랑이는 죽게 되지만, 그런 당하기만 하고, 초월자에게 구원을 바라는 얘기가 아무리 현실에 가깝다고 하더라도 그런 얘기를 불만스럽게 여기는 마음이 많은 사람들에게 있는 것도 사실이다. 이래서 이런 얘기가 생겨났을 것이다. 다음에 드는 글은 《한국구비문학대계》(1권 경기도 편)에 나온 얘기를 서정오 선생이 다시 다듬어 쓴 것을 그대로 옮겼다. 권정생 선생의 얘기를 들으니, 경북 안동 지방에서도 이와 같은 얘기가 전해 내려온다고 한다. 그러니까 이 얘기도 전국에 퍼져 있다고 생각된다.

옛날, 어느 산골에 할머니가 혼자서 살았단다. 혼자 살면서 콩도 심고 팥도 심고 농사를 짓는데, 하루는 팥밭을 매다니까 아, 집채만 한 호랑이 한 놈이 어기적어기적 산에서 내려와. 내려와서는,

"할멈, 할멈. 나하고 밭매기 내기하자. 할멈이 이기면 그만이고, 내가 이기면 할멈을 잡아먹고."

이러거든. 할머니가 듣고 보니 기가 막혀. 뭐 그런 내기가 다 있느냐 말이야. 그래도 호랑이 우격다짐이니 어떡해. 할 수 없이 내기를 했는데, 호랑이가 발톱으로 호비호비 매 나가니까 따라갈 수가 있어야지. 그래서 할머니가 졌어. 호랑이란 놈이,

"자, 이제 내가 이겼으니까 잡아먹어야지."

이러고 덤벼들거든.

"아이고, 호랑아. 내가 이 밭 매느라고 무진 고생을 했는데, 이 팥을 다 키워서 팥죽이나 쑤어 놓거든 잡아먹어라."

호랑이가 가만히 생각해 보니, 그렇게 되면 팥죽도 빼앗아 먹고 할머니도 잡아먹고 좀 좋아. 그러마 하고 산으로 올라갔어.

할머니가 팥을 잘 가꾸어서 이제 거둘 때가 되었거든. 팥을 거두는데 호랑이가 또 내려왔어.

"할멈 잡아먹으러 왔다."

"이 팥을 거두어서 팥죽이나 쑤어 놓거든 잡아먹어라."

그러니까 호랑이는 할 수 없이 돌아갔어. 팥죽 먹을 욕심으로.

할머니가 이제 팥을 다 거두어서 떨었어. 떨어 가지고 키에 담아 까부는데, 또 호랑이가 찾아왔어.

"할멈 잡아먹으러 왔다."

"그래, 이 팥을 다 까불어서 내일 저녁에 팥죽 쒀 놓거든 와서 잡아먹어라."

그래서 호랑이는 또 돌아갔지. 이튿날, 할머니가 팥죽을 쒀서 한 동이 퍼 놓고는 앉아서 울거든. 죽게 되었으니까. 한참 엉엉 울고 있는데 달걀이 대굴대굴 굴러 와서,

"할머니, 할머니. 왜 울우?"

"오늘 저녁 호랑이한테 잡아먹히게 돼서 운다."

"팥죽 한 그릇 주면 내 당하지."

그래서 팥죽 한 그릇 줬지. 주니까, 부엌 아궁이에 묻어 달래. 부엌 아궁이에 달걀을 묻어 주고, 또 엉엉 울고 있으니까 자라가 엉금엉금 기어와서,

"할머니, 할머니. 왜 울우?"

"오늘 저녁 호랑이한테 죽게 돼서 운다."

"팥죽 한 그릇 주면 내 나서지."

그래서 또 한 그릇 줬지. 자라는 물두멍에 넣어 달라네. 물두멍에 넣어 주고, 또 엉엉 우니까 맷돌이 왈캉달캉 굴러 와서,

"할머니, 할머니. 왜 울우?"

"오늘 저녁에 똑 죽게 돼서 운다."

"팥죽 한 그릇 주면 내 맞서지."

또 한 그릇 줬지. 맷돌을 부엌 천장에 매달아 달래. 그래서 매달아 줬어. 그러고 나서 또 엉엉 울고 있으니까 송곳이 팔딱팔딱 뛰어와서,

"할머니, 할머니. 왜 울우?"

"오늘 저녁 죽게 돼서 운다."

"팥죽 한 그릇 주면 내 도와주지."

또 줬지. 송곳은 부엌 바닥에 세워 달라네. 세워 주니까, 이번에는 멍석이 둘둘 굴러 와서,

"할머니, 할머니. 왜 울우?"

"오늘 저녁 죽게 돼서 운다."

"팥죽 한 그릇 주면 내 살려 주지."

또 주니까, 멍석은 마당가에 눕혀 달래. 눕혀 놓고 나니까, 지게가

어쩡어쩡 걸어와서,

"할머니, 할머니. 왜 울우?"

"오늘 저녁 죽게 돼서 운다."

그래서 마지막 남은 팥죽 한 그릇 퍼 주니까, 지게는 대문간에 세워 달라네. 대문간에 세워 주고 할머니가 이제 방에 털썩 주저앉아 있으려니까 호랑이가 썩 들어오거든. 들어오는데 불을 툭 껐지.

"이 못된 할망구야. 나 들어오는데 불은 왜 꺼?"

"아이, 내가 껐나? 호랑이 들어오는 바람에 꺼졌지."

할머니가 막대기 기다란 걸 호랑이한테 주면서,

"이걸 아궁이에다 넣고 불을 붙여서 환하게나 해 놓고 잡아먹어라."

그러거든. 호랑이가 막대기를 아궁이에다 집어넣고 불을 당기려니까, 아 달걀이 불덩어리가 돼서 탁 튀어나와 눈을 때리네.

"앗 뜨거, 앗 뜨거!"

호랑이가 엉겁결에 눈 씻으려고 물두멍에 손을 넣으니까 거기 숨어 있던 자라가 손을 물고 늘어지지.

"아이고 아파, 아이고 아파!"

그때 맷돌이 천장에서 툭 떨어지면서 호랑이 머리를 내리치네. "아이쿠!" 하고 주저앉으니까 바닥에 세워 놓은 송곳이 엉덩이를 찔렀지. 그때 마당가에 누웠던 멍석이 와서 호랑이를 뚜르르 말거든. 지게가 걸어와서 짊어지고 갔지. 그래서 어떻게 되었느냐고? 그건 아무도 몰라. 할머니는 잘 살아서, 엊그저께까지 살더래.

《한국구비문학대계》 1-9, 받아쓰기 → 다시 쓰기)

'팥죽 어머니' 와는 달리, 여기서는 온 백성들이 일어나 힘을 모아 폭군을 쳐 없앤다. 달걀, 자라, 맷돌, 송곳, 멍석, 지게…… 이런 것이 바로 뭇 백성들이다. 달걀이고 자라고 맷돌이고…… 그런 것들을 하나하나 보면 아무것도 아니고 힘도 없어 보인다. 그러나 그들이 하나로 뭉쳐 힘을 모으고 슬기를 나타내면 얼마나 놀라운 일을 해내는가. 그 무서운 호랑이까지도 여지없이 박살을 내고 마는 것이다.

이 얘기에는 민중들의 꿈이 들어 있다. 현실에서 언제나 빼앗기고 속고 짓눌리고 있던 백성들의 분노가 한꺼번에 터져 나와 그만 통쾌한 복수가 펼쳐진 것이다. 언제나 얻어맞고 쫓기고 굶주리고 죽임을 당하기만 하던 백성들이 이 얘기를 들으면 얼마나 시원하겠는가. 그래서 이런 이야기는 일하면서 살아가는 뭇 백성들에게 위안을 주고 힘을 주는 노릇을 하는 것이다. 위안을 주고 힘을 주고 슬기를 주는 문학, 이 얼마나 훌륭한 이야기 문학인가.

넷째, ‘미구’ 이야기

✤

다음에 드는 이야기는 제목이 ‘여우 누나’로 되어 있다. 이것은 《옛날이야기 선집》(임석재 엮음, 교학사) 2권에 나온 것을 그대로 낱말만 몇 가지 다듬어서 옮겼다. 그런데, 내가 어렸을 때 듣기로는 여우가 아니고 ‘미구’였다. ‘미구’는 《우리말 큰 사전》(한글학회)에 ‘매구’로 나와 있고, 거기서 풀어 놓은 대로 ‘천 년 묵은 늙은 여우가 변하여 된다는 이상한 짐승’이다. 이 글에는 여우, 불여우로 나오지만 내가 알기로는 ‘미구’이니까 ‘미구’라 하겠다.

옛날 어떤 곳에 한 부자가 살고 있었습니다. 이 집에서는 소와 말을 많이 키우고 있었습니다.

아들은 셋이나 두었지마는, 딸은 하나도 없어서 딸 낳기가 늘 소원이었습니다. 그래서 한번은 삼신할머니에게 아들을 모두 잡아가도 좋으니 딸을 하나 점지하여 주십사 하고 빌었습니다. 삼신할머니는, 다른 사람들은 아들 낳기를 비는데 아들을 잡아가도 좋으니 딸만 낳게 해 달라고 비는 이런 몹쓸 것들이 있느냐 하고 그 마음씨가 밉살스러워서 불여우를 딸로 태어나게 해 주었습니다.

이 집에서는 그런 줄도 모르고 소원대로 딸을 낳게 되었다고 아주 좋아하며 불면 날까, 쥐면 꺼질까 하고, 온갖 정성을 들여 키웠습니다.

그런데, 이 집에서는 그 딸이 돌을 지나면서부터 밤만 지나고 나면 말이랑 소가 한 마리씩 죽어 넘어지곤 했습니다. 이 집에서는 이상히 생각하고 여러 가지로 알아보았지마는 말이랑 소가 죽는 까닭을 통 알 수가 없었습니다. 그래서 하루는 아버지가 큰아들을 보고, 밤에 자지 말고 말이랑 소가 어째서 죽는가 지켜보라고 했습니다.

큰아들은 밤새 자지 않고 집 한 모퉁이에 숨어서 외양간의 소와 말을 지켜보고 있었습니다. 그랬더니, 한밤중쯤 되니까 큰 방문이 살그머니 열리면서, 어린 누이동생이 나오더니 마당으로 내려왔습니다.

"웬일일까?"

큰아들이 숨을 죽이고 가만히 보고 있으니까 누이동생은 마당에서 공중제비를 세 번 발딱발딱 넘더니 꼬리가 셋이 달린 여우로 바뀌었습니다. 여우는 부엌에 들어가서 손에다 참기름을 바르고 나와 외양간으로 가서는 말의 밑구멍에나 손을 쑤욱 들이밀어 간을 끄집어내니까 말은 그냥 푹 고꾸라져서 죽는 것이었습니다. 여우는 그 간을 다 먹고 나더니 마당에 나와서 또 공중제비를 세 번 발딱발딱 넘어 애기가 되어 가지고 큰 방으로 들어갔습니다.

이튿날 아침에 큰아들은 아버지 어머니한테 간밤에 있었던 일을 그대로 이야기했습니다. 그러자 어머니는,

"그래, 누이동생 하나 있는 것이 못마땅해서 누이를 죽이려고 그런 애매한 소리를 하는구나!"

"그런 사람 잡을 소리를 하려거든 썩 나가거라. 내 눈앞에 얼씬도 하지 마라!"

하며 큰아들을 내쫓아 버렸습니다.

그다음에는 둘째 아들을 보고 왜 소랑 말이 죽는가 지켜보라고 했습

니다.

둘째아들도 밤에 집의 한 구석에 숨어서 자지 않고 외양간을 지켜보고 있었습니다. 한밤중쯤 되니까, 큰 방문이 삐끔이 열리면서 어린 누이동생이 나오더니 마당으로 내려와서는 공중제비를 세 번 발딱발딱 넘으니까 꼬리가 셋이 달린 여우가 되는 것이었습니다.

여우로 둔갑한 누이동생은 부엌에 들어가더니 손에다 참기름을 발라 가지고 외양간으로 가서 말 궁둥이에 손을 들이밀어 간을 꺼내 먹었습니다. 그러니까 말은 당장에 푹 고꾸라지는 것이었습니다. 여우는 마당에 와서 공중제비를 세 번 넘으니까 다시 애기가 되어 가지고 큰방으로 들어갔습니다.

이튿날 아침에 둘째 아들은 지난밤에 일어난 일을 본대로 부모님에게 말했습니다. 그러니까, 이번에도 아버지 어머니는 화를 버럭 내면서,

"그래, 이놈도 누이동생 하나 있는 것이 못마땅해서 그런 애매한 말로 죽이려 하는구나! 그런 사람 잡을 소리하는 놈은 집에 두고 볼 수 없다. 썩 나가거라!"

하면서 둘째아들도 내쫓았습니다.

그다음 날은 막내아들더러 지켜보라고 했습니다.

막내아들도 집의 한 모퉁이에 숨어서 밤에 자지 않고 지켜보고 있었습니다. 한밤중쯤 되니까, 두 형들이 본 것과 같이, 큰방에서 누이동생이 살그머니 나오더니, 마당에 내려와서 공중제비를 세 번 발딱발딱 넘어 여우가 되어 가지고 부엌에 가서 참기름을 손에 바르고는 외양간에 들어가 말의 밑구멍으로 손을 들이밀어 간을 빼서 먹고는, 다시 재주를 넘어 아이가 되어 가지고 큰방으로 들어갔습니다.

다음 날 아침에 막내아들은 지난밤에 본 일을 부모한테 말하고, 말

이 갑자기 죽는 것은 누이동생이 간을 빼서 먹기 때문이라고 했습니다. 그러니까, 아버지 어머니는 이번에도 역시 화를 버럭 내면서,

"누이동생 하나 있는 것이 못마땅해서 그런 애매한 말을 꾸며 없애려 드느냐? 그 따위 흉측한 말을 하는 놈을 집 안에 두었다가는 온 집안이 망하겠다. 너 같은 놈은 보기 싫으니 썩 나가거라!"

하며 셋째 아들도 내쫓아 버렸습니다.

집에서 내쫓긴 막내아들은 정처 없이 발길 닿는 대로 걸어갔습니다.

어디만큼 가노라니까 아이들이 거북이 한 마리를 잡아 가지고 놀고 있었습니다. 가까이 가 보니까, 거북은 눈물을 줄줄 흘리면서 이 막내아들 보고 살려 달라고 애원하는 것 같았습니다. 막내아들은 불쌍한 생각이 들어서 아이들이 달라는 돈을 다 주고 거북을 사서 바다에다 도로 넣어 주었습니다.

막내아들은 또 정처 없이 걸어갔습니다.

이튿날, 막내아들은 어떤 강가를 걷고 있었습니다. 그때, 강물이 별안간 쩍 갈라지더니 하얀 말을 탄 젊은이가 물속에서 나왔습니다. 그리고는 막내아들한테로 다가오더니,

"당신이 어제 우리 누님이 죽게 된 것을 살려 주어서 우리 아버지께서 당신을 모시고 오라고 하시니 나하고 같이 갑시다."

하고 말했습니다. 막내아들은 무슨 영문인지 몰라, 나는 사람을 살려 준 일이 없다고 하면서 괴이쩍다는 듯이 어리둥절하여 있었습니다. 그러니까 젊은이는,

"어제 아이들한테서 돈을 주고 사서 물에 넣어 준 거북이 우리 누님이고, 용왕님의 딸입니다. 누님이 사람 세상을 구경 나갔다가 그만 사람한테 붙잡혀 죽게 됐는데, 당신의 덕분으로 살아 왔습니다. 아버지

용왕께서는 그런 은인을 모셔다가 잘 대접하여야겠다 하시면서 나를 내보내어 모셔오라 했으니 어서 같이 갑시다."

하고 말했습니다. 그리고 자기 등에 업히라고 하며 등을 내미는 것이었습니다.

막내아들은 그제야 알아차리고 젊은이의 등에 업혔습니다.

젊은이는 막내아들을 업고 흰말에 올라타더니 강물 속에 풍덩 뛰어들어갔습니다. 그리고 눈 깜짝할 사이에 용궁에 닿았습니다.

용궁의 궁궐은 빨간 산호 기둥으로 집을 짓고, 청옥같이 파란 조개로 지붕을 이고, 온갖 진주로 벽을 치장하였고, 아름다운 경치를 그린 병풍이 둘러쳐 있었습니다. 온갖 고기들이 길 양편에 늘어서서 풍악을 잡히고, 나팔을 불며, 막내아들을 환영했습니다. 용왕은 막내아들이 들어오는 것을 보자, 용상에서 내려와서는 손을 덥석 잡고 인도하여 대궐 안으로 데리고 들어가 용왕 옆에 앉혔습니다. 그리고, 굉장히 큰 잔치를 베풀었습니다.

막내아들은 사람 세상에서 구경도 못한 큰 잔칫상을 받고 훌륭한 풍악 소리며, 나비가 나는 듯이 가볍게 추어 나가는 아름다운 춤을 구경하면서 맛있는 음식을 먹었습니다. 그리고 용궁 안의 여기저기를 구경했습니다. 여러 가지 보물도 보았습니다. 보는 것, 듣는 것마다 모두가 훌륭하고 신기한 것뿐이었습니다.

용왕의 아들은 막내아들을 데리고 다니면서 용궁 안의 여러 곳을 구경시켜 주고는,

"용왕님께서 당신에게 선물을 주실 텐데, 여러 가지 값진 보물 중에 하나를 가지라 하시거든 다른 것은 다 그만두고 용왕님 옆에 있는 고양이를 달라고 하시오."

하고, 일러 주었습니다.

막내아들은 용궁 안에서 꿈같은 며칠을 지냈습니다.

하루는 용왕이 이 막내아들을 불러 놓고 그 앞에 온갖 보물을 벌여 놓으며 제일 갖고 싶은 것 하나를 가지라고 했습니다. 막내아들은 값진 여러 보물을 보고도 아무 말 하지 않다가 용왕의 옆에 있는 고양이를 보고 그 고양이를 달라고 했습니다. 용왕은,

"그까짓 고양이를 갖다가 무엇 하겠니? 다른 좋은 보물이 많은데 그 것들을 골라 봐라."

하고, 말했습니다. 그래도 막내아들은 그 고양이만을 달라고 했습니다. 그러나, 용왕은 고양이를 내놓기를 꺼려했습니다. 용왕의 아들이 그것을 보고

"누님을 살려 준 은인이 저렇게 바라는데, 주시는 게 어떻겠습니까?"

하고 말했습니다. 용왕도 그 말을 듣고는 할 수 없이 그 고양이를 막내아들에게 주었습니다.

막내아들은 고양이를 받아 가지고 고양이 등을 몇 번 쓰다듬었습니다. 그랬더니 고양이는 예쁜 처녀로 바뀌었습니다.

막내아들은 이 처녀와 결혼을 하고 용궁에서 재미나는 나날을 보내는데, 전에 살던 자기 집이며 부모들이 어떻게 되었는지 궁금해서 한번 가 보고 싶은 생각이 났습니다. 그래서, 하루는 색시한테 그 뜻을 말했습니다. 색시는 그 말을 듣고 밖에 나가 천기를 보고 들어오더니,

"가 보셔야 부모님도 안 계시고 살던 집도 없어지고 살던 동네도 다 망해서 쑥대밭이 되었으니 가신다 해도 아무 소용이 없습니다."

하고, 가지 말라고 말렸습니다. 그래도 막내아들은 꼭 한번 가서 내

눈으로 똑똑히 보고 싶다고 했습니다. 그러자 색시도 더 말리지 않고 갔다 오라 하면서 하얀 병, 노란 병, 새파란 병, 빨간 병, 이렇게 병 네 개를 주면서 급한 일이 생길 때마다 이 병을 하나씩 뒤에다 내던지라고 했습니다. 그리고 말 한 필을 내주면서 이 말을 타고 가라고 했습니다.

막내아들은 그 병 네 개를 말의 꼬리에다 달고 용궁에서 나와 전에 살던 동네를 찾아갔습니다.

그 동네에는 색시 말대로 집도 사람도 하나 없이 망해 버리고 쑥대밭이 되어 있었습니다. 그런데, 쑥대밭 사이에 조그마한 지름길이 하나 나 있었습니다. 막내아들이 그 길을 따라 가 보았더니 각담이 있는데, 각담 위에는 사람과 말, 소 들의 해골바가지며 뼈다귀가 즐비하게 놓여 있고 각담 안에는 다 쓰러져 가는 집 한 채가 있었습니다. 막내아들은 각담 밖에서 어물거리고 있었습니다. 그런데 어디선지 제 누이동생이 뛰어나오며

"아이고, 오라버니! 이게 웬일이오. 어서 오셔요. 어서 들어가셔요."

하고 법석을 떨며 반갑다고 손을 마주잡고 방 안으로 끌고 들어갔습니다.

누이의 눈은 빨갛고 입은 귀밑까지 찢어져 있었습니다. 사람이며, 소, 말을 다 잡아먹어서 그렇게 된 것입니다.

막내아들은 공연히 찾아왔다고 뉘우치며 무서운 생각이 났지만 할 수 없이 끌려서 방으로 들어갔습니다.

"오라버니, 진지를 해 드려야지."

누이동생은 이렇게 말하고 부엌에 나가 밥을 짓는다고 하더니, 다시 방에 들어와서 보고는 오라버니가 도망칠까 봐 끈으로 오라버니 몸을 매고 한 끈은 제가 쥐고 다시 부엌으로 나갔습니다.

막내아들은 이런 꼴을 보고는 여기 오래 있다가는 큰 변이 일어날 것 같아서 자기 몸에 매어 있는 노끈을 풀어서 문고리에 매어 놓고, 가만히 뒷벽을 뚫고 나와서 말에 올라타고,

"나는 간다!"

한마디 소리치고는 빨리 말을 몰아 달아났습니다. 그러니까, 누이는

"히히! 오라버니, 하하! 오라버니, 진지 잡숫고 가라는데 왜 그냥 가요?"

하고, 소리치면서 뒤쫓아 왔습니다. 막내아들은 그냥 말을 달려 뛰었습니다. 그랬더니 누이는 꼬리가 아홉 달린 불여우로 바뀌어 가지고

"말 한 때, 사람 한 때, 두 때 먹을 것을 놓친다. 내가 구백구십구 명을 잡아먹고 한 사람만 더 잡아먹으면 되는데 놓치게 되는구나. 아이고 분해라! 아이고 분해!"

하면서 자꾸 쫓아왔습니다. 그리하여 거의 막내아들이 탄 말의 꼬리를 붙잡게끔 되었습니다. 막내아들은 이것을 보고 노란 병을 여우에게 다 내던졌습니다. 그랬더니 병이 깨지면서 그 일대는 큰 바위산이 되어 길이 막혔습니다. 여우는 그 바위산에 둘러싸여서 헤매며 바위산을 넘으려고 무척 애를 쓰고 있었습니다. 그러다가 어떻게 어떻게 해서 그 바위산을 넘어 또 뒤쫓아 왔습니다. 그리하여 다시 말의 꼬리를 붙잡을 만큼 가까이 왔습니다. 막내아들은 또 위태롭게 되어 흰 병을 여우의 머리 위에 내던졌습니다. 그랬더니 이번에는 그곳 일대가 갑자기 큰 가시덤불이 되어 길이 막히게 되었습니다. 여우는 가시덤불을 뚫고 나오려고 버둥거리며 애쓰고 있었습니다. 그러는 동안에 막내아들은 말을 달려서 멀리멀리 달아났습니다.

그런데, 여우는 그 가시덤불을 헤치고 나와 또 뒤쫓아 왔습니다. 그

리하여 거의 말꼬리를 붙잡게 되었습니다. 막내아들은 이번에는 파란 병을 여우 머리에다 내던졌습니다. 그랬더니, 병이 깨지자, 그 일대는 큰 강으로 바뀌었습니다. 여우는 강물 속에 빠져서 이 강을 건너느라고 허우적거리며 몹시 애를 쓰고 있었습니다. 그동안에 막내아들은 말에 채찍질을 해서 빨리 달려 멀리멀리 달아났습니다.

여우는 강물에서 한참을 허우적거리다가 겨우 강물에서 나와 다시 달려왔습니다. 그리하여 막내아들의 말꼬리를 또 거의 붙잡을 만큼 쫓아왔습니다. 막내아들은 이번에는 빨간 병을 여우의 머리에다 내던졌습니다. 그랬더니 그 일대는 불이 나서 훨훨 타는 것이었습니다.

여우는 그 불바다 속에서 헤치고 나오려고 무척 애를 썼습니다. 그런데 불이 워낙 세게 타기 때문에 여우는 그 불에 타서 죽고 말았습니다.

막내아들은 이렇게 여러 번 여우 누이한테 잡혀 먹힐 고비를 벗어나고 살아 돌아가 용왕의 딸하고 잘 살았답니다.

이 이야기는 크게 세 부분으로 나눌 수 있는데, 첫째 부분은 어느 부잣집에서 삼신할머니한테 빌어 딸 하나를 낳았는데, 밤마다 소나 말이 한 마리씩 죽어서, 아들 셋한테 차례로 지켜보라고 했더니, 모두 여우 누이동생의 짓이라고 해서 세 아들 모두 쫓아내었다는 이야기다.

다음 둘째 부분부터는 쫓겨난 막내아들 얘기가 된다. 막내아들이 정처 없이 걸어가는데, 길에서 아이들에게 붙잡혀 장난감이 되어 있는 거북을 보고, 그것을 사서 바닷물에 놓아 준다. 그 거북은 용왕님의 딸이었다. 그래 용왕님 아들이 찾아와서 막내아들을 데리고 용궁으로 가게 되고, 용궁에서 대접을 잘 받고, 선물로 고양이를 얻었는데, 그 고양이가 용왕님의 딸이어서 결혼을 하게 된다.

셋째 부분은, 막내아들이 고향과 부모들이 보고 싶어 한번 가 보고 싶다고 하니 색시가 하얀 병, 노란 병, 파란 병, 빨간 병, 네 개를 준다. 그것을 가지고 말을 타고 옛 집을 찾아갔더니 동네는 쑥밭이 되고 누이 동생만 혼자 살아서 반갑게 뛰어나오는데, 그 눈과 귀가 사람 모습이 아니었다. 그래서 틈을 타서 말을 타고 달아나는데 뒤에서 미구(여우) 누이가 뒤쫓아 와서 잡히게 되자 그때마다 가지고 왔던 병을 던져서 위험에서 벗어나고, 결국 미구는 불에 타 죽어 버리고 막내는 살아서 돌아왔다는 이야기다.

이렇게 세 부분으로 나눌 수 있는데, 그 한 부분은 또 저마다 기·승·전·결의 짜임을 가지고 있어 재미있게 읽힌다. 이야기 전체가 무척 괴이쩍은, 이른바 괴담으로 되어 있다. 내가 어렸을 때 들은 온갖 이야기 가운데서 가장 잊히지 않는 이야기, 마음속에 파고들어가 있는 이야기를 들라고 한다면 나는 서슴지 않고 바로 이 미구 이야기를 들겠다. 이야기가 워낙 괴상한 것으로 되어서 그런지는 몰라도 아무튼 이 이야기는 내 어린 마음속 깊이 새겨져 지워지지 않았다. 왜 그럴까? 단순히 괴이한 이야기가 되어서 그렇다고 할 수 있을까?

나는 그 까닭을, 요즘에 와서야—나이가 일흔이 다 되어서야 비로소 깨달았다. 이 이야기가 그저 단순한 괴담에 그치지 않고, 우리 겨레의 역사와 운명을 무서울 만큼 잘 보여 주는 것이라고 알게 된 것이다.

자, 지금 우리 겨레가 놓여 있는 처지를 한번 생각해 보자. 우리는 이 아름다운 땅에 태어나서, 세계 모든 나라 사람들이 부러워할 만큼 좋은 나라를 만들어 살아갈 수 있는 온갖 조건을 갖추었다. 그런데 웬일인지 먼 옛날부터 끊임없이 나라와 겨레를 반역하는 무리들이 설쳐서 외국 세력을 불러들이고 동족을 해치고 백성들을 괴롭혀 왔다. 그러다가 드디어 지난 20세기 초에는 나라를 외적에게 송두리째 팔아먹은 역적들까지 나타나더니, 36년을 식민지 종살이로 눈물과 한숨의 세월로 보내다가 해방이 되어서는 다시 남북으로 두 조각이 나고, 끔찍한 동족 전쟁을 치르고도 아직도 남북은 갈라진 채, 한쪽에서는 나라 팔아먹은 그 친일 세력들의 뒤를 잇는 무리들이 친미 세력과 함께 큰소리치고 나라를 어지럽히고 있는 판이 되었다. 지금 우리 겨레는 꿈에도 통일이 되기를 바란다. 그런데 참으로 괴상하게도 통일이 되는 것을 싫어하고 통일이 되어가는 것을 훼방 놓는 무리들이 있다. 동쪽끼리 또 그 무서운 전쟁이 일어나기를 바라는 무리들이 있다. 일본의 종살이로 살기를 바라고, 미국의 종노릇하기를 바라는 자들이 있다. 이것을 어떻게 보아야 하나? 다른 나라 사람이 아니다. 분명히 우리 나라 사람이고, 더구나 지도자로 자처하고 자랑하는 사람들 가운데 그런 사람이 적지 않으니, 이런 사람을, 이런 현상을 어떻게 보아야 할까? 또 있다. 우리 말, 우리 글은 너무 재미없고 시시하니 미국말, 영어를 공용어로 삼아서 미국 사람들처럼 잘 살아 보자고 하는 사람들이 여기저기 나서서 큰소리를 하는 판이 되었다. 우리 한글만 가지고는 안 되니 한문 글자를 배워서 한문을 쓰자고 하는 사람들도 온통 큰소리치고 있는 세상이다. 쿠데타로 정권을 잡고서 군사독재를 하면서 수많은 백성들을 죽인 사람, 일제시대 일본군 장교로 우리 독립군을 토벌하는 데 공을 세운 사람의 기념관을 국민의 세금으로 세우자고 하는 사람—이런 사람들을 어떻게 보아야 하나? 미군이 이 땅에서 물러갈까 봐 겁을 내고 벌벌 떠는 사람은 또 어떻게 이해해야 하는가?

미구다! 이게 바로 미구가 아니고 무엇인가? 친일파, 제국주의자, 반통일·반민족의 무리들, 우리 말보다 영어가 더 좋고, 우리 글자보다 한문 글자가 더 자랑스럽다고 하는 유식쟁이 먹물들, 학자들, 말글 팔아먹는 글쟁이들, 그리고 그 지역마다 백성들 위에 올라앉아 백성들 등쳐먹는 지역 세력들……. 이게 모두 미구들 아니고 무엇인가?

그렇다. 우리는 같은 민족으로 태어나고 같은 형제자매의 핏줄을 타고났지만 분명히 그 '미구'와 싸우면서 살아갈 운명의 길을 걷고 있는 것이다.

나는 또 한편 나 개인이 지금까지 살아온 것을 돌아보면서, 이것 또한 미구와 싸워 온 세월이었구나 하고 놀란다. 미구에 쫓기고 미구와 싸우고 미구에서 벗어나고 미구를 넘어서 살려고 한 것이 내가 살아온 발자취였구나 하고 크게 깨닫는다. 개인도 그렇고 민족도 그렇고 정말 미구와 싸운 것이 나와 우리 모두의 삶이요 역사였다.

이렇게 생각할 때, 이 '미구 이야기'는 그냥 한갓 괴상한 이야기에 그치는 것이 아니고, 우리 겨레의 역사를, 우리 인간의 삶을 무서울 만큼 잘 보여 주는 놀라운 문학으로 되어 있다. 이 얘기가 사람들의 마음에 깊이 파고들어가는 까닭이 이런 것이다. 이런 얘기를 창조한 우리 겨레의 예술에 대한 감각과 재능을 자랑스럽게 여기지 않을 수 없다. 그 어느 소설가가 이토록 무서운 진실을 온 겨레의 가슴마다 깊이 새겨 놓을 수 있겠는가?

다섯째, '글공부, 살림공부' 이야기

✤

　다음은 서정오 선생의 〈옛이야기 들려주기〉에 나오는 '글공부, 살림
공부' 이야기다. 서 선생은 이와 비슷한 이야기를 세 가지 한데 묶어서
말해 놓았지만, 여기서는 그중 한 가지만 옮긴다.

　옛날 어느 곳에 농사꾼이 살았는데, 이 사람에게는 아들이 하나 있
었어. 농사꾼은 하나밖에 없는 아들을 어떻게든 잘 키워 보려고 어려서
부터 글공부를 시켰지. 그것도 좋은 선생님한테 글을 배우라고 아예 서
울로 보냈어. 아들은 집을 떠나 십 년 동안 글공부를 했어. 그러니까 논
밭에 곡식이 어떻게 자라는지, 농사를 어떻게 짓는지는 하나도 모르고
그저 책만 읽고 글공부만 한 거지.
　그럭저럭 십 년이 지나서 아들이 글공부를 마치고 집으로 돌아올 때
가 됐어. 그때 농사꾼은 아들에게 돌아올 때 호미를 하나 사 가지고 오
라고 편지를 써 보냈어. 밭을 맬 때 쓰는 호미 말이야. 마침 그게 다 닳
아서 하나 사 오라고 그랬단 말이야. 그런데 아들이 편지를 턱 받아 보
고는 그 호미가 뭔지 몰라서 쩔쩔매는 거야. 아, 여태 농사짓는 것을 본
적이 없으니 호미가 뭔지 알 게 뭐야. 아들이 한참 동안 쩔쩔매다가,
　'선생님이 그러시기를 모르는 것이 있을 때는 책을 찾아 보라셨지.'
　하고 생각이 나서 책을 찾아봤어. 그런데, 사람의 도리니 뭐니 하는

것만 잔뜩 적혀 있는 옛날 책에 농사짓는 연장 이름이 적혀 있을 리 있나. 한참 동안 이리 뒤적 저리 뒤적 책을 찾다가 보니, 아 그놈의 호미가 딱 나온단 말이야.

"옳지, 여기 있구나. 호미란, 범 호 자 꼬리 미 자, 바로 호랑이 꼬리가 호미로구나."

중국 글자로 치면 그렇게 되는 것이지. 호랑이를 '호'라고 하고 꼬리를 '미'라고 하니까 '호미'라고 하면 호랑이 꼬리가 되는 셈이란 말이야. 아들은 책에 그렇게 씌어 있으니까 그런 줄 알았지. 아들이 그날부터 호랑이 꼬리를 구한다고 온 장안을 돌아다녔어. 그런데 호랑이 꼬리가 어디 쉽게 구할 수 있는 물건인가. 몇날 며칠을 돌아다니다가 겨우 짐승의 가죽을 파는 가게에서 어렵게 그놈의 호랑이 꼬리를 하나 샀어. 말하나 마나 아주 큰돈을 주고 샀지.

이제 아들이 그놈의 호랑이 꼬리를 가지고 집으로 돌아갔어. 농사꾼은 십 년 만에 글공부를 마치고 돌아온 아들이 반갑기도 하지만, 농사짓는 일도 바쁘니까 호미부터 찾았어.

"그래, 사 오라는 호미는 사 왔느냐?"

"예, 여기 있습니다."

하고 아들이 뭘 턱 꺼내 놓는데 보니까 그게 호미가 아니고 호랑이 꼬리거든. 농사꾼이 기가 탁 막혀서,

"이놈아, 호미를 사 오랬더니 호랑이 꼬리는 왜 사 왔어?"

하고 야단을 쳤지. 그러니까 아들이 하는 말이,

"호미라고 하는 것은 호랑이 꼬리를 이르는 것이 아닙니까? 책에는 틀림없이 그렇게 씌어 있습니다."

하지 뭐야.

그러고 나서 며칠 있다가, 아들이 방에서 책을 읽고 있는데 그만 초가 넘어져서 이불에 불이 붙었어. 솜이불에 불이 붙었으니 눈 깜짝할 사이에 불이 활활 번질 것 아니야? 온 방에 불이 나서 뜨겁고 연기가 자욱한데, 이놈의 아들은 불을 어떻게 끄는지 몰라서 쩔쩔매고 있어. 아, 여태 책만 읽고 글공부만 했지, 불이 나면 어떻게 끄는지 배워야 말이지.

'아이고, 이것 참 큰일 났군. 어서 책을 찾아 봐야지.'

아들은 그 난리통에도 불 끄는 법을 책에서 찾는다고 야단법석이야. 책을 이리 뒤적 저리 뒤적 넘기고 있는데, 그동안에도 불은 자꾸 번져 가니 이러다가는 아들이 곧 불에 타 죽게 생겼어. 그때, 밖에 있던 농사꾼이 방에서 연기가 나는 걸 보고 불이 난 줄 알고 허겁지겁 달려와 물을 떠다 끼얹었어. 물을 몇 동이 갖다 끼얹어서 겨우 불을 껐지. 그제서야 아들은 책을 뒤적이다 말고,

"아, 여기 있구나. 수화상극이라, 물과 불은 서로를 이기니까 불은 물로 끄면 되겠구나. 어, 그런데 아버지는 글공부도 하지 않으셨는데 어떻게 불 끄는 법을 아셨어요?"

하더라나.

책만 읽는 공부를 한다는 것이 얼마나 세상살이와 멀어져 있는가를 잘 말해 주는 이야기다. 그런데, 요즘 학부모들이 이 이야기를 읽거나 들으면 '이것은 그 옛날 서당 시대에나 있었던 이야기다' 하고 생각할 것 같다. 그렇다면 그 옛날 아들을 서울로 보내어 글공부를 시킨 무식한 농사꾼보다 요즘 학교 교육을 받은 부모들이 한층 더 어리석고 무지하다고 아니할 수 없다. 이것은 그 옛날 서당에서 한문을 가르치던 시대에 있었던 이야기지만, 오늘날 학교 공부도 마찬가지, 조금도 다름이

없다. 농과대학을 나와도 농사지을 줄 모르고, 대학을 나와도 취직할 데가 없어 빈둥거리면서 놀고, 그러다가 그제야 무슨 기술을 배운다고 전문대학에 다시 입학하는 꼴로 되어 있는 것이 우리 교육의 현실이다. 아무튼 책만 읽고 쓰고 외우고 하는 공부가 얼마나 허망한가를 잘 말해 주는 이야기다.

여섯째, '배운 사위와 못 배운 며느리' 이야기

✤

다음에 드는 것도 서정오 선생의 〈옛이야기 들려주기〉에서 옮긴 것이다.

옛날에 천석꾼 부자가 살았어. 이 사람에게 외동딸이 있었는데, 금이야 옥이야 하며 아주 정성 들여 길렀지. 좋은 옷 입히고 맛난 음식 먹이고, 불면 날아갈세라 쥐면 꺼질세라 고이고이 길렀단 말이야. 그뿐이 아니야. 훌륭한 사람 만든다고 갓난아기 때부터 이것저것 가르쳤어. 글도 가르치고 그림도 가르치고 예의범절도 가르쳤지. 글 읽는 법은 말할 것도 없고, 시 짓는 법, 그림 그리는 법, 글씨 쓰는 법에다가 노래하는 법, 말 잘하는 법, 걸음 걷는 법까지 가르쳤어. 이렇게 잘 가르쳐서 나이가 차니까 아주 훌륭한 색싯감이 되었단 말이야.

"흠, 이만하면 가르칠 것은 모두 가르쳤겠다. 이제 좋은 가문에 시집보낼 일만 남았군."

천석꾼 부자는 아주 흐뭇해서 여기저기 시집보낼 곳을 알아보았어. 마침 이웃 동네 만석꾼 집에 좋은 신랑감이 있어서 그리로 시집보내기로 했지. 시집보내는 날 사돈 영감에게,

"저희 집 딸애는 어릴 적부터 배울 만한 것은 다 배웠답니다. 아마 사돈댁에 허물이 되는 일은 없을 게요."

하고 은근히 딸 자랑도 했단다.

만석꾼 집에서는 새로 들어온 며느리가 배울 것은 다 배웠다니까 무엇을 얼마나 배웠는지 알아보기로 했어. 시아버지가 며느리를 불러서 이것저것 물어보았지.

"애, 아가야. 듣자니 너는 배운 것이 많다는데, 그래 뭘 배웠느냐?"

며느리는 자기가 배운 것을 글 외듯이 줄줄 외는구나.

"글은 천 자를 읽어도 막힘이 없고 글씨는 열두 가지 모양을 익혔습니다. 운을 떼면 바로 시가 술술 나오고 책 서른 권을 한자리에서 다 욀 수 있습니다."

"그래, 그리고?"

"붓으로는 못 그리는 그림이 없고 하루에 열 폭 병풍 수를 놓습니다. 삼백 가지 노래를 부를 줄 알고 스무 가지 악기를 탈 줄 압니다."

"또?"

"여자로서 지켜야 할 예의범절을 다 익혔습니다. 말씨와 앉음새, 절하고 걸음 걷는 법도 배웠습니다."

"또?"

"……."

며느리가 자기가 배운 것을 그만큼 일러주었는데 시아버지가 또 물으니 그만 말문이 막히지. 더 배운 것은 없으니 말이야.

"또 없느냐?"

"예, 그것뿐입니다."

시아버지는 뭐가 못마땅한지 고개를 절레절레 흔들어. 그러더니 이번에는 자기가 글 외듯이 줄줄 외네.

"곡식을 익혀 밥을 짓고 갖가지 나물로 반찬을 만들어 상 차리는 법은 배웠느냐?"

"못 배웠습니다."

"물레로 명을 잣고 베틀로 베를 짜서 중의 적삼, 치마 저고리에 도포 두루마기 짓는 법은 배웠느냐?"

"그것도 못 배웠습니다."

"밭을 갈아 씨를 뿌리고 호미로 김을 매어 거름 주고 거두어서 도리깨로 마당질할 줄은 아느냐?"

"그런 것도 배우지 못했습니다."

시아버지가 혀를 끌끌 차더니 호령이 서릿발 같구나.

"네가 많이 배웠다더니 쓸모없는 것만 배웠구나. 일 중에서 농사지어 거두고 음식 장만하고 실을 자아 옷 짓는 일보다 더 중한 일은 없느니라. 너는 다시 친정에 돌아가 마땅히 배워야 할 것부터 배워 가지고 오너라."

이러고 친정으로 돌려보냈대. 며느리가 할 수 없이 친정으로 돌아와 이러이러한 까닭으로 다시 돌아왔다고 했지. 사돈이 되는 천석꾼 집에서 생각해 보니 괘씸하단 말이야. 만석꾼으로 사는 부잣집에서 며느리더러 온갖 험한 일을 다 배워 가지고 오라니 그런 심한 경우가 어디 있느냐 말이야.

"내가 우리 딸을 얼마나 애지중지 잘 키워 놓았는데 제가 그런 소릴 해. 그러면 제 자식은 얼마나 잘 가르쳤는지 어디 보자."

이러고 자기 사위를 불렀어. 그러니까 만석꾼 집 아들을 부른 거지. 불러 놓고,

"자네 아버지는 우리 딸더러 일이란 일은 다 배워 가지고 오라고 돌려보냈는데, 그래 자네는 일을 얼마나 배웠는가?"

하고 따지니까,

"예, 잘은 할 줄은 몰라도 굶어 죽지 않을 만큼 배웠습니다."

하거든. 설마 하니 만석꾼 부잣집에서 아들에게 험한 일을 가르쳤겠느냐 싶어서 이것저것 일을 시켜 보았어.

"자네 나무할 줄 아는가?"

"예, 할 줄 압니다."

"그럼 산에 가서 나무 한 짐 후딱 해 오게나."

그러니까 사위는 지게를 덜렁 지고 나가더니 반나절도 안 돼서 나무를 산더미만큼 해 가지고 왔어. 몸에 익은 솜씨가 아니면 그렇게 못하지.

"그러면 밭갈이할 줄은 아는가?"

"예, 압니다."

"저기 소가 있으니 끌고 가서 밭을 갈고 오게."

사위는 황소에다 쟁기를 지워 가지고 밭에 나가더니 '이랴, 이랴' 소를 몰아 번개같이 밭을 갈더래. 밭을 다 갈고는 오줌장군을 날라다 밑거름까지 듬뿍 주고 오더란 말이야.

"농사짓는 일은 그렇다 치고 신 삼을 줄은 아는가?"

"예, 그것도 할 줄 압니다."

"한번 해보게."

사위는 삼 껍질을 벗겨다가 야무지게 꼬아서 미투리 한 켤레를 본때 있게 삼아 놓거든. 장인이 탄복을 하지.

"자네는 만석꾼 집에 살면서 어찌 그리 일을 잘 하는가?"

"어려서부터 아버지를 따라다니며 배운 것뿐입니다."

천석꾼 집에서는 그때부터 딸에게 온갖 일을 가르쳤어. 밥 짓고 옷 짓고 빨래하고 농사짓는 법을 다 가르쳐서 다시 시집으로 보냈단다. 만석 꾼 시아버지는 그제서야 좋아하며 며느리를 잘 대접하더라는 이야기야.

이것은 참교육이 무엇인가를 놀랄 만큼 잘 말해 놓은 이야기다. 이 이야기 다음에 서 선생은 '맛보기'라 해서 다음과 같이 써 놓았다.

"도대체 배움이란 무엇인가? 이 이야기는 우리에게 이렇게 묻는다. 그리고, 다음과 같이 대답한다. 사람에게 가장 중요한 배움은 '살아가 는 법을 배우는 것'이라고. 그 밖의 다른 배움은 그 뒤에나 할 일이라 고. 옛이야기를 창조해 낸 백성들이 땀 흘려 농사짓는 사람들이었기에 이런 귀한 깨달음을 이야기에 담을 수 있었을 게다. 양반 집 아이들이 글방에 다니면서 남의 나라 글과 남의 나라 역사를 배울 동안, 보통 백 성들은 아이들을 들로 산으로 데리고 다니면서 살아가는 법을 가르쳤 다. 이것이 모든 교육의 바탕이 되어야 하지 않겠는가? 우리는 이 이야 기에서 오늘날 우리 교육이 어떤 잘못을 저지르고 있는지를 다시 한 번 깨닫게 된다."

그런데, 이 이야기를 살펴보면, 천석꾼 집에서 귀한 딸에게 가르친 것이 참 많다. 그것이 요즘 어린 아이들에게 온갖 과외공부를 시킨다고 일곱 군데고 여덟 군데나 되는 학원으로 쫓아 보내는 것과 비슷해서 웃 음이 난다.

"갓난아기 때부터 이것저것 가르쳤어. 글도 가르치고 그림도 가르 치고, 예의범절도 가르쳤어. 글 읽는 법은 말할 것도 없고, 시 짓는 법, 그림 그리는 법, 글씨 쓰는 법에다가 노래하는 법, 말 잘하는 법, 걸음 걷는 법까지 가르쳤어."

이만 하면 요즘 학교 교실에서보다 훨씬 더 잘 가르친 것이다. 예의범절이며 걸음걸이까지 가르쳤으니 말이다. 그러니까 이 딸은 시집을 가서 시아버지 앞에서 자신 있게 줄줄 자기가 배운 것을 자랑스럽게 말했지. 그러나 그토록 알뜰히 배우고 널리 익혔지만, 정작 가장 중요하고, 그 모든 배움의 알맹이가 되고 밑바탕이 되는 것은 못 배웠다. 그것이 무엇인가? 사람의 목숨을 이어가는 데 필요한 먹을 것과 입을 것을 기르고 가꾸고 해서 그것을 장만하는 일이다. 이것을 가장 먼저 배우는 것이 참된 공부다. 이 공부의 이치, 교육의 진리는 동양이고 서양이고 할 것 없고, 옛날이나 지금이나 앞으로 먼 장래에도 결코 바뀔 수 없는 것이다. 이 얼마나 시원스럽게 말해 놓은 교육의 길인가. 훌륭한 교육 철학인가.

일곱째, '배고프니 먹고 보자' 이야기

✤

이것 역시 같은 〈옛이야기 들려주기〉에서 옮겼다.

옛날 옛적에 어느 부잣집에서 머슴살이하는 총각이 있었어. 머슴살이를 하다 보니 주인에게 구박도 많이 받고 억울한 일도 종종 당했지만, 그때마다 넉살 좋게 받아넘겨서 뭐 그다지 손해 안 보고 살아왔어. 사는 형편이 어려우면 넉살도 좋아지는 법이지.

눈이 많이 내린 어느 해 겨울이야. 겨울철에는 농사를 안 지으니까 주인이나 머슴이나 한가한 날이 많지. 하루는 주인이 산에 사냥을 가자고 해. 산에 눈이 쌓이면 짐승 발자국을 찾기가 쉽거든. 주인과 머슴은 준비를 단단히 해 가지고 사냥을 갔어.

그런데 그날따라 짐승이 도통 잡히지 않더래. 산짐승들이 다 어디로 갔는지, 한나절이 넘게 돌아다녀도 겨우 꿩 한 마리밖에 못 잡았거든. 그런데 슬슬 배가 고파 오기 시작한단 말이야. 눈 쌓인 산 속에 뭐 먹을 만한 것이 있나. 그저 꼬르륵 꼬르륵 배에서 나는 소리를 들어 가며 돌아다녔지. 한참을 더 돌아다녀도 사냥 못하기는 매한가지고, 배는 점점 더 고파지고, 사정이 딱하게 되었어. 배고픈 것을 못 참기는 주인 쪽이 더하지. 저는 여태 배곯아 본 적이 없거든. 머슴이야 배곯기에 이골이 났으니 이만 것쯤이야 너끈히 참아 내지만 말이야. 주인이 아무래도 안 되겠던지, 머슴더러 꿩을 불에 구우라고 하네. 머슴은 여기저기 뛰어다니며 마른 삭정이를 따다가 불을 지폈어. 그리고 꿩을 불 위에 올려놓고 굽기 시작하는데.

고기 익는 구수한 냄새가 솔솔 풍기니까 배가 점점 더 고파지거든. 주인이 가만히 생각해 보니, 저놈의 꿩을 둘이 나누어 먹어서야 양이 차지도 않을 것 같단 말이야. 그렇다고 머슴더러 먹지 말라 하고 저 혼자 먹을 수는 없겠거든. 어떻게 하면 저걸 혼자서 다 먹어 치울꼬 궁리를 하다 보니 좋은 수가 떠올랐어.

'저놈이 무식해서 글을 모르니, 글 짓는 내기를 하면 틀림없이 내가 이기렷다.'

주인이 짐짓 기분이 좋은 체하면서 수작을 거는구나.

"얘야, 오랜만에 산에 와 보니 흥이 절로 나는구나. 우리 이럴 게 아니라 글을 한 수씩 지어 보는 게 어떠냐."

"저야 무식해서 어디 글을 알아야지요."

"글을 알고 모르고가 무슨 상관이냐. 그저 흥이 나는 대로 말을 맞추면 되는 게지. 그런데, 글을 그냥 지어서야 쓰겠느냐. 저 꿩고기를 걸고 내기를 하자꾸나. 누구든지 먼저 글을 짓는 사람이 고기를 먹기로 하고 말이야."

눈칫밥에 이골이 난 머슴이 그 속셈을 모를까. 그렇지만 주인이 내기를 하자는데 안 한다고 했다가는 다음에 어떤 구박이 돌아올지 모르니 어떻게 해. 그저 그러자고 했지. 주인은 좋아라고 다음 수작을 내놓는구나.

"그럼 어디 운을 떼어 볼까. 옳지, '고' 자가 좋겠군. 높은 산에 올라왔으니 높을 '고' 자가 제격이지. '고' 자를 네 번 써서 글을 지어 보자꾸나."

"'고' 자를 네 번 써서 글을 짓는다고요?"

"그렇지. 어디 그럼 글을 지어 볼까?"

주인은 나무 등걸에 걸터앉아 몸을 이리저리 흔들면서 글을 짓는다고 흥얼흥얼하겠지. 속으로는 저런 무식쟁이하고 글 짓는 내기를 하는 판이니 꿩고기는 이제 내 것이나 마찬가지라고 좋아하면서 말이야. 꿩고기는 불 위에서 연신 구수한 냄새를 풍기는데, 주인은 느긋하게 앉아서 글귀를 생각하느라 눈을 지그시 감고 있거든.

이때 머슴이 잽싸게 모닥불 위에 얹힌 꿩고기를 한 점 뚝 떼어 입에 넣으면서,

"익었고 설었고 배고프니 먹고 보자."

이러는구나.

주인은 글을 짓는다고 한창 흥얼흥얼하고 있는데, 머슴이 갑자기 꿩고기를 떼어 먹으니 화가 머리끝까지 뻗쳤어.

"이놈아, 이게 무슨 짓이냐?"

머슴은 고기를 질근질근 씹으면서 능청을 떠네.

"무슨 짓이라니요? 누구든지 글을 먼저 지은 사람이 고기를 먹기로 하지 않았습니까? 제가 글을 먼저 지었으니 먹는 것인데 왜 화를 내시는지 모르겠습니다."

"뭐라고? 네가 언제 글을 지었단 말이냐?"

"나리도 참. 아까 제가 글 외는 것을 못 들으셨습니까? '익었고 설었고 배고프니 먹고 보자.' 틀림없이 '고' 자를 네 번 써서 글을 지었는데 왜 그러십니까?"

주인이 그만 말문이 탁 막히지. 할 말이 없으니 입만 딱 벌리고 머슴

얼굴만 멀뚱멀뚱 바라보고 있어. 머슴은 남은 꿩고기를 반으로 뚝 잘라서 주인 앞에 내밀며,

"이걸 드십시오. 나리야 글을 못 지었으니 잡수실 수 없지만, 창자야 글 지은 사람 창자나 못 지은 사람 창자나 마찬가지 아니겠습니까요."

하더란다.

부잣집 주인과 머슴의 이야기인데, 자주 구박 받고 억울한 일을 당하는 머슴이, 겨울날 사냥하러 가는 주인을 따라갔다가, 주인이 일부러 골탕을 먹일 생각으로 제안한 글짓기 내기에서 그만 뜻밖에 통쾌하게 이긴다는 이야기다. 주인이 내 놓은 문제가 '고' 자를 네 번 써서 글을 짓자는 것이었다. 그래서 주인은 글을 짓는다고 눈을 감고 생각하고 있는데, 그만 머슴이 "익었고 설었고 배고프니 먹고 보자"고 하면서 꿩고기를 먼저 믹는다. 그래서 주인은 쏨짝없이 당하고 만다. 여기서 이 이야기를 한갓 우스운 이야기, 아니면 기껏해야 재담 같은 것으로 모두 알게 될 듯한데, 나는 그 이상으로 매우 뜻있는 얘기라 생각한다. 주인이 만약 그때 높을 고 자를 넣어 글을 지었다고 하더라도 그 글은 보나 안 보나 풍류객들이 흔히 쓰는 글밖에 될 것이 없을 것이다. 그런 풍월은 사람들의 삶과는 아무 관계가 없는 글이요, 일반 백성들에게는 읽힐 수도 없는 어려운 남의 나라 글자로 된 글이요, 그래서 사람들에게 아무런 느낌도 줄 수 없는 죽은 글일 수밖에 없다. 그런데, 머슴이 즉석에서 술술 입으로 토해 낸 글은 어떤가? "익었고 설었고 배고프니 먹고 보자." 이 얼마나 쉽고, 솔직하고, 정확하고, 절실한 말이고 글인가! 이 것이야말로 살아 있는 말이요, 살아 있는 글이다. 이런 글은 서당에서 한문 책 죽자 살자 읽고 외우고 쓴 사람은 절대로 그 입에서 나올 수 없

고 그 손에서 쓰일 수 없다. 다만 서당 문 앞에도 가 보지 못한 사람, 언제나 일하면서 살아가는 사람만이 쓸 수 있다. 그리고 한문이나 영어를 자랑스럽게 쓰지 않는 사람, 한글만 알고 있는 아이들만이 쓸 수 있다. 이 얼마나 좋은, 글쓰기의 길을 보여 주는 이야기인가. 오늘날 글쓰기 공부를 하고 글쓰기 방법을 연구하는 우리들조차, 우리가 써야 할 참된 글쓰기의 길을, 미국 사람들의 글이나 일본 사람들의 책에서 찾기에 앞서 우선 우리들의 옛이야기 속에서 아주 시원스러운 감동으로 배우고 깨닫게 된다. 이 얼마나 놀랍고 자랑스러운 옛이야기인가!

여덟째, '말도 아닌 말' 이야기

✦

　같은 자료에서 나온 이야기다.

　옛날에, 남의 집 머슴으로 억척같이 일해서 살림을 좀 일군 사람이 있었어. 그러니까 논도 사고 밭도 사고 해서 제법 살 만한 거지. 그런데, 이 사람이 살림이 좀 있다니까 고을 원이 가만두질 않네. 고을 사또가 말이야. 이 사람을 잡아다 생트집을 잡는데,

　"네가 남의 집 머슴 살던 주제에 웬 살림을 그리 모았느냐? 분명 남의 재산을 훔쳐다 부자가 되었겠다."

　이러고 속 뒤집어지는 소릴 하는구나.

　"아이고, 사또. 그렇지 않습니다. 제가 밥 한술 덜 먹고 논밭 한 뙈기씩 사 모은 것이지, 남의 재산을 훔치다니요. 당치도 않습니다."

　아무리 사정 이야기를 해도, 생트집으로 남의 재산을 뺏으려고 드는데야 당할 재간이 있나.

　"네가 살려거든 이렇게 해라. 낮도 아니고 밤도 아닌 날에 옷도 아닌 옷을 입고, 말도 아닌 말을 타고 선물도 아닌 선물을 가지고 오너라. 그것 못하면 재산은 물론이고 목숨도 살려 두지 않겠다."

　이렇게 말도 아닌 말을 하는구나. 그리고 사흘 말미를 줘.

　가만히 생각해 보니 참 기가 막히지. 원 그런 어거지가 어디 있느냔

말이야. 그래, 집에 돌아와서는 이불을 쓰고 누워 버렸어. 밥도 안 먹고 내리 사흘을 누워서 끙끙 앓는 거지. 까짓것, 사또한테 죽느니 차라리 굶어 죽어 버릴란다 하고서 말이야.

그런데, 이 사람한테 열세 살 먹은 딸이 하나 있어. 이 딸이 보니 아버지 몰골이 말이 아니거든. 왜 그러시냐 물으니 이러저러해서 이제는 꼭 죽게 됐다고 그러거든.

딸이 한참 생각하다가,

"아버지, 어서 일어나서 밥 잡수세요. 좋은 수가 있습니다."

이런다.

"네까짓 것이 무슨 좋은 수를 내."

"염려 마시고 어서 기운 차리세요. 제가 하라는 대로만 하시면 됩니다."

그래서 벌떡 일어났어. 일어나서 밥을 먹고, 그래 무슨 수냐 하고 물으니까 딸이 이렇게 저렇게 하라고 일러 주거든. 시키는 대로 어디서 누더기를 하나 주워 걸치고, 당나귀를 빌려 탔지. 그리고 참새를 한 마리 잡아서 소매 속에 넣고, 날이 저물기를 기다렸지. 날이 어스름 저물 때에 썩 가서,

"사또가 하라는 대로 다 해 왔습니다."

하거든.

"그거 뭘 어떻게 해 왔느냐?"

"지금이 저녁나절이니 낮은 다 지나가고 밤은 아직 오지 않았지요? 그러니 낮도 아니고 밤도 아닌 날에 왔습니다."

원이 할 말이 없어.

"그래, 그다음은?"

"보시다시피 누더기를 걸쳤으니 옷도 아닌 옷이지요."

또 할 말이 없어.

"그래서?"

"당나귀를 타고 왔으니 말도 아닌 말이지요."

"선물도 아닌 선물은 어디 있느냐?"

"여기 있지요."

하고 소매 속에서 참새를 꺼내 놓으니 포르르 날아가거든. 날아가서 안 보이니 선물도 아니지 뭐. 원이 꿀 먹은 벙어리가 됐는지 아무 말 못 하고 멍하니 앉아 있어.

"그럼 나 갑니다."

돌아와서 잘 살았더란다.

(《한국구비문학대계》 6-10, 받아쓰기 → 고쳐 쓰기)

이 이야기에서는 적어도 두 가지 문제를 생각하지 않을 수 없다. 그 중 한 가지는, 그 옛날 원님들이 백성들에게 얼마나 몹쓸 짓을 했나 하는 것이다. 이렇게 가렴주구를 일삼는 탐관오리들이 너무 많았다. 그래서 이런 얘기가 아주 많다. 백성들은 언제나 빼앗기고 짓밟히고 당하면서도 이야기 속에서는 포악한 벼슬아치들을 슬기롭게 이겨 내면서 살았던 것이다. 말하자면 이런 이야기 속에는 민중-백성들의 한이 쌓이고 쌓인 그 한이 나타나 있는 것이고, 그런 한을 표현한 이야기란 점을 우선 놓쳐서는 안 된다고 생각한다. 우리 힘없는 백성들은 그 한을 이렇게 이야기로 풀어 놓아서 그 이야기에 힘을 얻고, 그 이야기에 기대어 살아온 것이다. 바꾸어 말하면 우리 옛이야기 문학은 뭇 백성들에게 위안을 주고, 힘을 주고, 우리 겨레의 생명을 지탱하게 해 주었던 것이다.

그런데 요즘은 어떤가? 한때 반공을 다시 더없는 높은 목표로 삼던 군사독재 정권 시절에는 이 얘기에 나오는 그 옛날 벼슬아치들의 짓거리와 조금도 다름이 없는 포악무도한 짓을 예사로 하였지만, 오늘날에는 그렇게 드러내어 놓고 못된 짓을 하지는 않는다. 그 대신 백성들을 괴롭히는 방법이 복잡한 사회구조 속에서 한층 더 교묘해지고 규모가 커졌다는 느낌이 든다. 더구나 이런, 백성을 억누르는 정치가 국내 문제에만 그치는 것이 아니라 국제 문제, 전 세계의 문제로 이어져서, 이제는 백성을 짓누르는 자가 그 누구인지, 어느 누가 가장 큰 책임을 져야 하는지도 쉽게 분간할 수 없는 지경에 이르게 된 것이다.

다음 또 하나는, 이 이야기 끝에 서정오 선생이 이런 말을 '맛보기'라 해서 말해 놓았다.

"이런 이야기는 가벼운 마음으로 웃으며 들려주고, 웃으며 들으면 된다. 딸이 생각해 낸 꾀가 그럴 법하다고 느끼고, 함께 즐거워하면 그만이다. 어거지를 써서 백성을 괴롭히는 관리들이야 옛날에도 있었고 요새도 있으니 구태여 군소리를 덧붙일 필요도 없다. 옛이야기를 들려줄 때, 아이들이 이 이야기의 주제나 배경을 이해 못하면 어쩌나? 하는 걱정은 하지 말자. 시시콜콜 가르쳐 주지 않아도 아이들은 놀랄 만큼 잘 알고 있다. 요즈음 아이들이 얼마나 많은 어거지에 시달리며 살아가고 있는지 생각하자."

아이들이 얼마나 많은 어거지에 시달리고 있는지 생각하자고 했다. 정말이다. 지금 우리 아이들이 집에서 부모들에게, 학교에서 선생님들에게 갖가지 지시와 요구로 괴롭힘을 당하고 있는 형편이, 그 옛날 원님들에게 당하는 백성들의 처지와 견주어 조금도 나을 것이 없다는 생각을 안 할 수 없다. 이런 이야기조차 옛날 것으로 지나가 버린 것이 아니고, 아직도 생생한 현실로 살아서 아이들과 어른들을 감동시키는 것이다.

아홉째, '기왓장과 호랑이' 이야기

❖

이 이야기도 서정오 선생의 〈옛이야기 들려주기〉에서 옮겼다.

옛날 옛적, 어떤 선비가 조선 팔도 좋은 경치 구경하러 나왔어. 우리나라에 경치 좋은 곳이 좀 많아. 지리산, 설악산, 오대산을 다 둘러보고 이제 금강산 구경하러 갔지. 금강산에 터억 들어서서 어느 골짜기를 지나는데, 아 웬 젊은이가 양손에 기왓장을 들고 휙휙 내두르고 있지 않겠어? 숲이 자욱하게 우거져서 한 치 앞도 잘 안 보이는 곳인데, 그 숲에다 대고 기왓장을 정신없이 휘두르고 있더란 말이야.

"아, 젊은이는 왜 그러고 있소?"

하고 이상해서 물어봤지. 그랬더니,

"돈 벌려고 이러지요."

하면서 연신 기왓장을 휘둘러대겠지. 땀을 뻘뻘 흘리면서 말이야. 선비가 그만 귀가 솔깃해졌지 뭐야. 돈 벌려고 그런다니까 저도 욕심이 생긴 거지.

"그러고 있으면 돈이 생기요?"

"그럼요. 이렇게 몇 번 내두르면 바로 이 숲속에서 금싸라기가 술술 나오지요. 한번 해보시려오?"

기왓장만 내두르면 숲속에서 금싸라기가 나온다니 그게 말이나 되

나. 그래도 선비는 금이 생긴다니까 욕심이 나서 곧이들었지.

"어, 그것 나도 좀 해봅시다."

얼른 기왓장을 받아 들고 한바탕 휘둘러보았지. 그러는 사이에 젊은 이는 냅다 도망가 버리더라는 거야. 그런데, 아무리 기왓장을 휘둘러도 금싸라기는커녕 아무것도 나오지 않더란 말이지. 그래서 기왓장 내두르기를 그만두고,

'허, 그 별 싱거운 사람 다 보겠네.'

하면서 막 돌아서려는데, 숲속에서 무엇이 부시럭거리더래.

'옳지. 이제 금싸라기가 쏟아져 나오려나 보다.'

좋아라고 뒤를 돌아다보니까, 이게 웬일이야. 금싸라기가 나오는 게 아니라 집채만 한 호랑이 한 마리가 숲에서 불쑥 튀어나오지 뭐야. 그러고는 입을 딱 벌리고 선비를 잡아먹으려고 달려든단 말이야.

'아이쿠, 이거 야단났군.'

급한 김에 손에 들고 있던 기왓장을 마구 내둘렀지. 그랬더니 호랑이가 슬금슬금 도로 숲속으로 들어가더래. 숲이 자욱하니 금세 호랑이가 안 보이지. 이제 살았다 하고 막 돌아서려니까, 호랑이가 또 '어흥!' 하면서 튀어나오지 뭐야. 또 기왓장을 마구 내둘렀지. 그러니까 도로 숲 속으로 들어가.

막 돌아서면 호랑이가 튀어나오고, 기왓장을 휘두르면 도로 들어가고. 이러니 어떻게 해. 그저 죽어라고 기왓장을 휘두르고 있을 수밖에. 땀을 뻘뻘 흘리면서 한사코 그러고 있어야지 뭐 어떻게 할 수가 없어.

'아이고, 내가 속았구나. 금싸라기가 나온다는 말에 욕심이 생겨서 이 힘든 일을 떠맡게 되었구나. 아이고, 내 팔자야.'

선비는 신세타령을 해 가며 하루 종일 기왓장을 휘두르고 있었어.

땀으로 멱을 감고 아주 지쳐서 헐떡거리면서도 그러고 있을 수밖에 없었지.

그러다 보니 해가 설핏하니 기울었는데, 어떤 신랑이 그 옆을 지나가게 됐어. 신랑이 처가에 간다고 떡이야 술이야 고기야 담뿍 장만해서 짊어지고 지나가더란 말이지.

'옳지. 저 신랑을 꾀어서 이 지긋지긋한 일을 떨궈 버려야지.'

자기도 젊은이에게 당했으니까 똑같이 속여 보리라 하고,

"여보시오, 신랑."

하고, 가는 신랑을 불러 세웠지.

"왜 그러시오?"

"이 기왓장 한번 내둘러 보시려오?"

"그건 뭣 하러 내둘러요?"

"이걸 여기서 이렇게 내두르면 저 숲속에서 금싸라기가 술술 나온다오."

이 신랑이 욕심이 없었으면 점잖게 사양하고 그냥 갈 길이나 갔겠지. 그런데, 금이 나온다는 소리에 그만 욕심이 생겼나 봐.

"그게 정말이오?"

"정말이 아니면 내가 여기서 왜 이러고 있겠소?"

"그러면 어디 나도 좀 해봅시다."

이래서 신랑이 기왓장을 넘겨받았지. 선비는 뒤도 안 돌아보고 냅다 달아나 버리고, 신랑 혼자서 기왓장을 휘휘 내두르고 있는 거지. 아무리 휘둘러도 무엇이 나오기나 하나. 에라, 그만두자 하고 막 돌아서려는데 숲속에서 호랑이가 '어흥!' 하고 튀어나오지 뭐야.

'아이쿠, 나 죽었다. 이제 보니 내가 속았구나!'

뒤늦게 속은 걸 알아차렸지만 이미 때는 늦었으니 어떻게 해. 신랑도 어쩔 수 없이 밤새도록 죽어라고 기왓장을 내두르고 있었어.

죽을 고비를 넘긴 선비는 그 길로 금강산을 나와서 또 좋은 경치 구경하러 다녔어. 묘향산, 백두산을 다 구경하고 이제 집으로 돌아가려고 내려오는 참이지. 그사이에 몇 달이 지나갔는데, 내려오다가 또 금강산을 지나치게 됐어. 금강산에 들어서서 전에 기왓장 휘두르던 골짜기를 다시 지나가게 됐지. 그 신랑은 어찌 됐으며 호랑이는 어찌 됐나 하고 궁금하게 여기면서 그 자리에 가 보니까, 이게 웬일이야. 이번에는 웬 삿갓 쓴 중이 기왓장을 휘두르고 있더란다. 그사이에 여러 사람이 기왓장을 넘겨받았나 봐.

중이 등에 짊어진 바랑이 들썩들썩하도록 기왓장을 내두르다가 선비를 보자,

"어보시오, 선비."

하고 부르겠지.

"왜 그러시오?"

"여기서 이것을 내두르면 숲에서 금싸라기가 술술 쏟아져 나온다오. 한번 해보시려오?"

선비는 껄껄 웃으며,

"아, 그것 내가 전에 해본 것이오. 나는 이제 금싸라기가 필요 없으니 스님이나 많이 하시오."

하고 성큼성큼 가던 길을 가더라는 이야기야.

이것은 옛이야기지만 옛날의 이야기가 아니고 요즘 이야기다. 누구나 그렇게 느낄 것이다. 가령 이 이야기의 첫머리에 나오는 '옛날 옛

날'을 없애고, '선비'를 요즘 어떤 젊은이로 바꾸기만 하면, 나머지는 옛 말투만 몇 군데서 다듬는 것만으로 영판 요즘 어느 재능 있는 작가가 써 놓은 이야기(우화)로 모두가 받아들일 것이 분명하다.

세상이 너무 많이 바뀌어서, 그 옛날부터 이어 오던 농촌과 농사꾼들은 거의 다 사라지고, 모든 사람들이 도시로 도시로 몰려 가서 공장 노동을 하고, 기계 앞에서 일하게 되었다. 살아가는 가장 높고 큰 목표가 돈을 버는 것으로 되고 보니, 그 돈벌이를 위해서는 수단과 방법을 가리지 않게 되고, 돈벌이가 되는 길을 온갖 정보로 찾게 된다. 무엇이든지 돈벌이가 된다면 사람들은 몰려든다. 소나 돼지를 기르는 것이 돈벌이가 된다니까 너도나도 소를 기르고 돼지를 키운다. 사과 농사가 돈벌이가 된다고 해서 웬만한 밭과 산이 죄다 사과밭이 되더니, 사과가 안 팔리니까 그 아깝게 가꿔 놓은 사과나무를 모조리 베어 버린다. 배추 농사도 무 농사도 마찬가지다. 모두가 도시로 가니까 농사꾼들은 너도나도 땅 팔아 도시로 가더니, 거의 모두 비참한 삶을 이어간다. 이것이 죄다 그 목표가 돈벌이에 있는 것이다. 돈이 나온다니까 덮어놓고 기왓장을 휘두르는 사람과 무엇이 다른가? 참으로 무서운 진실을 이야기해 놓았다. 오늘을 살아가는 모든 사람들이 "참 그렇지!" 하고 무릎을 칠 만큼 살아 있는 이야기가 되었다고 하겠다.

제**4**장

다시 살려야 할
뛰어난 유년동화의 고전

— 현덕 동화집《너하고 안 놀아》

1. 작가와 이 작품의 자리

✤

동화작가요 소설가인 현덕의 이름을 아는 사람은 얼마 전까지만 해도 아주 썩 드물었다. 일제시대와 해방 바로 뒤에 문학활동을 하였거나 그때의 문학작품을 유달리 많이 읽어 본 사람이 아니고는, 그러니까 지금 나이가 적어도 60세가 넘은 문인이나 문학 독자가 아니고는 현덕이란 이름을 모르는 것이 당연했다. 그리고 몇 해 전부터 월북문인들이 남겨 놓은 작품을 마음대로 읽을 수 있게 되고 나서도, 날마다 쏟아져 나오는 온갖 책들 속에서 어쩌다가 보게 되는 이 작가의 소설집을 읽은 사람은 썩 드물 것이고, 더구나 이 작가가 뛰어난 유년동화를 썼다는 사실은 이번에 나온 동화집 《너하고 안 놀아》(창비, 1995.)를 읽게 된 사람만이 비로소 알게 되었을 것이다.

작가의 연보를 보면 현덕은 1909년 서울에서 나서, 집 형편이 매우 어려워서 인천에 가까운 어느 섬에 있는 친척 집에서 어린 시절을 보냈다고 한다. 이 작가가 쓴 동화에 나오는 어린아이들의 모습, 뛰노는 장면, 심리 묘사…… 같은 것은 이때 친척 집 아이들과 함께 지내면서 관찰한 것이 바탕으로 되어 있는 것으로 안다고, 현덕의 작품을 찾아 모으고 연구한 원종찬 씨는 말한다.

다시 연보를 보면 그 섬에 있는 보통학교에 1923년, 그러니까 만 14세에 들어갔다고 되어 있다. 그런데 그다음 해인 1924년에는 그 보통

학교를 중퇴하고 서울에 있는 중동학교 속성과 1년을 다녔다. 보통학교는 겨우 한 해 다닌 것이고, 중동학교도 1년을 다닌 것이다. 그리고 다시 그 이듬해인 1925년에 제일고보(오늘날의 중학교와 고등학교가 합쳐 있는 것이 '고등보통학교'임)에 들어갔지만 워낙 집안 사정이 어려워서 중퇴했다고 되어 있다.

이렇게 볼 때 이 작가가 학교에서 공부를 한 햇수는 모두 합쳐도 겨우 3년 정도밖에 안 된다. 그것도 잇달아 3년을 다닌 것이 아니고 여기저기 껑충껑충 건너뛰어 다니면서 정신없이 배운 것이다. 이 작가에 대한 기록이 없고, 아는 이조차 없어서 아주 정확한 사정은 모르지만, 학력 한 가지만 보아도 이 작가가 얼마나 가난하게 살고 힘들게 자라났는가, 어렵게 공부했는가 하는 사실을 짐작할 수 있다.

학교 공부는 제대로 못했지만 책은 많이 읽어서, 현덕은 러시아 문학을 유달리 좋아했던 것 같다. 자기가 영향을 받은 작가로 도스토예프스키를 들었고, 해방 후에는 숄로호프의 《고요한 돈강》을 번역하기도 했다니까. 현덕의 작품에 나오는 아이들이 행동과 심리가 그토록 자세하고 정확하게 그려져 있는 것은 아마도 도스토예프스키에서 많은 영향을 받았기 때문이 아닌가 싶다.

1932년에 동화 〈고무신〉이 동아일보 신춘문예에 뽑혔다. 스물세 살 때다. 그러고 나서 다시 여섯 해가 지난 1938년에는 소설 〈남생이〉가 조선일보 신춘문예에 당선되어 선배 문인들의 격찬을 받는다. 그 뒤 몇 해 동안 소설뿐 아니고 동화도 많이 쓴다. 이때에 쓴 작품들이 책으로 묶여 나오기는 모두 해방 뒤다. 현덕의 작품집은 모두 네 권이 나왔던 모양인데, 그중 소설집이 한 권이고, 소년소설집이 한 권, 동화집이 두 권으로 되어 있다.

이 동화책《너하고 안 놀아》에 실린 이야기에 나오는 아이들은 모두 학교에도 들어가기 전의 아이들인데, 현덕이 쓴 유년동화는 이 책에 다 모아 놓았다.(물론 아직도 찾아내지 못한 것이 더 있을는지도 모르지만) 이 유년동화를 현덕은 1938년 5월에서 1939년 5월까지, 1년 동안에 썼다. 그러니까 소설이 신춘문예에 당선되어 격찬을 받고, 수많은 문인들을 놀라게 한 뒤에도 동화를 그 동화 가운데서도 가장 어린아이들에게 주는 동화를 온 힘을 기울여서 썼던 것이다.

일제시대에는 소설을 쓰는 작가가 흔히 동화를 썼지만, 소설과 동화, 그 어느 쪽에서도 문학사에 뚜렷한 자취를 남긴 현덕의 사람됨과 작품 세계는, 아동문학이 어떤 문학인가를 생각하게 하는 데 귀한 가르침을 줄 수 있겠다는 생각이 든다. 아동문학은 한 단계 낮은 자리에 있는 문학이라고 보는, 오늘날 우리 한국 문인들이 널리 가지고 있는 안목이 얼마나 어리석고 무지한 것인가를 현덕의 작품은 잘 말해 줄 것이다.

또다시 연보를 보면 현덕은 6·25 전쟁 때, 바로 9·28 수복 때 북녘으로 갔다고 되어 있다. 문학가동맹에서 활동했으니 어찌 가지 않고 배길 수 있었겠는가? 그쪽으로 간 뒤의 활동은 겨우 조금 알려져 있을 뿐 감감하다. 지금 살아 있다면 87세인데, 어디서 어떻게 살다가 세상을 떠났는지도 알 수 없다. 아이들을 극진히 사랑하여 관념보다 사람을 더 중요하게 여기고, 글말로 된 논리보다는 몸으로 겪는 현실과 삶을 더 근원이 되고 본질이 되는 것으로 여겨서, 언제 어디에서도 정직한 글을 쓰고 싶어 했던 이 작가가 북녘 땅에 가서 제대로 대접을 받으면서 그 재능을 마음껏 나타내는 글을 쓸 수 있었으리라고는 조금도 생각할 수 없다. 우리는 여기서 이 못난 종족들이 꾸며 놓은 현대사가 또 하나 훌륭한 작가를 생매장해 버렸다는 사실을 다만 비통한 마음으로 깨달을 뿐이다.

　우리는 보통 어떤 작가의 작품을 두고 말할 때, 그것이 아무리 좋은 작품이라고 하더라도 '깊은 감동을 받았다'든지 '보기 드물게 뛰어난 작품'이라고 말하기는 하지만, '가장 뛰어난 작품'이라고 말하지는 않는다. 그런데 현덕의 이 유년동화집《너하고 안 놀아》만은 우리 아동문학에서 '가장 뛰어난 유년동화집'이라고 주저 없이 말해도 좋을 것 같다. 그만큼 우리 아동문학의 역사에서 (물론 글로 써서 읽도록 하는 문학에서) 현덕 이전은 말할 것도 없고 현덕 이후 60년이 지난 오늘날까지도 이만 한 유년동화를 쓴 작가는 나오지 않았다고 나는 본다.

　이런 훌륭한 작품을 그 작가와 함께 지금까지 땅속에 묻어 놓고만 있었으니 참으로 답답하고 안타까운 일이다. 이제부터라도 이 귀한 보물을 파내어서 아이들을 살리고 문학을 살리는 밑천을 삼아야 되겠다고 생각한다.

2. 작품의 길이와 나오는 아이들

❦

《너하고 안 놀아》에 들어 있는 작품이 모두 37편이다. 이 가운데서 200자 원고지로 쳐서 40장쯤 되는 작품이 1편(〈강아지〉) 있고, 20장을 좀 넘는 작품이 2편(〈여자 고무신〉, 〈삼형제 토끼〉)이다. 이 3편에서 〈강아지〉와 〈여자 고무신〉은 이야기가 나아가는 데 따라서 바뀌는 장면을 1, 2, 3…… 이렇게 나누어 놓았다. 그리고 〈삼형제 토끼〉는 눈이 오는 날 아이들이 밖에서 뛰놀면서 옛이야기를 그대로 따라 놀아 보는 것으로 되어 있다. 그래서 이 밖에는 200자 원고지로 13장이 1편, 10장이 2편 있을 뿐, 나머지는 죄다 6장에서 8장 사이로 되어 있다. 거의 모두 7장 아니면 8장인데, 이것은 학교에 입학하기 전의 아이들에게 들려주는 이야기의 길이로 가장 알맞다고 생각한다.

다음은 작품에 나오는 아이들이다. 유년동화에는 유년기에 있는 아이들이 나오는 것이 당연하다. 이야기의 중심이 되는 아이가 하나 나오면 된다. 다시 그 아이의 동생이나 같은 또래의 동무가 하나, 아니면 둘이 나올 수도 있다. 또 중심이 되는 아이가 있는데, 그 아이의 어머니가 나올 수가 있고, 어머니의 친구가 나올 수도 있다. 그 밖에 사람이 자꾸 나오면 안 된다.

이 동화집에 들어 있는 37편의 작품에는 네 아이가 나온다. 노마, 기동이, 영이, 똘똘이다. 이 네 아이가 함께 나오는 작품이 가장 많지만,

네 아이 중 세 아이나 두 아이, 또는 한 아이만 나오는 수도 있다. 이 네 아이 말고 어쩌다가 한 번 나오는 이름이 몇 아이가 있고, 두 번 나오는 아이가 하나 있다. 그러니 이 동화집의 작품은 한 편 한 편이 따로 되어 있지만 모두 한 이야기로 이어져 있는 연작이라 볼 수 있다. 그래서 아이들이 읽어도 처음부터 끝까지 나오는 아이들이 모두 친근하게 느껴져서 이야기 속에 곧장 빠져들게 될 것이라 생각한다.

여기서 작품마다 나오는 아이들이 어떻게 되어 있는가를 좀 정확하게 보이면 다음과 같다.

- 노마, 기동이, 영이, 똘똘이   10편
- 노마, 기동이, 똘똘이   5편
- 노마, 똘똘이, 영이   3편
- 노마, 똘똘이, 기동이   3편
- 기동이, 노마   3편
- 노마   3편
- 기동이, 영이   1편
- 노마, 영이   1편
- 영이, 기동이   1편
- 영이   1편
- 똘똘이, 기동이   1편
- 영이, 똘똘이   1편
- 노마, 만이, 똘똘이, 영이, 기동이   1편
- 옥수, 점순이, 막동이   1편
- 영이, 점순이, 숙정이   1편

- 분홍 치마, 노랑 치마, 파랑 치마 　　　 1편

　　　　　　　　　　　　　 (모두 37편)

- 노마 어머니 　　　　　　　　 9편
- 영이 어머니 　　　　　　　　 2편
- 막동 어머니 　　　　　　　　 1편
- 가게 할아범 　　　　　　　　 1편
- 아기(영이 남동생) 　　　　　 1편

이것을 이번에는 개인별로 나온 빈도를 세어 보았더니 다음과 같았다.

① 노마 　　　　　　　　 29번
② 기동이 　　　　　　　　 25번
③ 영이 　　　　　　　　 23번
④ 똘똘이 　　　　　　　　 21번
⑤ 만이 　　　　　　　　 1번
⑥ 옥수 　　　　　　　　 1번
⑦ 점순이 　　　　　　　　 2번
⑧ 막동이 　　　　　　　　 1번
⑨ 숙정이 　　　　　　　　 1번
⑩ 분홍 치마 　　　　　　　 1번
⑪ 노랑 치마 　　　　　　　 1번
⑫ 파랑 치마 　　　　　　　 1번
⑬ 노마 어머니 　　　　　　 9번
⑭ 영이 어머니 　　　　　　 2번

⑮ 막동 어머니　　　　1번

⑯ 아기(영이 남동생)　　1번

⑰ 가게 할아범　　　　1번

　이 숫자를 보면 이 동화들이 어느 아이를 중심으로 해서 씌어 있는가 환하게 나타난다. 노마, 기동이, 영이, 똘똘이, 이 네 아이가 꾸미는 이야기로 되어 있는 것이다. 그리고 이 네 아이 가운데서 가장 중심이 되어 있는 아이가 노마다. 이 사실은 노마 어머니가 아홉 번이나 나오는 것을 보아도 잘 알 수 있다. 노마 다음에는 기동이와 영이겠는데, 기동이와 영이, 어느 쪽에 더 무게를 실었을까? 개인별로 나오는 빈도는 기동이가 좀 더 많다. 그러나 기동이는 그 어머니나 아버지가 한 번도 안 나와서 무엇을 하는 사람인지 뚜렷하게는 알 수 없지만, 영이 어머니는 두 번이나 나와서 그 가정 형편을 알게 해 놓았다. 영이는 네 아이 가운데 단 하나인 여자아이로, 이야기 전체에서 중요한 노릇을 맡고 있다.

　이 작가가 어떤 생각으로 이 네 아이를 이렇게 나오게 했나 하는 것은 다음에 말하는 아이들의 모습에서 더 뚜렷하게 잡을 수 있을 것이다.

3. 작품 속에 나타난 아이들 모습

✤

　네 아이들은 모두 취학 전이다. 그래서 노마, 기동이, 영이, 이 세 아이는 예닐곱 살쯤 된 것 같고, 똘똘이는 다섯 살쯤 되어 보인다.

　아이들의 성격이나 행동은 그 부모들이 무슨 일을 하면서 살아가는가, 어떤 교육을 받고 교양을 쌓았는가, 가난하게 살아가는가 부자로 살아가는가에 따라 결정된다. 이 이야기들을 읽어 나가면, 이야기 줄거리에서는 말할 것도 없고 아이들의 행동이나 주고받는 말에서도 가정환경이나 부모들의 형편이 가끔 자연스럽게 잘 나타난다. 부모와 집 이야기가 가장 잘 나타나고 있는 아이가 노마이고, 그다음이 영이와 기동이다.

　노마는 아버지가 없이, 어머니와 둘이서 살아간다. 어머니는 바느질을 해서 살아가는데, 밤새도록 자지 않고 일하기도 한다. 그렇게 일해도 노마에게 고무신을 사 주기가 힘들도록 어렵게 산다(《여자 고무신》).

　이래서 노마는 그 어린 나이에 가끔 어머니를 도와야 한다. 바느질한 것을 갖다 주는 심부름을 하고, 기름을 사 오는 심부름도 한다. 바깥에서 아이들이 놀자고 부르는데도 나가지 못하고 어머니가 감고 있는 실패를 잡고 방 안에서 꾹 참아야 한다. 물론 기동이가 자주 사서 먹는 과자나 가지고 노는 장난감은 아무리 먹고 싶고 가지고 싶어도 보고만 있어야 하지, 그것을 어머니께 사 달라고 하는 말은 아예 할 엄두도 못 낸다.

　먹고 싶은 것은 참는 수밖에 없지만, 그 순간이 지나면 곧 아이들은 잊어버리고 재미있는 놀이를 즐긴다. 갖고 싶은 것을 가지지 못하는 것도 불만이지만 장난감을 스스로 만들어 내는 재주를 익힌다. 노마는 장난감 강아지를 만들기도 하고(〈강아지〉), 장난감 기차를 만들기도 한다(〈조그만 발명가〉). 그러나 이렇게 손으로 장난감을 만들어서 노는 것보다 더 재미있는 놀이를 그저 맨손 맨몸으로 그때그때 생각해 내어서 동무들과 같이 즐기는 것은 아이들이 창조하는 얼마나 놀라운 세계인가!

노마는 언제나 다른 아이들의 앞장을 서서 재미있는 놀이를 이끌거나 기발한 장난을 즐긴다. 돌축대가 있으면 그 위로 뛰어오르기를 하고, 올라갔다가는 다시 뛰어내리기를 한다(〈내가 제일이다〉). 바람이 불면 그 바람하고 같이 달리기를 하고(〈바람하고〉), 눈이 오면 눈 속에서 뛰어다니면서 토끼가 되고 자동차가 되고, 또 옛이야기를 그대로 연출한다(〈토끼와 자동차〉, 〈삼형제 토끼〉). 흙과 모래만 가지고도 가게놀이를 즐기고(〈싸전 가게〉), 새끼 토막 하나만 주우면 전차놀이에 신이 나는 것은(〈새끼 전차〉) 우리가 흔히 보게 되는 것이지만, 고양이가 되어 고양이 소리를 내고 고양이처럼 기어 다니면서 부엌에 가서 북어를 훔쳐 내어 여러 아이들이 뜯어먹는 놀이(〈고양이〉)도 노마가 앞장서서 하는 짓이다.

아무것도 없이, 아무 목표도 없이 그저 걸어가는 것조차 재미있는 아이들의 세계인 것을 보여 주는가 하면(〈둘이서만 알고〉), 가만히 앉아 귀뚜라미 소리를 들으면서 아이들은 귀뚜라미가 되고, 그 귀뚜라미는 아이들이 되는 아름다운 시의 세계에 빠져 들기도 하는 것이(〈귀뚜라미〉) 노마네 아이들이다. 정말 아이들의 놀이는 사람이 생각할 수 있는 가장 깨끗한 활동이고 공부고 일이고 자기표현이라 할 것이다. 이렇게 해서 가난하게 살아가는 노마네 아이들은 노마를 중심으로 해서 돈이나 책으로서가 아니라 자연 속에서 놀이를 즐기는 가운데 서로 도우면서 사람다운 마음을 키우고, 슬기를 배우고, 몸을 단련하면서 자라난다.

노마는 아버지가 없다. 아버지가 왜 없는지를 어느 작품에도 밝혀 놓지 않았는데, 〈귀뚜라미〉란 작품에 다만 다음과 같은 구절이 있을 뿐이다.

"축대 밑에서 귀뚜라미는 지금 노마처럼 어서 아버지가 돌아오기를 기다립니다."

노마 아버지는 어디로 갔을까? 왜 이야기의 중심이 되고 주인이 되어 있는 아이의 아버지를 작가는 드러내지 않고 있는가?

이것은 이 작품을 쓴 시대를 생각하면 쉽게 이해할 수 있다. 일본제국이 전쟁을 일으켜서 미치광이같이 중국 대륙에 쳐들어가 한창 기세를 올릴 때 이 작품들은 씌어졌다. 그때 우리 젊은이들은 일본 군대에 끌려갔고, 좀 더 나이 많은 사람들은 탄광으로 끌려갔다. 아니, 그 이전에도 수많은 농민들이 살 길을 찾아 만주로 이민을 가고, 일본 땅으로 종살이를 하러 떠났다. 나라를 도로 찾아야겠다고 생각한 사람들은 진작부터 중국으로 시베리아로 가기도 했던 것이다.

이래서 일제시대에 쓴 이원수 선생의 동시를 보면 아버지가 없는 아이가 하는 말로 되어 있는 작품이 많이 나온다. 그 아버지는 대개 어디로 갔는지 밝혀져 있지 않고, 다만 아이는 아버지가 돌아오기만 기다리는 것이다. 현덕의 동화에 나오는 노마도 이런 사정으로 아버지가 없는 것이다. 사실 그 아버지가 어떤 일로 해서 어디로 갔다는 것을 작품에다 쓰기도 어려운 경우도 많았을 것이고, 또 그 당시 그렇게 해서 아버지 없이 살아가는 아이들이 흔했으니, 굳이 밝힐 필요도 없었을 것이다. 아버지가 탄광에 끌려갔다고 생각해도 좋고, 만주로 돈벌이하러 갔다고 해도 좋고, 독립운동을 하러 어디론지 떠났다고 해도 되는 것이니, 그것은 우리 민족에 널리 퍼져 있었던 형편이라 읽는 사람마다 마음대로 상상하도록 맡겨 두는 것이 더 낫겠다는 생각이 들고, 실상 그렇게 모두 알고 읽어 주리라 믿고 이렇게 썼으리라 본다. 아무튼 이 작가는 일제시대 우리 서민층 집에서 자라나던 어린아이의 한 전형을 노마란 이름으로 그려 보여 주고 있는 것이다.

다음은 영이라는 여자아이를 살펴보기로 한다. 영이도 노마처럼 가난하다. 그래서 기동이가 과자를 사 먹어도 먹고 싶은 마음을 참고 구경만 할 수밖에 없다(〈옥수수 과자〉). 따라서 놀 때도 노마와 똘똘이와 같이 한 패가 되어, 여느 때 과자를 저 혼자 먹으면서 자랑만 하던 기동이를 가끔 따돌린다.

그런데 영이는 아버지 어머니가 다 있다. 영이 아버지 이야기는 〈옥수수 과자〉에서 잠깐 나온다. 기동이가 혼자 과자를 맛있게 먹으면서 자랑해 보이는 데서 기동이와 영이의 자랑 다툼이 벌어지는데, 영이가 하는 말 가운데 이런 말이 나온다.

"우리 아버진 인제 벌이 많이 한다누. 그럼 나 새 신 사 준다고 그랬다누."

이것을 보면 영이는 아버지가 집에 있는 것이지만, 이 말을 잘 살펴보면 아버지가 지금은 벌이를 못하고 있는 것이 분명하다. 어쩌면 실업자가 되어 있는지도 모른다. 그러기에 그처럼 힘들게 사는 것이지.

영이 어머니 사정은 두 작품에 나타나 있다. 〈조그만 어머니〉에는 동생인 '다홍 두루마기 아기'를 달래면서 '파랑 치마 영이'가 어머니를 기다린다. 그 어머니는 이렇게 되어 있다.

"아침에 어머니는 광주리에 귤하고 사과하고 배하고 가득히 담아 머리에 이고 거리로 나가셨습니다. 거리로 나가 어머니는 그것을 집집으로 다니며 돈하고 바꾸십니다. 그렇습니다. 광주리에 가득한 귤, 사과, 배, 그 수효만큼 그만큼 이집 저집으로 다니시느라고 늦는 게지요."

또 〈동정〉이란 작품에는 역시 '파랑 치마 영이'가 문지방에 혼자 앉아 아주 쓸쓸한 얼굴을 하고 어머니를 기다리는데, 그 어머니는 아침에 "개피떡, 송편을 가득히 광주리에 담아 머리에 이고 비탈 아래 그 길로 사라지고는 해가 저물도록 돌아오시지를 않"기 때문이다. 이래서 점순이도 와서 영이처럼 쓸쓸한 얼굴이 되어 같이 앉아 있고, 숙정이도 와서 그렇게 앉아 있다는 이야기다.

이와 같이 영이네 집은 영이 어머니가 과일이나 떡을 머리에 이고 다니면서 팔아서 살아가고 있다. 아버지가 있어도 노마네와 다름없이 가난한 까닭이 이렇다.

똘똘이는 어떤가? 똘똘이는 부모 이야기가 아주 안 나온다. 기동이가 먹는 과자를 얻어먹고 싶어 하면서(〈과자〉) 놀 때는 언제나 노마와 영이 편에 어울리는 것으로 보면 집이 넉넉하지 못한 것이라 짐작이 된다. 그러나 한 번은 어디서 생겼는지 돈 한 닢을 가지고 장난감을 사서는 자랑스럽게 돌아온다(〈뽐내는 걸음으로〉). 그리고 소꿉질을 하고 있는 영이와 같이 놀고 싶어서 주고받는 말 가운데 이런 말이 나온다.

"그럼 낼 우리 어머니하고 화신상 갈 때 너두 데리고 갈게."(〈너하고 안 놀아〉)

또 그다음에 나온 말이 이렇다.

"그럼 이따 우리 어머니 돈 주면 과자 사서 너 조금만 줄게."

어린아이들 가운데는 더러 그때그때 기분대로 사실이 아닌 것을 상상해서 말하는 아이가 있는데, 이 똘똘이 말도 그런 경우가 될까? 꼭 그렇게 보아야 할 근거도 없다. 아무튼 똘똘이는 기동이처럼 넉넉한 집은 아니지만 노마나 영이네처럼 그토록 가난한 집에서 사는 아이는 아닌 듯하다. 그리고 작가는 똘똘이란 아이를 노마와 영이와 함께 어울리고 따라다니는 아이 정도로 다루었을 뿐, 그다지 중요하게는 보지 않았던 것 같다.

이제 기동이 차례다. 기동이는 네 아이 가운데 오직 하나, 잘사는 집 아이로 되어 있다. 이 작가가 기동이를 이야기 속에서 중요한 노릇을 맡도록 하고 있는 형편은 우선 전체 작품 37편 가운데서 노마 다음으로 기동이가 많이 나온다는 사실만 보아도 알 수 있다.

이 작가는 기동이를 내세워서, 잘사는 집의 아이가 자라나는 과정에서 흔히 사람답지 않은 행동을 어떻게 하게 되는가, 그래서 가난한 아이들의 미움을 어떻게 사게 되고, 어떻게 따돌림을 받게 되는가를 보여 주려고 했다. 그뿐 아니고 이러한 빈부의 대립에서 오는 아이들 세계의 문제가 언제든지 서로 맞서서 미워하고 싸우게 되기만 하는 것이 아니라 흔히 잘 화합해서 어울리게도 되는 세계라는 것을 보여 주기도 한다. 어린아이들의 세계에서는 한때 아무리 싫고 미운 마음이 들었다고 하더라도 그때가 지나면 곧 잊어버린다. 고통도 슬픔도 그렇다. 이래서 기동이는 노마네 아이들 속에서 구원을 얻게 되어 모두가 웃으면서 순박한 어린이로 자라나는 것이다.

기동이가 잘사는 집의 아이라는 사실은 기동이가 다른 세 아이들은 사 먹을 수 없는 과자를 사서 그 아이들 앞에서 혼자 먹는 이야기(〈옥수수 과자〉, 〈과자〉)라든지, 포도를 혼자 먹는 이야기(〈포도와 구슬〉)라든지, 장난감을 사서 자랑스럽게 뽐내며 가지고 노는 이야기(〈물딱총〉, 〈대장 얼굴〉, 〈강아지〉) 같은 데서 잘 나타나 있다. 또 다른 아이들은 겨우 고무신을 신고, 그 고무신조차 사기 힘들어서 헤진 것을 신고 다니지만, 기동이는 구두를 신고 다니는 것만 보아도 곧 그 집 형편을 알 수 있다.

〈여자 고무신〉에는 다음과 같은 대문이 나온다. 노마가 심부름을 가는데, 떨어진 고무신으로 보낼 수가 없어서 노마 어머니가 노마 몰래 영이네 집에 가서 영이 고무신을 잠시 빌려 왔다. 이래서 노마와 영이는 서로 신을 바꿔서 신고 있는데, 심부름을 가다가 영이네 집 앞에서 그만 서로 만나게 되는 것이다. 그 자리에서 두 아이는 서로 신을 보고 어리둥절하고, 또 거기 있던 기동이는 이런 두 아이를 보고

"남자는 여자 고무신 신고, 여자는 남자 고무신 신고."

하면서 노래를 부르듯이 놀리는 것이다. 이때 세 아이를 그려 놓은 말이 다음과 같다.

"그런데 기동이는 반들반들한 노랑 구두를 신었습니다. 기동이 노랑 구두 앞에서 노마는 더 여자 고무신이 여자 고무신으로 보여 싫었습니다. 영이도 기동이 노랑 구두 앞에 더 남자 고무신이 남자 고무신으로 보여 싫었습니다."

이와 같이 기동이는 '반들반들한 노랑 구두를 신고 있는 아이'로 되어 있다.

하지만 어느 작품에도 기동이 어머니 아버지가 나오지는 않는다. 노마 어머니는 여러 번 나오고, 영이 어머니도 두 번 나오는데, 기동이 어머니는 안 나온다. 기동이네 집 이야기를 바로 보여 주는 대문도 없다. 기동이네 어머니 아버지가 무엇을 하면서 살고 있는 사람인지 뚜렷하게 알 수는 없지만, 기동이에게 과자나 장난감을 잘 사 주는 이 부모는 다음과 같은 말에서도 나타나 있듯이 땀 흘려 일을 하면서 살아가는 서민이 아니란 것만은 분명하다.

"피 그까짓 거. 난 인제 우리 아버지, 어머니하구 화신상 식당에 갈 거, 뭐."

"피 그까짓 거. 우리 아버진 인제 벼 팔면 내 새 구두하고 새 양복 사 준다구 그랬는데, 뭐."(《옥수수 과자》)

이 말은, 기동이가 옥수수 과자를 혼자만 먹고 있는 것을 본 영이가, 먹고 싶어도 주지 않으니까 참다못해 "난 어머니가 고구마 삶아 준단다"든지, "빈대떡 부쳐 준다"든지 "아는 집 혼인 잔치에 간다"든지 하니까 그 대꾸로 기동이가 하는 말이다. 이 기동이 말대로라면 기동이는 가끔 아버지 어머니하고 화신상 식당에 가서 음식을 사 먹는다. 일제시대에 자기 아이한테 자주 과자를 사 주고, 장난감과 세발자전거를 사 주는 부모라면 화신상에 가서 온 식구가 음식을 사 먹기도 했을 것이다. 그런데 이런 부모인데도 "우리 아버진 인제 벼 팔면……" 어쩌구 한 것은 웬일인가? 그 당시 농사를 짓는 사람이 이럴 수는 도무지 없었기 때문이다. 더구나 이 아이들이 살고 있는 곳은 시골이 아니고 서울의 어느 한 곳인데 농사일이란 생각할 수 없다. 하지만 이 문제는 곧 풀 수 있다. 기동이 아버지는 지방에 농토를 많이 가지고 있는 지주가 아니겠는가. 기동이 아버지가 지주라고 보면 기동이가 하는 말이 저절로 풀어지는 것이다.

〈아버지 구두〉에는 기동이가 아버지 구두를 신고 아버지 목소리를 내고 아버지 몸짓을 흉내 내면서 다른 아이들 앞으로 가지만, 아이들은 기동이를 기동이로 보면서 조금도 무서워하지 않는다. 그래도 기동이가 자꾸 그러니까 도리어 성이 나서 대들게 되는데, 이 이야기에서 기동이가 하는 짓을 다음과 같이 써 놓았다.

"……하지만 기동이는 아버지 구두를 신었으니까 아버지만큼 잘났습니다. 활개를 치고 배를 내밀고 아버지 음성으로 아버지처럼 소리칩니다.

　─저리 물러나래두.

　─저리 물러나래두.”

여기서 그려 놓은 기동이의 행동으로 이 작가는 기동이 아버지의 모습과 성격을 간접으로 보여 주고 있다고 하겠다. 땀 흘려 일을 하지 않는 사람이 돈을 마음대로 쓰면서 풍족하게 살고, 그러기에 잘난 사람이 되어 큰소리치면서 거리를 활보하던 시절, 그런 사람이 지주였든가 장사꾼이었든가 친일파였든가 하는 따위는 아무래도 좋은 것이고, 그런 것은 어린아이들의 세계에서 문젯거리도 관심거리도 될 수 없었을 것이다. 그래서 기동이의 부모 이야기를 이 작가는 그 이상 밝히지 않고 아주 무시해 버린 것이라 본다.

지금까지 말한 네 아이 말고, 세 편의 작품에서 대개 한 번씩 나오는 아이가 있는데, 만이, 옥수, 점순이, 막동이, 숙정이, 분홍 치마, 노랑 치마, 파랑 치마다. 이 아이들은 모두 영이와 노마와 같은 환경에서 사는 아이로 노마네, 영이네들의 이야기를 보충해 주는 노릇을 하고 있고, 차라리 영이와 노마의 그림자 같은 아이들로 이름만 달리 해 놓았다고 볼 수도 있다.

4. 몇 가지 글감으로 보는 아이들 세계

✤

이제부터 이 유년동화들에서 다룬 글감을 몇 가지로 나누어 보고, 이 글감들에 대한 생각을 말해 보겠다.

놀이—아이들의 삶은 죄다 놀이로 되어 있다. 소꿉질을 비롯해서 차놀이, 구슬치기, 그 밖에 온갖 장난감으로 하는 놀이는 말할 것도 없고, 그저 길을 걸어가는 것도 세수하는 것도 밥을 먹는 것까지 아이들은 놀이로 한다. 아이들은 오줌 똥을 누는 것도 놀이로 하고, 심지어 잠자는 것도 놀다가 잠들고, 자면서 꿈에서도 놀고 있다. 아이들은 놀면서 자라나는 것이다.

아이들은 놀면서 공부를 한다. 아니, 노는 것이 공부고, 공부가 노는 것이다. 사람은 누구든지 학교에 들어가기 전인 예닐곱 살 때까지 집 안에서, 골목에서 뛰놀면서 제 어머니 나라의 말을 죄다 익힌다. 결단코 학교에 가서, 책을 배워서 말을 익히는 것이 아니라 즐겁게 뛰노는 동안에 몸으로 자연스럽게 익히는 것이다. 학교에 가서 책으로 익히는 것은 우리 나라의 경우 도리어 우리 말을 해치는 불순한 글말이고, 외국에서 들어온 잘못된 말이다.

이렇게 볼 때 놀기만 하면서 자라나는 그 어린아이들의 시기가 얼마나 소중한가. 논다는 것이 얼마나 귀한 삶인가를 깨닫게 된다. 아이들은 누구든지 노는 동안에 제 겨레 말을 어른들이 상상도 할 수 없을 만큼 놀라운 두뇌 활동을 하여 자연스럽게 익히는 천재가 된다. 그뿐 아니다. 남과 이웃을 알게 되고, 자기를 깨닫고, 사물을 판단하는 힘을 기르고, 때로는 어려움을 참고, 실패에서 배우고, 용기를 내기도 하고, 창의력이며 슬기를 나타내고, 서로 돕는 즐거움을 맛보고, 자연과 사회의 질서를 몸으로 익히고, 사람다운 감정을 키워 가고 한다. 이렇게 온몸으로 보고 듣고 말하고 행동하고 생각하는 가운데서 살아 있는 말을 제 것으로 삼게 되는 것이다. 현덕의 이 동화집은 이런 놀이의 귀중함을 놀이생활의 값짐을 아주 잘 알려준다. 정말 사람은 이런 유년기가 있기에 행복한 것이고, 사람답게 되는 것이다. 아이들의 놀이 속에는 교육, 문학, 철학, 종교…… 그 밖에 우리 어른들이 쌓아 놓은 모든 고귀한 것들의 알맹이가 되고 바탕이 되는 것, 근원이 되는 것이 들어 있다는 생각이 든다. 놀이를 글감으로 하는 유년동화의 교육성과 문학성을 여기서 다시 한 번 생각할 필요가 있고, 유년동화의 가치를 좀 더 많은 사람들이 깨달았으면 좋겠다.

아이들의 삶 속에 놀이가 아닌 것이 무리하게 들어올 때 문제를 일으킨다. 아이들이 학교에 가게 되면 공부하던 교실을 청소하는 일을 하게 되는데, 유리창을 닦는 것도 마룻바닥을 닦거나 책걸상을 나르는 것도 아이들은 재미있는 놀이로 한다. 그것은 얼마나 슬기로운 짓인가! 그런데 흔히 선생님들은 "장난치지 마!" 하고 야단친다. 이래서 재미있는 놀이로 하던 청소가 고통스러운 일이 되고 노동이 되는 것이다.

아이들을 모아 놓고 무엇을 가르친다는 학교란 곳이, 더구나 요즘에 와서는 책을 읽고 쓰고 외우고 하는 고통스러운 경쟁을 시키는 것으로 되어 있는데, 이것은 아이들의 놀이라는 삶을 완전히 없애 버린 것이다. 이런 공부가 아이들의 몸과 마음을 병들게 한다는 것은 누구나 쉽게 판단할 수 있다. 놀이가 없는 공부는 참 공부가 될 수 없다.

우리 어른들은 아이들한테 배워야 한다. 사람은 누구든지 무슨 일이라도 자기가 하고 싶은 일을 즐겁게 할 때 행복하다. 슬기로운 창의력이란 것도 생겨난다. 하고 싶은 일을 즐겁게 하게 되면 그것은 노동이 아니고 놀이가 된다. 또 그것은 재미있는 공부가 된다. 일과 놀이와 공부가 하나로 되는 것이다. 우리 사람 사회의 모든 문제를 푸는 열쇠가 여기 있다. 사람은 누구든지 놀이로 된 어린아이들의 삶을 그대로 연장해서 죽을 때까지 살아가도록 하는 것이 가장 바람직하고, 따라서 교육의 목표도 방법도, 정치의 목표도 여기에 있어야 하는 것이다.

이 동화에는 공부 때문에 짓눌리고 쫓겨 다니는 아이들이 없다. 요새 같으면 노마나 영이쯤 되는 나이가 되어도 유치원이나 학원에 끌려가서 온갖 잘못된 공부를 한다고 시달리겠는데, 놀면서 자라나는 이 아이들은 얼마나 행복한가! 과자 같은 것 못 사 먹고, 장난감도 없었지만 (그런 것은 안 먹고 안 가지는 것이 도리어 낫다고 생각하게 해야지) 이런 아이들이 정말 행복했다는 사실을 요즘 아이들에게 깨닫게 하기 위해서도 이 동화집을 많은 아이들에게 읽힐 필요가 있다.

그런데 이 동화집에서 아이들의 놀이에 관계되는 문제로 좀 생각해야 할 것이 있다. 노마가 심부름을 하거나 어머니 일을 돕는 것과, 기동이가 장난감이나 먹는 것을 자랑하는 행동에 대해서다. 노마는 실패를 잡고서 어머니가 실을 다 감을 때까지 기다리고 앉아 있어야 한다. 아이들이 밖에서 자꾸 부르면서 놀자고 해도 노마는 나갈 수 없다. 이것은 놀이보다 일 쪽으로 기울어진 것이다. 그러나 이 정도의 일은 참고 견디면서 하는 것이 좋다고 할 수도 있다. 더구나 밤에도 자지 않고 바느질을 해서 살아가는 어머니인데, 가끔 이런 일쯤은 참아가면서 하는 것이 도리어 사람답게 자라나는 길이 된다고 아니할 수 없다. 그런데 이 어린아이한테 기름병을 주어서 기름을 사 오게 한 일은 어른이 잘못한 것 같다. 그렇게 해서 기름병을 깨뜨린 것이 어린아이들에게 또 하나 좋은 가르침을 주는 기회가 되는 것이라고 한다면 모르지만.

아무튼 노마한테서 있었던 이런 일은 겨우 20년 전만 해도 거의 그대로 있었던 농촌 아이들의 삶을 생각하게 한다. 이 노마네 아이들이 도시에 살았기에 그저 심부름 가다가 기름병을 깨뜨리고, 동생을 달래면서 장사하러 간 어머니를 기다리는 정도로 되는 것이지, 농촌 아이들이었다면 좀 더 고달픈 일 쪽으로, 놀이를 떠난 어른들의 일 쪽으로 끌려가서 시달리게 되었을 것이다.

기동이의 문제는 그 부모들이 용돈을 자꾸 주어서 다른 아이들이 먹지 못하는 과자를 사 먹으면서 자랑하게 하고, 다른 아이들이 가질 수 없는 장난감을 사 가지고 놀게 하는 데 있다. 이것은 그 부모들이 잘못하는 짓이다. 아이들의 놀이가 깨끗한 아이들의 놀이로 되기 위해서는, 어른들의 어떤 잘못된 버릇이나 속셈도 끼어들어서는 안 되고, 어른의 오염된 삶을 흉내 내어서도 안 된다. 과자를 사서 혼자서만 먹는 것, 그러면서 먹고 싶어 하는 아이한테 자랑하면서 약올리는 것은 벌써 깨끗한 아이 마음을 떠난 짓이다. 장난감을 사서 가지고 놀면서 다른 아이들은 만져 보지도 못하게 하는 것도 마찬가지다. 이것은 그 부모들이 뭔가 잘못된 생활을 하면서 그 자식들에게도 그렇게 하도록 했기 때문이다. 부모들이 남달리 잘 산다는 것, 돈을 많이 가졌다는 것은 이렇게 해서 그 자식들의 버릇과 성격을 잘못되게 하는 불행을 가져온다는 사실을 여기서 생각하지 않을 수 없다.

하지만 다행하게도 기동이는 노마와 영이와 똘똘이와 함께 뛰노는 동안에 아이다움을 다시 찾아 가지게 된다. 놀이란 이렇게 해서 어른들이 퍼뜨리는 독소까지도 어느 정도 풀어 버리는 것이다.

소꿉놀이─이것은 물론 놀이 가운데 한 가지인데, 특별히 여기서 들어 말하게 된 것은 이 동화집에 소꿉놀이를 다룬 이야기가 세 편이 나오고, 또 유년기에 있는 아이들이면 누구나 이 소꿉놀이를 하게 되기 때문이다.

〈싸전 가게〉란 작품에는 노마와 영이가 싸전 가게 놀이를 하는데, 흙은 쌀이 되고 모래는 돈이 된다. 처음에는 노마가 싸전 가게 뚱보 영감님이 되어 쌀을 팔고, 영이는 쌀을 자꾸 사 간다. 이래서 쌀을 다 팔게 되자 다음에는 영이가 싸전 가게 주인이 되고 노마가 쌀을 사 간다. 아주 단순한 내용인데도 두 아이가 어른들 말을 흉내 내면서 노는 모습을 짧은 글월로 속도감이 느껴지게 쓴 것이 재미있게 읽힌다.

…… 영이네 광엔 야금야금 쌀이 늘어 갑니다. 노마네 가게엔 야금야금 쌀이 줄어 갑니다. 그러고 모래 돈이 야금야금 늘어 갑니다. 그럴수록 영이네 광엔 쌀이 늘어 갑니다. 그럴수록 노마네 가게엔 돈이 늘어 갑니다. 돈이 늘어갈수록 쌀은 줄어 갑니다. 줄어 갑니다. 늘어 갑니다. 늘어 갑니다. 줄어 갑니다.
마침내 노마는 쌀을 다 팔았습니다.

아이들이 주고받는 말로 그 행동을 그려 보이다가 이렇게 짧은 글월을 포개어 이야기의 진행을 빠르게 하는데, 나중에는 낱말 하나씩만을 잇달아 놓았다. 그래서 단순한 놀이요 단순한 행동인데도 재미있게 읽힌다. 이런 놀이를 하는 가운데 아이들은 말을 배우고, 더구나 수에 대한 개념을 저절로 익히게도 될 것이다.

〈너하고 안 놀아〉에는 영이가 소꿉질 판을 벌이고 혼자 놀고 있는데 똘똘이가 같이 놀고 싶어 하지만 상대를 안 한다. 똘똘이가 잘 보이려고 온갖 말을 걸고 먹을 것을 준다고 해도 안 된다. 그러다가 마지막에 주머니에서 구슬을 하나 꺼내어 주니 그제야 손님으로 맞아들인다는 이야기다. 두 아이의 서로 어긋난 생각이 이야기를 끌고 가는 가운데 아이들의 마음이 잘 나타나 있고, 주고받는 말 속에는 아이들의 놀이 세계가 나타나 재미있다.

〈어머니의 힘〉에는 옥이란 아이가 소꿉질을 벌이는데, 어머니가 되어서 등에 아기를 업었다. 그것은 베개다. 옥이는 또 점순이와 막동이를 데리고 있다. 이래서 옥이는 어린 아들과 딸 앞에서 제대로 어머니 노릇을 하려고 얼굴이며 옷매무시를 다듬고 깨끗하게 하려고 하고, 점순이와 막동이는 옥이를 어머니로 알기 위해서 "어머니, 나 밥 줘" 한다. 그래 어머니는 딸과 아들을 집에 두고 어린애를 업은 채 쌀을 구하러 나간다. 어머니가 집을 비운 사이에 난데없이 커다란 개 한 마리가 어슬렁어슬렁 두 아이가 있는 데로 왔다. 그래 두 아이는 무섭다고 소리를 지르며 어머니인 옥이한테 매달린다. 옥이도 겁이 나서 달아나고 싶지만 구원을 청하는 두 아이와 등에 업은 아기가 있다. 여기서 옥이는 정말 어머니가 되어야 한다는 생각에서 엄청난 힘을 낸다. 그래 한 손에는 막대기, 또 한 손에는 돌을 집어 들고 큰 소리를 치며 개를 쫓는다. 그러니까 개는 혼이 나서 달아난다.

이 작품에서 작가는

…… 어머니의 힘이란 자기 이상의 힘입니다. 사랑하는 아들이나 딸
을 위하여서는 자기 몸을 돌아보지 않고 어떠한 어려운 경우이든지 앞
장을 서 나서는 힘입니다. 그래서 옥이는 옥이 이상의 힘으로 한 손에
는 막대기, 한 손에는 돌을 집어 들고…….

이렇게 말해 놓았다.

여기서 소꿉놀이의 위대한 교육성을 생각하지 않을 수 없다. 어른들
의 머리에서 짜내는 어떤 교육 방법도 아이들의 이 소꿉놀이보다 나은
것이 있을 것 같지 않다.

서양 의학의 시조 히포크라테스는 "자연은 병을 고치고 의사는 자연
을 모방하는 것이 고작이다"고 말했다고 한다.

사람의 몸속에는 누구에게나 그 자신의 병을 고칠 수 있는 힘이 들
어 있다는 말이다.

교육도 마찬가지라고 나는 본다. 어른들이 아이들을 억압해서 자라
나는 것을 방해하거나 비뚤어지게 하지 않는다면, 그래서 아이들이 자
연스럽고 평화스러운 자리에서 놀게만 한다면, 이 아이들은 지금까지
어른들이 상상도 못했던 참으로 놀랍고 훌륭한 공부를 스스로 즐기면
서 하게 되리라고 나는 확신한다. 그것은 무엇보다도 아이들이 하는 소
꿉놀이만 보아도 잘 알 수 있다.

그런데 지금 유치원에서는 소꿉놀이란 말조차 안 쓴다. '역할놀이'
란 연극놀이 비슷한 것을 하게 하는데, 왜 그런 일본말을 쓰는가 물으
면 "소꿉놀이는 아이들이 아무런 가르침도 받지 않고 저희들끼리 방이
나 골목에서 하는 놀이라 교육이라고 볼 수 없다"고 한다. 그래서 '역
할놀이'를 한다는 것이다. 그런 '역할놀이'를 하게 하는 교재나 지도안

을 보면 어른들의 머리에서 짜낸 아무 재미도 없는 것이거나 서양 동화 같은 것을 어색하게 꾸민 것으로 되어 있다. 우리 것, 우리 말을 볼 줄도 들을 줄도 모르고, 아이들을 알지도 못하는 어른들이 무슨 교육을 하고 무슨 문학을 하겠는가.

현덕은 소꿉놀이를 하는 어린아이들의 세계에서 놀라운 문학을 창조했다. 〈어머니의 힘〉은 아동문학에서 우리보다 50년이고 100년을 더 앞선 동서양 여러 나라에 내어 놓아도 조금도 손색이 없는 훌륭한 작품이다.

먹는 것─사람이 살아가는 데 먹는 것이 가장 중요하다는 것은 누구나 다 알고 있다. 사람의 역사는 먹는 것을 찾아다니고, 먹을거리를 만들어 내고, 먹을거리를 나누어 먹거나 서로 빼앗아 먹으면서 살아온 역사라 할 수 있다. 먹을거리를 어디서 어떻게 만들어 내는가, 그렇게 해서 만든 먹을거리를 어떻게 먹는가 하는 것은 종족마다 다르고, 이렇게 다른 것이 특성 있는 종족 문화를 만들어 내었다. 사람마다 가지고 있는 지식과 교양, 품위, 인격 같은 것도 대부분이 먹는 것을 어떻게 해서 얻고 있는가, 어떻게 먹고 있는가 하는 데 따라서 결정된다고 볼 수 있다. 그러니까 문학에서도 글감이나 주제가 먹는 것이거나 먹는 문제로 되어 있는 작품이 많다는 것은 당연하다.

어른들이 읽는 문학에서보다 아이들이 읽는 문학에서 먹는 것이 차지하는 자리는 더 크다고 할 수 있다. 그런데 웬일로 우리 아동문학에서는 먹는 이야기를 보기가 힘들다. 아동문학이라면 꽃 이야기나 꿈 이야기 따위라야 되는 줄 알고 있는 것이 일반 사람들의 생각이다. 먹는 이야기는 무지하고 미개한 사람들이나 하는 것이어서 그런 것이 문학이 되기는 어렵다고 알고 있는 것 같다. 이것은 문학이 아이들과 삶에서 멀리 떨어져 나가 엉뚱한 자리에 있는 때문에 생겨난 현상이 아닌가를 의심하기에 충분하다.

이 동화집에서도 아이들이 집에서 어떤 음식을 먹는가 하는 것은 이야기에 나오지 않는다. 다만 과자와 과일을 먹는 이야기가 글감으로 몇 편에서 다뤄져 있다. 이런 작품에서도 나타나 있지만 아이들은 과자를 먹고 싶어 한다. 그 옛날―일제시대쯤 되면 아이들에게 과자란 것이 그다지 해를 주지는 않았다. 과자가 오늘날같이 흔하지도 않았고, 과자를 자주 사 먹도록 아이들에게 돈을 잘 주는 부모도 썩 드물었기 때문이다. 또 과자란 것이 요즘처럼 심한 오염 식품으로 되어 있지도 않았다. 그러니까 어쩌다가 아이들에게 과자를 선물로 주는 일도 그 아이들을 사랑하는 마음에서 하는 일이라 볼 수 있었던 것이다. 이 동화집에서 다룬 과자 이야기는 이런 시대에 쓴 것임을 알아야 하고, 작품이 나온 시대의 배경을 읽는 아이들에게 알릴 필요가 있다.

그런데 요즘은 과자고 빵이고 과일이고, 또 그 밖에 어떤 먹을거리를 작품에서 다루더라도 일제시대나 해방 바로 뒤에 그런 것을 글감으로 쓰던 것과는 아주 다른 눈으로, 다른 생각으로 다루지 않으면 안 된다. 요즘은 굶주리는 아이들이 거의 없어졌고, 과자 같은 것을 먹지 못해 불행한 것이 아니라 도리어 과자나 빵이나 그 밖에 공장에서 나오는 온갖 가공식품을 아이들이 너무 많이 먹어서 모두 병들어 가고 있다. 이렇게 오염 식품이 아이들을 병들게 하고 있는 때일수록 문학에서 먹는 이야기를 피할 것이 아니라 오히려 더 많이 다루어야 된다고 본다. 아이들이 잘못된 먹을거리를 먹지 않도록, 건강하게 먹는 생활을 할 수 있도록, 먹을거리에 관한 온갖 이야기와 온갖 문제를 폭넓고 깊이 있게 다룰 필요가 있다. 물론 유년기에 있는 아이들에게 들려주는 이야기부터 그렇게 하는 것이 바람직하다. 그래서 이 동화집에 나오는 과자 이야기도, 이 작품들이 아무리 재미있고 감동을 주는 것이라 하더라도 요즘 아이들에게 이런 작품을 덮어놓고 주기만 해서는 안 되고, 더구나 이런 작품을 그대로 흉내 내어 써서도 안 되는 것이다.

장난감—시인 정지용은 장난감 없이 자란 어른을 슬퍼해서 다음과 같은 글을 썼다.

> 소나무로 만든 팽이는 오래 돌지 못하기에 박달 방망이를 깎아 만든 팽이를 갖기가 원이었다. 박달 방망이 하나 별러 내려면 어머니께 며칠 졸라야 했다. 박달 방망이를 들고 다시 목수집에로 아쉰 소리 하러 가야 한다.
>
> "에라! 연장 상한다."
>
> 아버지께 교섭을 얻을려면 그 골 군수한테 청하기만치 무서웠다.
>
> 어찌어찌하여 가까스로 박달 팽이가 만들어져 미나리논 얼음 위에 바르르 돌아갈 때처럼 즐겁고 좋던 시절이 다시 오지 않았다.
>
> 연을 날리기에는 돈이 많이 들어 못 날리고 말았다.
>
> 팽이는 그것이 장난감이라고 하기보담은 하나의 운동기구인 것이다.
>
> 예전 어른들은 운동하는 것을 못된 짓처럼 여기시었다.
>
> 지금 어린이들도 장난감 없이 어른이 되어 간다. ……
>
> 〈장난감 없이 자란 어른〉

※ '목수집에로'는 일본말법임. '목수집으로'라고 써야 우리 말이 된다.

이 글은 장난감 없이 자라난 어른들이 불행했다고 쓰려 한 것 같은데, 지금 읽어 보니 반드시 불행했다고 쓴 글이 되지는 않았다. 더구나 내가 느끼기로는 장난감 없이 자라던 그 시절이 도리어 행복했던 것 같다.

또 이상은 그가 쓴 수필 〈권태〉의 한 대문에서 장난감 없이 놀고 있는 시골 아이들의 모습을 그려 놓고는 "아아, 조물주여, 이들을 위하여 풍경과 완구(장난감)를 주소서" 했다. 일제시대에 헐벗고 굶주리며 살아가던 시골 아이들을 우리 문인들이 이런 눈으로 본 것이 반드시 잘못한 것이라고만 할 수는 없다. 가난을 불행으로 여긴 이런 눈길은 분명히 아이들에 대한 따뜻한 사랑에서 나온 것이기 때문이다.

그러나 이런 문인들이 삶을 보는 태도는 도시 중심의 물질문명을 긍정하는 처지에서 나온 것이 분명하다. 만약 이런 문인들이 오늘날까지 살아 있었다면, 그래서 오늘날 우리 아이들이 사 가지고 놀고 있는 장난감들을 보았다면, 장난감 가게에 가서 쌓여 있는 온갖 장난감들을 보고, 이제는 아이들이 어떤 간단한 장난감도 만들려 하지 않고, 가지고 놀다가는 버리고, 또 새것을 가지고, 다시 또 그 장난감이 여러 가지로 아이들의 건강을 해치는 것임을 안다면 얼마나 한탄할 것인가. 아이들이 불행하다고. 그리고 그 옛날 장난감 없이 자라나던 때가 정말 행복했다고 틀림없이 말할 것이라 확신한다.

사람의 병은 병든 사람 자신이 자연의 이치를 따르는 데서 스스로 고치게 되고, 아이들의 공부도 노는 가운데 스스로 하게 되는 것처럼, 장난감도 본래 그 옛날부터 아이들이 스스로 만들었다. 팽이든지 썰매든지 연이든지 그것을 만드는 것이 놀이고 공부고 일이다. 얼마나 즐거운 놀이고 귀한 공부고 재미있는 일인가! 이렇게 해서 만든 장난감은 손때와 정성과 온갖 궁리가 다 들어 있기에 어느 아이도 가지고 놀다가 싫증이 나서 내버리지 않는다. 두고두고 아끼면서 가지고 노는 보물이 되어 있었던 것이다.

그런데, 이런 아이들의 놀이와 참공부의 자리를 그만 어른들이 침범해 들어와 아이들의 세계를 짓밟아 버리고 아이들을 그 자리에서 쫓아내어 버렸으니, 이것은 진짜로 말해서 인권을 유린한 짓이다. 스스로 장난감을 만들어서 놀이를 열 배도 더 즐거운 것이 되도록 하는 아이들의 손과 발을 묶어 놓고 바보같이 되게 하고 꼭두각시로 만드는 것은 어리석고 무지한 어른들이요, 돈벌이에 눈이 먼 어른들이다. 이 어른들은 이렇게 해서 온갖 장난감을 무진장으로 만들어 낼 뿐 아니고 온갖 학원을 만들고, 아이들이 그 학원에 끌려가 온종일 읽고 쓰고 외워야 할 교재를 끝없이 만들고 팔아서 돈을 끌어 모으고, 아이들을 다 시들어 죽게 하고 있다.

앞에서 정지용이 쓴 글에 "팽이는 그것이 장난감이라고 하기보담은 하나의 운동기구인 것이다"고 했는데, 아이들 세계에서 장난감으로 노는 놀이와 '운동'을 딴 것으로 본 생각이 아주 잘못되었다. 아이들의 놀이가 운동이 될 수 없다는 생각은, 골목에서 하는 소꿉놀이가 유치원에서 하는 '역할놀이'와 다르다고 보는 생각과 같다. 이런 생각은 아이들의 놀이가 얼마나 여러 가지로 아이들의 몸과 머리를 활동하게 하는 놀라운 교육이 되어 있는가를 모르는 데서 나온 것이다.

장사꾼들이 장난감을 만들어 내는 아이들의 세계를 침범하기 시작한 것은 진작부터였는데, 그 하나가 유리구슬이다. 이놈의 구슬을 가지기 시작하면 자꾸 욕심이 나서 많이 가지게 된다. 그저 많이 가지는 것이 자랑이 된다. 그래서 구슬 따 먹기 놀이를 하게 되는 것이다. 딱지도 시골 아이들은 손으로 만들었는데, 도시 아이들은 가게에 가서 파는 것을 사서 논다. 그래서 차츰 시골 아이도 딱지 만들기를 그만두게 되었다. 그리고 운동과 놀이와 일과 공부가 하나로 되었던 것이 어느새 남의 주머니에 들어 있는 것을 따먹는 재미로만 하게 되는 놀이로 되어 버렸다.

이 동화에는 부모가 장난감을 사 주어서 제 손으로 만들 필요가 없는 기동이와, 기동이가 가지고 노는 장난감을 부러워하다가 제 손으로 여러 가지 장난감을 만들게 되는 노마, 이 두 아이가 자라는 모습이 잘 대조가 되어 있다. 한 아이는 아무것도 만들 줄 모를 뿐 아니고 함께 뛰노는 자리에서도 언제나 남을 따라가고 흉내만 내고, 한 아이는 제 손으로 새로운 것을 만들기를 좋아하고, 놀이에서도 언제나 아이들의 앞장을 서서 재미있는 놀이를 연출하고 꾸며낸다. 꼭 그렇게 되도록 되어 있는 것이다. 가난은 아이들을 불행하게 하는 것이 아니라 몸과 마음을 연단해서 튼튼하게 하고, 사람다운 감정과 슬기를 갖게 하고, 창조하는 재능을 싹트게 한다. 그런데 가난을 모르고 자라나면 남에게 기대고, 흉내 내고, 참을성이 없어지고, 사람다운 마음도 가지기 어렵게 된다. 이 동화집은 아이들이 어떤 환경에서 어떻게 자라나는 것이 바람직한가를 모든 어른들에게 깨닫게 해준다.

자연─아이들은 자연 속에서 자연의 한 부분이 되어 뛰놀면서 자라난다. 산과 들과 집에 있는 온갖 동물 들, 풀과 나무 들, 꽃과 열매 들, 흙, 모래, 돌, 물, 눈, 비, 바람, 얼음……. 자연은 아이들의 놀이터요 장난감이요 동무다. 노마네 아이들은 큰 도시에서 살지만 이 아이들이 노는 자리는 방 안이 아니라 아무래도 땅을 밟고 뛰놀 수 있는 바깥이다. 골목이요 길이요 빈터요 풀밭이요 도랑물이요 산이요 냇가다. 그럴 수밖에 없다.

소꿉놀이만 해도 흙과 모래와 자갈돌이 있어야 하고, 풀과 나무들이 있어야 한다. 구슬치기도 방 안에서는 못 한다. 새끼 토막으로 전차놀이를 하는 데도 달려갈 수 있는 땅이 있어야 한다. 벌레들을 살피고 새소리를 듣고 물고기와 같이 노는 데서야 말할 나위가 없다. 눈이 오는 것을 가장 기뻐하는 것이 아이들이다. 이 동화집에 나오는 노마네 아이들은 귀뚜라미 소리를 들으면서 귀뚜라미가 되어 버리고, 바람 속에 뛰놀면서 바람이 되어 버린다. 자연 속에서 자연과 함께 살고 있는 아이들은 모두가 시인이다. 그런데 아이들에게 시를 가르친다고, 문학 교육을 한다고 아이들을 방 안에 가두어 놓고 죽은 글말만을 읽게 하고 외우게 하는 것이 오늘날의 교육이다. 이래서 아이들과 교육은 교과서에 올려 놓은 그 죽은 글과 함께 죽어가는 것이다.

아이들에게 자연은 그 모든 것이다. 자연을 잃은 아이들은 모든 것을 잃은 것이다. 자연을 빼앗긴 아이들은 모든 것을 빼앗긴 것이다. 아이들에게 자연은 언제나 포근하게 안아 주는 어머니가 된다. 절대로 속일 줄을 모르는 동무가 된다. 한없는 것을 일깨워 주는 스승이 된다. 그리하여 사람의 머리로서는 부모고 교사고 도무지 해줄 수 없는 것까지도 해 주어서 크나큰 은혜를 베풀어 주는 위대한 그 무엇이 된다. 이런 자연을 우리가 짓밟고, 아이들한테서 자연을 빼앗고, 자연이 없는 방 안에 아이들을 가두어 놓는다는 것은 얼마나 무섭고 비참하고 절망스러운 일인가!

5. 어른 사회의 모순이 가져온 아이들 세계의 뒤엉킴

✤

흙을 밟고 뛰어노는 아이들의 세계에는 어른들이 생각하지 못하는 재미있는 일들이 펼쳐진다. 어른들이 찾아내지 못하는 발견이 있고, 창조가 있다. 평화가 있고 시가 있다. 동정이 있고, 우정이 있고, 너그러움이 있고, 참고 견디는 마음이 있고, 협력이 있고, 용기가 있다. 실패가 있고 실망이 있고, 반성이 있다.

그러면 아이들의 세계에는 우리가 염려해야 할 아무런 문제도 없는가? 아이들의 세계에는 말다툼이 있고 경쟁이 있고 때로는 싸움이 일어날 수도 있다. 그러나 이런 일들은 알고 보면 별것 아니어서 곧 풀리게 되거나 그 결과가 도리어 좋게 된다. 아니, 말다툼이고 경쟁이고 싸움 자체가 어른들 사회의 그것과는 달라서 무슨 속셈이나 악의가 없이 일어나는 것이어서 저절로 해결되게 되어 있는 것이고, 그것 또한 놀이의 한 대문이다. 적어도 자연 속에서 살아가는 아이들의 세계, 곧 《너하고 안 놀아》에 나오는 아이들의 세계는 그렇다.

그런데, 오늘날 아이들의 세계에서 벌어지는 경쟁이나 싸움, 오해나 미워하는 감정 같은 것은 그 원인이 어른들이 만들어 놓은 사회의 틀에서 생겨나온 것이어서 풀기가 힘들고, 그래서 때로는 아주 심각한 결과를 일으키는 수가 많다. 이 노마네 아이들 세계에서도 어른들 사회의 모순이 어두운 그림자를 드리워 놓고 있는 것을 볼 수 있다. 이 어두운 그림자는 순진한 아이들에게 무엇을 소유하고 싶어 하는 마음을 갖게 하고, 남이 안 가진 것을 가지거나 남이 먹지 못하는 것을 먹는 것을 자랑하게 하고, 남을 생각하지 않고 자기만을 생각하게 하고, 그래서 심술을 부리는 마음까지 생겨나게 하고, 사람을 의심하거나 미워하게도 한다. 그래서 기동이와 그 밖의 아이들을 흔히 두 쪽으로 갈라놓는다. 하지만 이런 원인이 되는 행동을 한(아이답지 않는 짓을 한) 아이는 기동이 혼자뿐이어서 이 아이는 언제나 노마를 비롯한 다른 아이들에게 따돌림을 받게 되고, 그 자신도 부모가 만들어 주는 편한 환경에 기대는 마음이 되어서 창조하는 재능도 생겨날 수 없어 무엇이든지 노마네들이 하는 것을 따라서 흉내만 내다가 그만 노마네 아이들 속에 들어가 동화되고 만다. 그래서 두 편으로 금이 가 있던 아이들의 세계는 자연 속에서 한없는 것을 찾아내고 배우고 즐기는 노마가 중심이 된 세계에서 하나가 되어 다 아물어진다. 어른들이 드리워 놓은 어두운 그림자를 이 아이들은 이렇게 해서 벗어나는 것이다.

이 노마네 아이들이 한두 해 뒤에 소학교에 (모두 학교에 입학할 수 있었는지는 잘 모르지만) 들어간 다음 일을 생각해 볼 수 있다. 학교에 들어간 다음에 학교란 사회에서는 기동이와 같이 잘사는 집의 아이들이 더러 있을 것 같다. 그래도 학교나 학급 사회에서는 기동이네들 보다는 역시 노마 같은 아이들이 더 많아서 공부에서고 놀이에서고 중심이 되어 있을 것 같다. 내가 살아온 지난날의 일제시대를 생각해도 그렇다.

그런데 이것 또한 오늘날의 아이들과 견주어 보지 않을 수 없다. 오늘날 아이들은 노마네 쪽은 아주 수가 적고, 기동이네 쪽이 더 많다. 그래서 아이들은 잘 먹고 잘 입은 것을 서로 자랑하고 뽐낸다. 서로 다투고 미워한다. 조그만 일에도 참을 줄 모르고 제 기분대로 하고 싶어 한

다. 아이들을 이렇게 사람답지 못하게 만든 것이 어른들이다. 아이들은
어른들이 잘못 만들어 놓은 사회에서 어른들을 그대로 본받고, 부모와
선생님들이 사정없이 마구 채찍질하는 입신출세주의 교육으로 괴상하
고 무섭고 서글프기 짝이 없는 동물이 되어 가고 있는 것이다. 이 노마
네 아이들 이야기를 읽으면 그 어둡고 절망스럽던 식민지 시대에도 이
런 아이들이 있기에 그래도 희망을 품고 살았겠다는 생각이 들고, 그럴
수록 오늘날 아이들을 싹쓸이로 짓밟아 없애고 있는 이 미친 '풍요'와
'세계화'의 시대가 거울같이 맑은 이 동화 세계 앞에서 너무 추악하게
비쳐 어찌할 수가 없다.

6. 구성에 대하여

❦

　이 《너하고 안 놀아》에 들어 있는 동화 37편은 그 어느 것을 읽어도 재미있다. 아이들이 주고받는 말에 그 아이들의 얼굴이며 행동이 나타나고, 어린이다운 마음이 나타나 저절로 웃음이 나온다. 아이들이 뛰노는 대로 따라가면 그저 즐겁기만 하다. 아무것도 아닌 듯한 내용인데도 재미있게 읽힌다. 이렇게 재미있게 읽히는 까닭은 물론 뛰어난 문장 표현 때문이겠는데, 이러한 문장이 어떻게 해서 이뤄졌는가를 생각해 본다. 아이들의 싱싱한 말과 행동, 미묘한 마음의 움직임, 그런 것이 이 이야기를 읽는 이들의 마음에 깊이 와 닿는 것은 무엇보다도 지은이가 아이들에 대해 한없는 사랑과 이해를 가지고 있었기 때문이다. 달리 말하면 지은이가 가진 아이들에 대한 한없는 애정이 깊은 이해를 낳았고, 아이들에 대한 깊은 이해가 싱싱한 말과 행동을 그려 내도록 한 것이다. 지은이가 가진 이러한 마음가짐과 문장 표현의 관계는 그대로 작품의 구상에도 깊이 관련되어 있다고 본다.

　내가 보기로 현덕의 유년동화는, 지은이가 어떤 이야기의 틀을 마음대로 짜 놓고서 그 틀에다가 아이들을 집어넣거나 끌고 가려고 한 것이 아니라 어디까지나 살아 있는 아이들의 개성과 행동을 따라가면서 그 아이들의 말이며 하는 짓을 그려 놓았다. 그런 느낌이 드는 작품이 대부분이다. 물론 그렇다고 해서 미리 구상을 하지 않고 썼다는 것이 아니다. 이 경우에 구상이란 것은 책상 앞에 앉아 아이들의 이야기를 머리로 제멋대로 지어내는 것이 아니라, 어디까지나 아이들을 바로 현실에서 보면서 그 아이들의 삶을 함께 즐기고 맛보는 과정을 거치는 동안에 자연스럽게 이루어졌겠다는 생각이 든다. 현덕 동화가 훌륭한 문학성을 지닌 까닭은 뛰어난 사실성에 있는 것이고, 구상 자체가 보고 들은 것을 바탕으로 한 작품이 대부분이다.

하지만 이 동화집의 작품들을 구상이라는 점에서 살펴볼 때 몇 가지 갈래로 나눌 수 있기에 다음과 같이 나누어 본다.

① 아이들의 행동, 또는 재미있게 뛰어노는 모습을 그대로 따라가면서 보여 주는 것

〈고양이〉, 〈맨발 벗고 갑니다〉, 〈내가 제일이다〉, 〈토끼와 자동차〉, 〈바람하고〉, 〈기차와 돼지〉, 〈뽐내는 걸음으로〉, 〈삼형제 토끼〉, 〈실수〉, 〈실망〉, 〈어머니 힘〉, 〈우정〉, 〈싸전 가게〉, 〈큰소리〉, 〈새끼 전차〉, 〈둘이서만 알고〉, 〈암만 감아두〉, 〈땀가게 할아범〉, 모두 17편.

② 과자나 장난감을 가진 아이와 안 가진 아이가 맞서서 일으키게 되는 일. 그리고 이런 일의 연장에서 생겨나는 행동

〈물딱총〉, 〈옥수수와 과자〉, 〈새끼 전차〉, 〈아버지 구두〉, 〈포도와 구슬〉, 〈대장 얼굴〉, 〈과자〉, 〈싸움〉, 〈너하고 안 놀아〉, 〈조그만 발명가〉, 〈고양이와 쥐〉, 〈용기〉, 모두 12편.

③ 이야기 자체가 재미있게 짜여 있고, 좀 긴 이야기로 되어 있는 것

〈여자 고무신〉, 〈강아지〉, 2편.

④ 아이들이 가만히 앉아서 무엇을 보거나 듣거나 기다리는 것

〈바람은 알건만〉, 〈귀뚜라미〉, 〈조그만 어머니〉, 〈동정〉, 모두 4편.

⑤ 아이들의 행동에서 그 마음을 읽을 수 있게 한 것

  〈잃어버린 구슬〉, 〈의심〉, 2편.

  혹 몇몇 작품에서 분류를 달리 할 수도 있지만 대체로 나누어 본 것이다. 이렇게 나누어 놓아도 '아이들의 행동이나 재미있게 뛰어노는 모습을 그대로 따라가면서 그려 보이는' ①이 전체 작품의 반 가까이 되지만, ②, ④, ⑤도 사실은 ①과 같은 상태에서 쓴 것이 대부분이란 느낌이 든다.

  아이들이 노는 모습을 따라가면서 썼다고 했지만, 이런 작품들을 잘 살펴보면 어느 작품이든지 모두 기·승·전·결의 네 단계로 된 이야기가 되어 있다. 그리고 거의 모든 작품이 절정이나 결말에서 읽는 이의 예상과는 달리 뜻밖의 사태가 벌어져서 마무리된다. 그런데도 그런 이야기가 조금도 꾸며 만들었다는 느낌이 들지 않고 자연스럽게 받아들여진다. 이것은 지은이가 가진 뛰어난 글재주에서 오는 것일까? 그런지도 모른다.

  그러나 알고 보면 사람이 세상을 살아가는 것이 그대로 소설이고 동화다. 우리는 저마다 이야기 속의 주인이 되어서 이야기를 만들어 가는 것이라 생각할 수 있다. 우선 하루 동안의 일만 생각해도 그렇다. 아침에 일어나서 그날에 하게 될 일을 생각하면서, 오늘은 차를 타고 어디까지 가서, 그곳에서 누구를 만나 어떤 일을 의논해야 하는데, 그 일이 잘될까? 가는 길에서 어떤 사람들을 만나게 될까? 올 때는 어디에 들러서 무엇을 얻어 와야 하는데……. 이렇게 생각하면서 대강 그날에 되어 갈 일을 예상한다. 그러나 예상대로 되는 일은 드물고 거의 날마다 엉뚱한 일이 일어난다. 그래서 세상일은 무엇이든지 내 마음대로 되는 것이 아니다. 되는 대로 되어라 하고 있으면 또 뜻밖에 잘되기도 한다. 이것이 사람의 일이다. 어른이 이러한데 더구나 아무런 계산도 없이 순간순간을 살아가는 아이들에게는 다시 더 말할 나위가 없다.

세상일이 무엇이든지 미리 짐작하는 대로 되어 간다면 얼마나 싱겁고 재미가 없을까? 사람의 이야기를 써 놓은 소설이나 동화도 마찬가지다. 고기를 잡으러 가던 세 아이가 예상대로 고기를 잡아서 돌아왔다면 무슨 이야기가 되겠는가? 가물어서 내에는 물도 고기도 없어서 그만 빈손으로 돌아왔으니 이야기가 되는 것이다. 또 기차 구경을 하러 나선 아이들이 가다가 돼지를 보고는 기차 생각도 잊어버리고 돼지 뒤만 따라다녔다가 그만 날이 저물어 까딱하면 돌아오지도 못했다는 이야기가 얼마나 아이들답고, 현실감이 나고, 그래서 재미가 있는가.

②에 들어 있는 작품을 보면, 〈물딱총〉에서 물까지 떠다 주어도 물딱총을 한번 만져 보지도 못한 노마는 결국 집에 와서 어머니한테 물딱총을 사 달라고 한다. 그러나 아무리 졸라도 소용없는 집 형편이라 어쩔 수 없이 노마는 차츰 어떻게 하면 물딱총을 내 손으로 만들 수 있을까 하고 생각하는 것으로 이야기는 끝난다. 이 작품에서 예상을 뒤엎는 아주 엉뚱한 결말은 없다. 지은이는 물딱총을 사 가지지 못하는 노마의 문제를 이렇게밖에는 해결할 길이 없다고 본 것이고, 사실 지난날 우리 농촌 아이들이나 가난한 도시 아이들은 이렇게 해서 무슨 장난감이든지 손으로 만들었던 것이다. 그러니 이 이야기에서는 어린 노마가 물딱총을 만들 생각을 하게 되었다는 것이 좀 뜻밖의 해결이라 할 수도 있는 것이다. 이 〈물딱총〉이, 잘 사는 집 아이와 가난한 집 아이가 서로 부딪혀서 일이 벌어지는 이야기로서는 맨 처음에 쓴 작품으로 되어 있다.

그다음에 나오는 〈옥수수 과자〉는 기동이와 영이가 부딪힌다. 기동이가 옥수수 과자를 맛있게 먹으면서 자랑하니까 영이는 먹고 싶고 속이 상한다. 그래서 두 아이가 서로 제 자랑을 하는 것이 아이들다워서 재미있고, 두 아이의 집 형편이 나타나기도 한다. 결국 영이는 "너구 안 놀아" 하고 흙 한 줌을 끼얹어 주고 집으로 달아나는 것으로 끝이 난다. 이렇게밖에는 해결할 길이 이 자리에서는 없었던 것이다. 이런 아이들의 관계는 그 뒤 여러 이야기에 이어져서 발전하고 변화하면서 온갖 형태로 나타나지만, 마침내 아이들의 놀이 속에서 미움이란 감정조차 풀어지게도 되는 것이다.

〈새끼 전차〉를 보면 지금까지 무엇이든지 저 혼자만 먹고, 가지고 놀고 하면서 그것을 자랑하고 뽐내던 기동이가 노마네 아이들 속에 끼어들지 못하고 따돌려진다. 마지막에 저의 집 앞에서 못 간다고 길을 막았지만 전차는 전차니까 사정없이 여러 아이가 기동이를 새끼로 말아 나둥그러지게 한다. 이번에는 뜻밖의 일이 벌어져서 기동이가 오지게 당하게 되는 것이다.

〈아버지 구두〉에서는 기동이가 아버지 구두를 신고 아버지 흉내를 내면서 걸어온다. 그러나 이번에는 아이들이 조금도 두려워하지도 않고 부러워하지도 않는다. 사실 아이들에게는 과자가 먹고 싶고 장난감이 갖고 싶은 것이지 구두를 신고 싶어 하지는 않는 것이다.

〈포도와 구슬〉에서는 포도를 먹으면서 자랑하는 기동이와 구슬을 가진 노마가 서로 주고받는 말이 저절로 웃음이 나게 한다. 그런데 마지막에는 사태가 아주 반대로 되어 지금까지 바꾸지 않는다던 기동이 쪽에서 포도와 구슬을 바꾸자고 하고, 노마는 "그래두 난 일없어" 하고 거절하게 되는 것이 재미있고, 뜻밖의 결말로 되었다. 먹고 싶어도 먹을 수 없었던 아이가 그것을 참은 끝에 마침내 이기고 만 것인데, 그런 이야기가 너무 자연스러운 아이들의 말과 행동으로 그려져 있어 감동을 받게 된다.

이야기 자체가 재미있게 구성이 되었다고 느껴지는 ③의 작품에는 〈여자 고무신〉과 〈강아지〉 2편을 들었는데, 2편 다 유년동화로서는 길게 되어 있고, 그래서 중간에 숫자를 적어서 〈여자 고무신〉은 세 단계로, 〈강아지〉는 다섯 단계로 짜 놓았다. 2편 다 아이들의 삶이 잘 잡혀 있는 데다가 다시 그 위에 이야기의 재미까지 느끼게 된다.

④의 작품 4편은 뚜렷하게 벌어지는 사건이 없다. 그 대신 글이 시처럼 느껴진다. 동화가 시에 가깝다는 말은 이런 작품을 두고 할 수 있겠다. 그런데 별다른 사건이 없는데도 이야기는 있다. 읽는 사람은 이렇듯 평범하고 고요한 정경 묘사에서 많은 이야기를 상상하게 된다.

⑤의 2편에서는 아이들의 심리가 참 잘 나타나 있다. 물론 다른 작품에서도 아이들의 말이나 행동에서 아이들의 마음을 잘 읽을 수 있지만, 이 두 작품은 아이들의 마음을 잡아 보이는 것이 작품의 알맹이가 되어 있다. 심리 묘사를 잘하는 이 작가의 특성이 나타난 작품이라고 하겠다.

7. 문장에 대하여

✤

　나는 이 글의 첫머리에서 동화집 《너하고 안 놀아》가 우리 문학에서 가장 뛰어난 유년동화집이라고 말했다. 이렇게 높이 평가하기에 조금도 주저하지 않는 까닭은 이 동화집이 아동문학작품으로서 반드시 갖추어야 할 두 가지 조건—내용과 문장을 가장 잘 갖추었다고 보기 때문이고, 이 점에서 다른 어떤 작가의 어떤 작품집보다도 뛰어났다고 믿기 때문이다.

　동화는 그 내용과 문장이 그것을 읽는 아이들에게 작용해서 아이들을 아이들답게, 사람답게 자라나게 할 수 있는 것으로 되어 있어야 한다. 다시 말하면, 동화의 내용에서는 아이들에게 좋은 생각과 느낌을 가지게 하고 깨달음을 얻게 하여 밝고 바르고 착하게 살아가도록 하고, 문장에서는 그것을 듣거나 읽었을 때 아무런 장애가 없이 잘 알 수 있도록, 시원스럽게 받아들일 수 있도록, 재미있게 그 이야기에 빠져들 수 있도록 해야 하는 것이다. 이 두 가지 가운데서 내용에 대해서는 지금까지 여러 모로 말했기에 여기서는 문장을 두고 살펴보기로 한다.

　이 동화집이 아이들이 좋아하는 말법으로 써서 유년동화 문장의 훌륭한 본보기가 되어 있는 점을 세 가지로 들 수 있는데, 첫째는 들려주는 말로 쓴 것이고, 둘째는 쉽게, 시원스럽게 알 수 있도록 쓴 것이고, 셋째는 재미있는 말로 쓴 것이다. 이제 이 세 가지를 좀 더 자세하게 말해 보겠다.

첫째, 들려주는 말로 된 문체로 썼다는 것은, 이 동화집에 나오는 작품 37편이 모두 '합니다' 체로 씌어 있는 것을 말한다. 동화의 문체는 글월의 끝맺음을 어떻게 쓰는가에 따라 '한다' 체와 '합니다' 체 두 가지로 나누는데, 보통 소년소설이나 상급학년에서 읽게 되는 동화는 '한다' 체로 많이 쓰고, 낮은 학년이나 유년기 어린이들에게 주는 동화는 '합니다'로 많이 쓴다. 이렇게 쓰는 까닭은 나이가 어린 아이들일수록 눈으로 읽는 글이 아니고 귀로 듣는 말을 주어야 하고, 글을 쓰더라도 귀로 듣는 말로 된 글, 귀로 듣는 말이란 느낌이 드는 말로 써야 하기 때문이다. 우리가 지금까지 소설이나 수필 같은 글에서 하도 '한다' 체로 된 글을 많이 읽었기 때문에 그렇게 쓴 글을 자연스러운 우리 말로 여기게도 되었지만, 사실 조금만 생각해 보면 '한다' 체가 실제로 하는 입말은 아닌 것이다. 그런데 '합니다' 체는 흔히 그대로 입말로 쓰인다. 물론 방 안에서 어머니가 아이에게 들려주는 이야기말로는 될 수 없지만, 유치원 같은 데서라면 이 '합니다' 체로 된 글을 그대로 입말로 들려줄 수 있을 것이다.

> 노마는 고양이처럼 부엌으로 들어갑니다. 그리고 선반 위에 얹힌 북어 한 마리를 물어 내옵니다. 고양이란 놈은 이런 걸 곧잘 물어 가니까요. 그리고 노마는 똘똘이, 영이, 조루루 둘러앉아서, 입으로 북북 뜯어 나눠 먹습니다.(〈고양이〉)

이와 같이 '합니다' 체로 쓰면 글월의 끝을 '-다'뿐 아니고 '-요' 라는 말로도 가끔 맺을 수 있어서 '-다' 밖에 안 나오는 '한다' 체보다 글이 더 부드러워서 좋다.

그런데 오늘날에 와서 우리 말의 참 모습을 찾아내어, 지금까지 우리가 써 왔던 동화의 문장을 우리 말이란 거울에 비추어 보면, 이 '합니다' 체도 제대로 된 온전한 말이 아님을 환히 알 수 있다. 옛날부터 우리가 입으로 말해 온 이야기말이 어떤 것인가는 다음에 드는 이야기말 한 대문만으로도 누구나 쉽게 깨달을 수 있을 것이다.

> 옛날에 식구는 많으면서 아주 가난하게 사는 집이 있었어. 온 식구가 뼈 빠지게 일을 하는데도 늘 찢어지게 가난해. 왜 그런고 하니, 애써 농사를 지어 놓으면 땅 임자가 반쯤 가져가고, 또 나라에서 세금으로 거두어 가고, 이래서 남는 게 없거든. 그러니 재산을 모을 수가 있겠어? 입에 풀칠하기 바쁘지.
>
> (서정오, 다시 쓴 옛이야기책 《천냥짜리 거짓말》에
> 나오는 〈돌무더기와 쌀 가마니〉 첫머리)

여기 나오는 글월이 다섯 개인데, 그 끝맺음을 보면 '있었어.' '가난해.' '없거든.' '있겠어?' '바쁘지.' 이렇게 여러 가지로 나타나 있다. 얼마나 재미있는 말인가? 얼마나 알기 쉽고, 정이 넘쳐 있는 말인가? 그리고 이렇게 이야기가 되어 나가면 이 밖에도 온갖 말로 글월들이 끝맺게 되고 새로 이어지고 하는데, 이것이 바로 우리 말이다. 이렇게 푸짐하고 재미있던 우리 말이, 그만 글로 쓰는 문학 때문에 묻혀 버리고, 외국말법을 따라가는 글이 말을 지배하게 되어, 오늘날 우리가 읽고 있는 '–다' '–다'만으로 끝나는 딱딱한 글말의 세상이 되어 버린다. 이것이 우리 겨레가 지난 100년 동안 정치, 군사, 경제, 교육과 함께 말까

지도 외국 세력에 지배되고 추종하여 온 역사의 속내를 잘 보여 주는 것이라 하겠다.

지금부터 60년 전 작가 현덕이 이 동화를 쓸 무렵에는 모든 지식인 들이 일본의 식민지 문화에 깊이 빠져 들어가 있었다. 더구나 말과 글 에서는 독립투사도 한글학자도 일본말, 일본글의 굴레에서 아주 벗어 나지 못했다. 그들이 알아 낸 지식이며 온갖 생각들은 결국 책을 읽어 서 얻은 것이고, 그 책은 일본책이었기 때문이다. 이래서 학교 공부를 가장 짧은 동안에 하였고, 그리고 무엇보다도 현실과 아이들의 삶 속에 서 생각을 찾고 글감을 얻어 내었던 작가 현덕도 어린아이들에게 들려 주는 이야기를 쓰면서 우리 옛이야기의 말을 그대로 살려 쓸 줄을 몰랐 던 것이다. 서른 살도 채 되지 않았던 나이였으니 모를 수밖에 없었을 것이다.

그러나 거듭 말하지만 이것은 지난 100년 동안에 한결같이 걸어온 병든 우리 글쓰기 문학의 역사였다. 그러니까 이와 같이 60년이 지난 그 옛날에, 이 작가가 그래도 이만 한 이야기말로, 아주 온전한 이야기 말은 아니지만 오늘날까지 눈으로 읽을 수 있는 글로서는 가장 친근하 게 아이들에게 다가갈 수 있는 말로 썼다는 사실은 높이 평가하지 않을 수 없다. 37편이 죄다 '합니다' 체로 되어 있는 것도 이 작가가 아이들 에게 주는 말이 어떻게 되어야 한다는 것을 어느 정도는 깨달은 때문이 라고 본다.

둘째는 쉬운 말로 잘 알아들을 수 있게 썼다는 점이다. 이 동화집의 문장은 어느 대문을 읽어 보아도 지극히 단순하게 씌어 있다. 조금이라 도 복잡한 겹월로 될 듯한 말은 두세 개의 글월로 나누어 썼고, 상징으 로 된 꾸밈말도 찾아볼 수 없다. 어린아이들이 하는 단순한 말법을 잘 살려서 쓴 것이다.

> 골목 안에서 새끼 전차가 떠납니다. 노마가 앞장입니다. 운전수지요.
> 만이가 뒤를 봅니다. 차장이지요. 그리고 가운데는 손님이 탑니다. 모
> 래 돈 다섯 닢 내고 종이표 사고 탑니다. (〈새끼 전차〉)

얼마나 단순한 말법인가? 이것을 보통의 동화작가라면 누구나 '노
마는 운전수이니까 앞장을 섰습니다. 만이는 차장이니까 맨 뒤에서 돌
아봅니다.' 이렇게 쓸 것이다. 그런데 이와 같이 짧은 글월도 다시 둘로
나누어 "노마가 앞장입니다. 운전수지요." "만이가 뒤를 봅니다. 차장
이지요." 하고 쓰니까 한층 더 듣기가 좋고 읽기도 쉽다. 싱싱한 아이들
의 말이 되어 있기 때문이다. 쉽게 쓴다는 것은 쉬운 말로 단순한 말법
으로 쓰는 것이고, 쉽고 단순한 말법으로 쓰게 되면 또 저절로 짧은 글
월이 되게 마련이다. 앞에서 든 보기글에서는 풀이말 하나만으로 한 글
월을 만들어 놓고 있다.

> 기동이가 옥수수과자를 먹고 있습니다. 저고리 앞자락에 한 움큼 감추
> 어 쥐고 하나씩 빼먹습니다. 그 앞에 영이가 마주 앉았습니다. 아무도
> 없는 골목 응달입니다. 기동이는 옥수수 과자를 혼자만 먹습니다. 하
> 나를 먹습니다. 둘을 먹습니다. 셋, 넷을 먹습니다. 그 앞에 영이는 말
> 없이 보고만 앉았습니다.(〈옥수수 과자〉)

이것은 기동이가 영이 앞에서 옥수수 과자를 맛있게 먹어 보이면서
약을 올리는 이야기의 첫머리 장면이다. 여기서 '아무도 없는 골목 응

달에서 기동이는 옥수수 과자를 저고리 앞자락에 한 움큼 감추어 놓고 영이가 보라는 듯이 맛있게 혼자 하나씩 빼 먹습니다.' 이렇게 쓰지 않고, 먼저 기동이가 옥수수 과자를 먹는다는 것, 그다음에 그것은 저고리 앞자락에 감추어 놓고 하나씩 빼 먹는다는 것, 그 앞에 영이가 서 있다는 것, 그곳은 아무도 없는 골목 응달이라는 것, 기동이는 혼자만 먹는다는 것……. 이런 차례로 하여 모두 딴 글월로 나누어 썼다. 그리고 그다음에도 기동이가 한 개씩 먹을 때마다 그것을 한 글월로 적어 놓았다. 이와 같이 어떤 장면이나 일의 진행을 말로 적어 보일 때, 한 가지씩 차례차례 끊어서 한 글월씩 만들어 적어 놓으면 알아보기(알아듣기)가 아주 쉽다. 그것은 어린아이들이 사물을 인식하거나 이야기를 받아들일 때는 언제나 그 순간순간에 보고 듣는 한 가지 사물로, 말로 이해하고 넘어가기 때문이다. 말이 길어지고 글이 복잡하게 되어 있으면 한참 읽어 나가서야 그 앞에 써 놓은 말을 이해하게 되는데, 이렇게 되면 뒤에 갔을 때는 벌써 그 앞에 나왔던 것을 잊어버린다. 아이들의 심리가 그렇게 되어 있다. 순간순간 잘 알아들을 수 있도록 말해 주어야 하고, 글도 그렇게 써야 하니까 한 글월이 짧아질 수밖에 없다.

반찬 가게 앞을 지났습니다. 나무다리를 건넜습니다. 우물 앞을 왔습니다. 그리고 우물 두덩을 한 바퀴 돌아 오던 길을 거슬러 올라갑니다. 그러면 이번엔 바람은 노마, 기동이, 영이, 똘똘이가 못 올라오게 길을 가로막습니다. 더 큰 소리로 웅웅, 더 큰 손으로 막 앞가슴을 밉니다. 장난이지요. 장난이니까 노마, 기동이, 영이, 똘똘이는 더욱 좋아합니다. 더욱 좋아서 더욱 큰 소리로 웅웅, 바람을 거슬러 올라갑니다. 막 거슬러 올라갑니다. 다리를 건넜습니다. 반찬 가게 앞을 왔습니다. 바람이 더욱 못 올라오게 내리밀수록 더욱 좋아서 거슬러 올라갑니다.

모두 다 같이 웅웅, 바람하고 놉니다.

〈〈바람하고〉 끝 부분〉

이렇게 짧은 글월을 잇달아 놓으면 이야기를(사건을) 빨리 진행시킬 수가 있고, 그렇게 하면서 그 이야기를 싱싱한 장면으로 눈앞에 그려 보게 한다. 여기서 이 짧은 글월들이 서로 이어져 있는 꼴을 볼 수 있는데, 이 관계는 '지났습니다.' '건넜습니다' '왔습니다' 따위 비슷한 풀이말인 움직씨를 되풀이하는 것으로 되어 있기도 하고, '그리고' '그러면'이란 잇는 말로 되어 있기도 하고, '……장난이지요. 장난이니까 ……' '……더욱 좋아합니다. 더욱 좋아서……' '……거슬러 올라갑니다. 막 거슬러 올라갑니다.' 이렇게 꼬리를 물고 물리는 것으로 되어 있는 점을 주의할 필요가 있다. 짧은 글월로 간결하게 써야 하겠지만, 이런 짧은 글월들이 저마다 홀로 서 있으면서도 한편 끊어져 있지 않고 줄기차게 이어져 있는 것이다.

다음 셋째는 재미있는 말로 썼다는 것이다. 이 재미있는 말은 무엇보다도 되풀이하는 말에서 느끼게 된다.

살살 앵두나무 밑으로 노마는 갑니다. 노마 다음에 똘똘이가 노마처럼 살살 앵두나무 밑으로 갑니다. 똘똘이 다음에 영이가 살살 똘똘이처럼 갑니다. 그리고 노마는 고양이처럼 등을 꼬부리고 살살 발소리 없이 갑니다. 아까 여기 앵두나무 밑으로 고양이 한 마리가 이렇게 살살 갔던 것입니다. 검정 도둑 고양입니다.

─아옹아옹 아옹아옹.

―아옹아옹 아옹아옹.

　노마는 고양이 모양을 하고 고양이 목소리를 하고, 그리고 고양이 가
던 데를 갑니다. 그러니까 어쩐지 노마는 고양이처럼 되는 것 같은 생
각이 들었습니다. 똘똘이도 그랬습니다. 영이도 그랬습니다.

　　―아옹아옹 아옹아옹.

　　―아옹아옹 아옹아옹.

　이것은 〈고양이〉 첫머리다. 맨 처음에 세 아이가 고양이처럼 등을
꼬부리고 앵두나무 밑으로 살살 가고 있는 것을 썼는데, 세 아이를 차
례로 들어 말하면서 ‘갑니다’를 되풀이해 놓았다. “고양이 모양을 하고
고양이 목소리를 하고, 그리고 고양이 가던 데를……” 이렇게 쓴 데서
는 고양이란 말이 잇달아 세 번이나 나온다. 그리고 “―아옹아옹. ―아
옹아옹.” 이와 같은 고양이 목소리는 이 작품에서 여러 번 나와 있다.
이와 같이 여러 아이들이 같은 행동을 하는 것을 나타낼 때 같은 말을
되풀이해 보이고, 이야기의 중심이 되거나 대상이 되어 있는 말을 되풀
이해 보이고, 또는 이야기 가운데 중요한 뜻을 가진 소리나 대화를 되
풀이해 놓으면 아이들이 아주 재미있어한다. 그 까닭은 아이들이란 자
기가 잘 알고 있는 대상이 나타났을 때 관심과 흥미를 가지게 되는 것
이고, 자기가 예상할 수 있었던 사건이 벌어졌을 때 기뻐하는 것이기
때문이다. 이것은 더구나 유년기에 있는 어린이들에게 그러하다.(그렇
다고 해서 아주 ‘뜻밖의 사태’가 벌어지게 되면 재미가 없어진다는 말이 아니
다. 고기를 잡으러 갔다가 물이 말라서 고기를 못 잡고 돌아온다든지. 기차 구
경을 하러 나섰다가 돼지를 만나게 된다든지 하는 것은 뜻밖의 사태가 된다.
그러나 이런 뜻밖의 사건도 잘 생각해 보면 아이들의 삶에서 아주 엉뚱하게 낯

선, 그래서 이해할 수 없는 사건이 아니다. 어린아이들이 살아가는 나날에도 예상하지 못했던 뜻밖의 일들이 얼마든지 생겨나는 것이고 그래서 그런 일들을 겪고 있는 것이다. '뜻밖의 일'과 '알 수 없는 일'은 다르다는 사실을 말해 두고 싶다.)

보기글을 좀 더 들기로 한다. 노마네 아이들이 뛰어노는 광경을 한 아이 한 아이씩 차례로 그려 보이면서 같은 말을 되풀이한 대문은 이 동화집에서 얼마든지 찾아볼 수 있는데, 그 가운데서 좀 길지만 한 가지만 들어 보겠다.

> 웅웅, 바람이 골목을 울리며 달아납니다. 노마도 웅웅, 바람 우는 소리를 하며 두루마기 자락을 올려 머리 위에 벌려 쓰고 골목을 달립니다. 기동이도 웅웅, 바람 우는 소리를 하며 두루마기 자락을 올려 머리 위에 벌려 쓰고 노마 뒤를 따릅니다. 영이도 그렇게 두루마기 자락을 올려 머리 위에 벌려 쓰고 기동이 뒤를 따릅니다. 똘똘이도 그렇게 영이 뒤를 따릅니다.
>
> 웅웅 하고 바람은 입 있는 것처럼 노마 등을 밉니다. 그리고 바람은 손 있는 것처럼 노마 등을 밉니다. 기동이 등을 밉니다. 영이, 똘똘이 등을 밉니다. 그리고 발 있는 것처럼 웅웅, 골목을 달립니다.
>
> 노마도 웅웅, 바람 우는 소리를 하며 골목을 달립니다. 기동이도 골목을 달립니다. 영이, 똘똘이도 그럽니다. 모두 다 같이 바람하고 놉니다. 그러나 노마는 바람 모양이 어떤지 한 번도 본 적이 없습니다. 기동이도 그렇게 한 번도 본 적이 없습니다. 영이, 똘똘이도 본 적이 없습니다.
>
> 그렇게 한 번도 본 적이 없는 바람이니까 노마는 자기 마음대로 바람 모양을 생각할 수 있습니다. 아마 바람 모양은 노마 자기처럼 생겼을

는지도 모릅니다. 그래서 자기처럼 바람은 지금 두루마기 자락을 올려 머리 위에 벌려 쓰고 골목을 웅웅, 달리는 것이겠지요. 기동이도 그렇게 한 번도 본 적이 없는 바람이니까 자기 마음대로 바람 모양을 생각할 수 있습니다. 아마 바람 모양은 기동이 자기처럼 생겼을는지도 모릅니다. 그래서 자기처럼 바람은 웅웅, 골목을 달리는 것이겠지요. 영이, 똘똘이도 그렇게 한 번도 본 적이 없는 바람이니 자기 마음대로 바람 모양을 생각할 수 있습니다. 아마 바람 모양은 영이, 똘똘이 자기처럼 생겼을는지도 모릅니다. 그래서 바람은 웅웅, 골목을 달리는 것이겠지요. 모두 웅웅, 골목을 달립니다.

모두 웅웅, 골목 밖 한길로 나갔습니다. 거기도 바람이 더 큰 소리로 웅웅, 그리고 더 큰 손으로 노마, 기동이, 영이, 똘똘이 등을 몰아 더 빠른 걸음으로 달립니다. 노마, 기동이, 영이, 똘똘이도 더욱 큰 소리로 웅웅, 그리고 더욱 빠른 걸음으로 달립니다.

〈〈바람하고〉〉

여기 들어 놓은 글이 모두 6문단으로 나누어져 있는데, 첫째 문단에서는 글월의 끝맺음들이 '달아납니다.' '달립니다.' '따릅니다.' '따릅니다.' '따릅니다' 로 되어 '따릅니다'가 되풀이되어 있고, 둘째 문단에서는 '등을 밉니다'가 되풀이되어 있고, 셋째 문단에서는 또 '달립니다'가 되풀이되고, 넷째 문단에서는 '본 적이 없습니다'가 되풀이되어 있다.

그다음 다섯째 문단에서는 "그렇게 한 번도 본 적이 없는 바람이니까…… 자기 마음대로 바람 모양을 생각할 수 있습니다. 아마 바람 모양은…… 자기처럼 생겼을는지도 모릅니다. 그래서 자기처럼 바람은 웅웅, 골목을 달리는 것이겠지요." 이렇게 된 세 개의 글월을 거의 그대로 여러 번 되풀이해 놓았다.

여섯째 문단에서는 바람 소리 '웅웅'이 되풀이되어 있다.

여기는 들어 놓지 않았지만 일곱째 문단에서는 '거슬러 올라갑니다'가 네 번 되풀이되어 있다.

이와 같이 한 낱말뿐 아니라 한 글월이나 여러 글월까지도 되풀이해서 쓰는 까닭은 이야기 속에 나오는 사람의 행동이나 사건의 진행을 속도감이 느껴지게 잘 잡히도록 하면서 신이 나도록 재미있게 읽히기 위함이다. 더구나 이 〈바람하고〉란 작품은 별다른 사건이나 이야기 줄거리란 것이 없고 다만 아이들이 바람 속에서 바람을 타고 바람하고 달리고 있다는 것뿐이다. 그러니 읽는(듣는) 아이들의 관심을 끌어가려면 절약된 간결한 말과 되풀이하는 말의 속사포로 끝까지 엮어 나가는 수밖에 없다.

한편 이 〈바람하고〉의 말법은 끊임없이 움직이고 달려가는 바람이라는 글감 자체의 성격과도 자연스럽게 어울려 있는 것이기도 하다는 생각이 든다. 또한 이것은 하필 이 작품뿐 아니지만, 어느 한 아이가 중심이 되어 있는 이야기가 아니고 여러 아이들이 거의 같은 자리를 차지하면서 나오는 이야기에서는 이렇게 그 여러 아이들을 하나하나 들어서 이야기하자니 되풀이하는 이야기말이 저절로 되는 것이겠구나 하는 생각도 든다.

> 펄펄 눈은 노마도 하얗게 만들고 싶은가 봅니다. 머리에도 어깨에도 잔등에도 하얗게 내려앉습니다. 영이도 그렇게 만들고 싶은가 봅니다. 머리에도 어깨에도 잔등에도 하얗게 내려앉습니다. 똘똘이도 그렇게

만들고 싶은가 봅니다. 머리에도 어깨에도 잔등에도 하얗게 내려앉습니다.

그리고 노마는 어서 눈처럼 하얗게 되고 싶었습니다. 어서 하얗게 되라고 두 팔을 쳐들고 손바닥을 벌리고 펄펄 눈 내리는 하늘에 입을 벌리고 섰습니다. 영이도 그렇게 눈처럼 되고 싶었습니다. 어서 하얗게 되라고 두 팔을 쳐들고 손바닥을 벌리고 펄펄 눈 내리는 하늘에 입을 벌리고 섰습니다. 똘똘이도 그렇게 눈처럼 되고 싶었습니다. 어서 하얗게 되라고 두 팔을 쳐들고 손바닥을 벌리고 펄펄 눈 내리는 하늘에 입을 벌리고 섰습니다.

〈토끼와 자동차〉 첫머리〉

이 두 문단에서 앞의 것은 눈이 아이들 머리 위에 내리고 있는 광경을, 뒤의 것은 눈 오는 하늘을 쳐다보고 있는 아이들의 행동과 심리를 그려 놓았다. 모두 시간이 지나감에 따르는 어떤 대상의 변화나 행동의 모습을 그린 것이 아니고 같은 시간에 있었던 일을 보여 주고 있다. 이 보기글에서 더구나 앞쪽의 것처럼 어떤 정경을 말할 경우에도 아이들 하나하나 따로 이야기하자니 이렇게 같은 말을 되풀이하게 되고, 그래서 더욱 그 정경이 눈앞에 잘 떠오르게 된다.

귀뚤귀뚤 귀뚤귀뚤.

귀뚤귀뚤 귀뚤귀뚤.

귀뚜라미가 웁니다. 응달 축대 밑에서 조용조용 혼자서 웁니다. 해 기울어 버드나무 그림자 길고, 축대 앞에서 혼자서 노마가 가만히 귀를 기울이고 앉았습니다. 가만히 노마는 귀뚜라미 마음이 되어 봅니다.

노마는 점점 귀뚜라미를 닮아 갑니다. 귀뚜라미는 점점 노마를 닮아 갑니다.

귀뚤귀뚤 귀뚤귀뚤.

귀뚤귀뚤 귀뚤귀뚤.

귀뚜라미가 웁니다. 응달 축대 밑에서 귀뚜라미는 점점 노마를 닮아 갑니다. 응달 축대 앞에서 점점 노마는 귀뚜라미를 닮아 갑니다. 그래서 노마는 점점 귀뚜라미 마음을 알게 되었습니다. 축대 밑에서 귀뚜라미는 지금 노마처럼 어서 아버지가 돌아오기를 기다립니다. 그래서 어서어서 어서어서 하고, 어서 돌아오라고 그럽니다.

(〈귀뚜라미〉 첫머리)

이 〈귀뚜라미〉 이야기는 이렇게 해서 노마가 응달 축대 밑에서 가만히 앉아 귀뚜라미 소리를 듣고 있는데, 영이가 와서 노마 옆에 앉아 노마처럼 귀뚜라미 소리를 듣고, 또 그다음에는 똘똘이가 와서 영이 옆에 앉아서 영이처럼 귀뚜라미 소리를 듣는다. 그래서 앞에서 노마 이야기를 해 놓은 말이 거의 그대로 영이에서도 되풀이되고, 똘똘이에서도 되풀이된다. 다만 첫머리 노마 이야기에서는 두 단으로 나누어 썼던 것을 영이와 똘똘이에서는 한 단씩으로 해 놓았고, 또 노마는 '어서 아버지가 돌아오기를' 기다리지만 영이는 '어서 집 뒤 밤나무의 밤이 익기를' 기다리고, 똘똘이는 '어서 어른만큼 키가 자라길' 기다리는 것이 다를 뿐이다.

이 작품에는 한마디도 주고받는 말이 없고, 나오는 아이들의 행동도 그저 걸어와서 조용히 앉아 있을 뿐이다. 세 아이가 차례로 나타나서 마치 말이 없는 연극을 연출해 보이는 장면처럼 되어 있는데, 다만 세 아이들의 마음을 잠깐이지만 시간이 흐름에 따라서 차례로 그려 놓은 것이다. 이와 같이 어떤 정경과 함께 아이들의 마음의 세계를 그려 보일 때도 되풀이하는 말의 효과가 잘 나타난다. 이런 경우에 나타나는 말의 효과는 시처럼 가슴에 와 닿는다.

> 노마는 두 개 노랑 구슬보다 없어진 한 개 파랑 구슬이 갑절 좋아졌습니다. 두 개하고 한 개하고 바꾸재도 얼른 바꾸도록 갑절 좋아졌습니다.
>
> 《잃어버린 구슬》

이것은 노마가 잃어버린 구슬을 아까워하는 마음을 나타낸 말이다. 그런데 잃어버린 그 구슬을 찾으려고 돌아다니지만 나타나지 않는다. 그럴수록 잃어버린 그 구슬이 더 귀하게 여겨진다. 이런 마음의 움직임을 이 작가는 앞에서 한 말을 여러 번 되풀이하면서 그 '갑절'이란 말을 '갑절하고 갑절 두 번 갑절'이라고 했다가, 다시 그다음에는 '갑절하고 갑절, 세 번 갑절' 이렇게 바꾸고, 마지막에 가서는 "마침내 노마는 두 개 노랑 구슬보다 한 개 파랑 구슬이 갑절하고 갑절 얼마든지 갑절 좋아졌습니다. 열 개하고 한 개하고 바꾸재도 얼른 바꾸겠습니다. 얼마든지 갑절 백 개하고 바꾸재도 얼른 바꾸겠습니다." 이렇게 되풀이하면서 잃어버린 구슬을 얼마나 아까워하는가를 강조해 놓았다. 여기서 '갑절하고 갑절 얼마든지 갑절'과 같은, 웃음이 저절로 나오는 어린아이들의 말을 어쩌면 이렇게도 잘 붙잡아서 썼는가 감탄하게 되지만, 이렇게 되풀이하는 말이 재미와 함께 어떤 마음의 상태를 강조하는 말이 된다는 것도 잘 알 수 있다.

"너 이것하구 바꿀까?"

"뭣 하구 말야."

"포도하구 말야."

"이런 먹콩 같으니."

"그럼, 구슬 두 개허구."

"난 일없어."

"그럼, 세 개허구."

"그래두 일없어."

"그까짓 먹는 게 존가. 가지고 노는 구슬이 좋지."

"그래도 난 일없어."

이것은 〈포도와 구슬〉에 나오는 노마와 기동이가 주고받는 말이다. 여기서 노마는 "구슬 두 개허구"라 했다가 그다음에는 "그럼 세 개허구"라 말하고, 기동이는 "난 일없어." "그래두 일없어." "그래두 난 일없어" 하면서 두 아이가 저마다 같은 말을 되풀이한다. 이렇게 주고받는 말이 되풀이하는 말로 되는 데서 두 아이의 마음과 태도를 한층 더 잘 알 수 있고, 그래서 더 재미가 있는 것이다.

이 〈포도와 구슬〉은 두 아이가 주고받는 짤막짤막한 말로 두 아이의 행동과 마음을 잘 나타내었는데, 마지막에 가서 기동이가 포도를 한 알만 남겨 놓고 다 먹어버렸을 때는 두 아이의 처지가 아주 뒤바뀌게 되어 주고받는 말이 다음과 같이 된다.

"너 이것하구 바꿀까?"

"무엇하구 말야."

"구슬 다허구 말야."

"이런 먹콩 같으니."

"그럼 구슬 다섯 개허구."

"그래두 일없어."

"그럼 구슬 세 개허구."

"그래두 일없어."

"그럼 구슬 한 개허구."

"그래두 난 일없어."

"그까짓 가지고 노는 게 존가. 먹는 포도가 좋지."

"그래두 난 일없어."

이번에는 포도와 구슬을 바꾸자고 하는 쪽이 기동이고, "이런 먹콩 같으니" 했다가 "그래두 일없어"를 되풀이하는 것은 노마 쪽이다. 그래서 맨 처음에 주고받은 말이 거의 그대로 되풀이되면서 다만 서로 그 처지가 뒤바뀌어 있을 뿐이다. 되풀이하는 말의 절묘한 표현이라 할 만하다.

이 밖에 이 동화집에서 되풀이하는 말로는 〈싸전 가게〉에서

　　─싸구려. 싸구려. 막 파는구려.
　　─싸구려. 싸구려. 막 파는구려.

가 되풀이되어 나오고, 〈내가 제일이다〉에서는

　　─내가 제일이다. 어림없구나.

가 여러 번 거듭 나온다. 〈아버지 구두〉에서는

　─저리들 물러나거라.
　─저리들 물러나거라.

가 거듭되어 나오고, 〈암만 감아두〉에서는

　"노마야, 나와 놀아."
　"그으래, 잠깐만 기다려."

라고 하는, 주고받는 말이 자꾸 나온다. 〈바람은 알건만〉에서

　─둥둥둥 둥둥둥.
　─둥둥둥 둥둥둥.

　이렇게 솜사탕 장수 북소리를 여러 번 나오게 한 것도 되풀이하는 말의 효과를 노린 것이다.
　아무튼 되풀이하는 말은 이야기를 알기 쉽고 친절하게 이끌어 주고, 이야기가 재미있도록 해 주는 중요한 말법이다. 이런 글쓰기의 묘법을 이 작가는 이 유년동화집에서 한껏 쓰고 있으면서 조금도 이것을 아무렇게 쓰거나 잘못 쓰지 않았다. 아이들에 대한 애정과 하고 싶은 말이 꼭 차 있어서 이런 말법이 저절로 자연스럽게 씌어져 나왔기 때문이다.
　우리가 아이들에게 가까이 가서 그 아이들의 진정한 동무가 되어 아이들의 말을 알아듣게 된다면, 아이들에게 어떤 말을 해야 그들이 잘

알아듣고 좋아하는지 저절로 알게 될 것이다. 이 작가도 그렇게 해서 이런 동화를 썼다고 본다.

쉬운 말, 짧은 말, 되풀이하는 말은 아이들의 목소리요 몸짓이다. 그것은 아이들의 노래요 시라고 할 수 있다.

8. '-의'와 그 밖의 토씨를 어떻게 썼는가

✢

이제부터는 낱말을 어떻게 썼는지 살펴보기로 한다. 잘못 쓴 낱말은 다음 장에서 더 자세하게 말하기로 하고, 여기서는 잘 쓴 말, 오늘날 우리가 흔히 잘못 쓰고 있는 말을 깨끗한 우리 말로 써 놓은 것을 찾아보려 한다. 낱말을 중심으로 한 우리 말(글) 바로 쓰기 문제가 되겠다. 지금까지 이 동화집의 문장이 아이들이 좋아하는 말로 되어 있는 까닭을 '습니다'라는 입말체로 쓰고, 짧은 글월로 쓰고, 되풀이하는 이야기말법으로 쓴, 세 가지를 들었다. 이 밖에도 이 동화집의 글이 아이들이 좋아하는 살아 있는 말로 되어 있는 까닭을, 낱말을 어떻게 썼는가 하는 문제로 풀어 볼 수가 있다.

말이 살아 있다는 것은 어려운 한자말이나 유식해 보이는 글말, 일본말법을 쓰지 않았다는 것이겠는데, 먼저 우리 말의 '토'(토씨, 조사)를 어떻게 썼는가를 보자. 아무리 다른 낱말을 깨끗한 우리 말로 썼다고 하더라도 낱말과 낱말의 관계를 나타내고 낱말의 자리를 매겨주는 토씨를 외국말법 따라서 쓰면 그만 우리 말의 질서가 아주 무너지고 말기 때문이다.

우리 말 토씨에서는 매김자리토씨(관형격조사) '-의'를 어떻게 썼는가 하는 것이 가장 큰 문제가 된다. 우리 말에는 '-의' 토씨가 별로 쓰이지 않는데, 일본말을 따라서 함부로 '-의'를 쓰기 때문에 그만 우리 말이 엉망으로 되어 버린 것이 일제시대부터 굳어진 글쟁이들의 병든 글버릇이 되어 있기 때문이다. 이 동화에서는 '-의'가 어떻게 나와 있는가?

내가 조사한 바로는 이 동화집 37편 가운데서 매김자리토씨(관형격조사)가 한 개도 들어 있지 않은 작품이 18편이나 된다. 이것은 참 놀라운 일이다. 이쯤 되면 '-의'가 들어 있는 작품이라 하더라도 대개는 우리 말에서 옛날부터 입으로 하던 말임에 틀림없을 것이다. 이와 같이 동화 문장에서 어떤 토씨가 흔히 한 편에 한 번도 들어가지 않았다면 그 토씨의 성격을 우리는 잘 짐작할 수 있다. 그러면 '-의' 토씨가 들어 있는 작품에서는 어떻게 씌어 있는지 알아보자. 이 문제는 아주 중요하기에 우선 다음에 '-의'가 쓰인 경우를 모조리 다 들어 보겠다.(앞의 숫자는 나오는 차례를 나타내고, 묶음표 안의 숫자는 책의 쪽수를 나타낸다.)

① 공중을 대고 놓아 판장 너머로 남의 집 장독에 물을 끼얹었습니다.(〈물딱총〉, 17)

② ……그러는 대로 대야의 물은 줄어 갑니다.(같음, 20)

③ 그러나 한 번만 한 번만으로 또 거의 대야의 물을 말리는 것입니다.(같음)

④ 그리고 영이는 흙 한 줌을 끼얹어 주고 저의 집으로 달아납니다.(〈옥수수 과자〉, 28)

⑤ 어서 집 뒤 밤나무의 밤이 익기를 기다립니다.(〈귀뚜라미〉, 52)

⑥ 또 반의 반을 먹었습니다.(〈포도와 구슬〉, 61)

⑦ 어머니는 마루로 나가 노마의 그 해진 고무신을 들고…….(〈여자 고무신〉, 65)

⑧ 어머니는 또 <u>노마의 등</u>을 두들기며 달래십니다.(같음, 66)

⑨ 노마, 기동이, 똘똘이 <u>자신의 세계</u>처럼 조그만 모양으로 귀엽게 만들어져 있는 장난감이 많이 있는 가겝니다.(〈대장 얼굴〉, 73)

⑩ <u>정거장의 정말 기차</u>도 그렇게 사람이 개미만 하게 크겠지요.(〈기차와 돼지〉, 102)

⑪ 그러다가 <u>그들의 마음</u>을 좀 더 즐거웁게 하기 위하여…….(같음, 103)

⑫ 그리고 노마는 <u>어머니의 그 슬픈 얼굴</u>을 보는 때면 떼를 쓰다가도…….(〈강아지〉, 127)

⑬ 노마는 한 손으로 <u>상자갑 강아지의 꼬리</u>를 쥐고 깡충깡충 뛰는 시늉을 하며…….(같음, 128)

⑭ 어머니는 <u>노마의 헌 모자</u>를 내다가 가위로 오리고…….(같음, 129)

⑮ ……지금 노마, 영이, 똘똘이가 <u>그림책 속의 삼형제</u>가 된 줄을 기동이가 알 리 없습니다.(〈삼형제 토끼〉, 140)

⑯ 담 밖에 고양이란 놈이 <u>담 안의 쥐</u>를 노리고 빙빙 돌고 있습니다.(〈고양이와 쥐〉, 143)

⑰ 기동이는 정말 고양이처럼 어떡하면 <u>담 안의 숨은 쥐란 놈</u>을 잡을 수 있을까 하고…….(같음, 143, 144)

⑱ <u>그것 이상의 무슨 남 하지 못하는 용감한 일</u>을 한 사람이 대장이 되어야 옳습니다.(〈용기〉, 148)

⑲ 그런데 아마 어머니는 <u>노마의 이런 실력</u>을 조금도 모르시나 봅니다.(〈실수〉, 150)

⑳ 이만 하면 노마는 돌아가는 길도 까치걸음 <u>이상의 어려운 걸음</u>으

로 뛰어간대도 실수를 하거나 할 염려는 조금도 없을 자신이 더합니다.(같음, 151)

㉑ 사실 옥이는 <u>어린아이들의 모범</u>이 될 만치 옷 매무시도 단정하고 얼굴도 깨끗합니다.(《어머니의 힘》, 155)

㉒ 이러할 때 문득 옥이에게는 소꿉장난이나 그런 것이 아닌 정말 <u>어머니의 힘</u>이 생기었습니다. <u>어머니의 힘</u>이란 자기 이상의 힘입니다.(같음, 156, 157)

㉓ 그래서 옥이는 <u>옥이 이상의 힘</u>으로 한 손에 막대기, 한 손에는 돌을 집어 들고⋯⋯.(같음, 157)

㉔ 아아, <u>어머니의 힘</u> 앞에는 무서운 개도 어림없습니다.(같음, 157)

㉕ 아주 재미있게 <u>할아범의 손</u>이 가면 못쓰게 되었던 냄비, 대야, 양철통이 금방 새것이 됩니다.(《땜가게 할아범》, 159)

㉖ 어떡하면 <u>아이들의 마음</u>을 즐겁게 할 수 있을지⋯⋯.(같음, 159)

㉗ <u>이편의 사람</u>을 건너편으로 건너 주려면⋯⋯.(같음, 160)

㉘ 그리고 <u>저편의 사람</u>을 이편으로 싣고 오려면⋯⋯.(같음, 160)

㉙ 아이들은 언제까지고 서서 <u>할아범의 옛날얘기</u>를 듣습니다.(같음, 160)

㉚ ⋯⋯이렇게 하나하나씩 완전한 <u>한 채의 기차</u>가 될 감을 장만해 갑니다.(《조그만 발명가》, 162)

㉛ 어디 내놓아도 부끄러울 것 없는 <u>한 채의 기차</u>입니다. (같음, 164)

㉜ 그야 노마나 기동이처럼 자기도 따라 들어가 잡고야 싶지만 물 밖에서 <u>유리병 속의 노는 물고기들</u>을 들여다보고 있을 재미도 결코 적은 것이 아닙니다.(《실망》, 167)

㉝ 그리고 다홍 치마 숙정이는 파랑 치마 영이 옆에 앉아 <u>영이의 사</u>

정을 듣고는 영이처럼 아주 쓸쓸한 얼굴을 합니다.(《동정》, 171)

㉞ 자기가 영이의 보호자인 것을 똑똑하게 하기 위해서인가 봅니다.(《우정》, 174)

㉟ 똘똘이는 자기의 임무를 잊고 혼자 달아나거나 하지 않을 것입니다.(같음, 174)

㊱ 자기 치맛자락을 쭉 찢어 똘똘이의 상처를 처매 주는 친절을 잊지 않았습니다.(같음, 176)

여기서 우선 '-의'가 몇 번 나왔는가를 보면, 차례를 나타낸 숫자가 36까지 적혀 있지만 이 가운데서 2개, 또는 3개가 나온 것이 있어서 '-의'가 나온 빈도는 39이다. 그런데 똑같은 말이 여러 곳에 있어서 같은 모양으로 나온 것은 하나로만 세면('대야의 물' 두 번, '어머니의 힘' 네 번, 'ㅇㅇ 이상의 ㅇㅇ' 다섯 번, 'ㅇ편의 사람' 두 번, '한 채의 기차' 두 번) '-의'가 나온 말은 모두 29가지가 된다. 물론 이 가운데서 말법이 아주 같거나 비슷한 것이 많다.

그러면 이 29가지를 갈래로 나누어 살펴보기로 하자.

가) 옛날부터 누구든지 입말로 써 온 말. 이런 말로 여기 나온 것으로는 '남의 집' '반의 반'을 들 수 있다.

그런데 '저의 집'은 어떤가? '영이는 제 집으로 달아납니다' 하든지 '영이는 저 집으로 달아납니다.' 이렇게 말하지, '영이는 저의 집으로 ……' 하지는 않는다. 하지만 글자로 쓰니까 '저 집'은 '이 집' '저 집'의 '저 집'으로 읽게도 된다. '제 집'이라 했더라면 좋았을 것인데, '제 집'보다 '저의 집'이라고 쓰니까 눈으로 알아보기가 더 쉬워서 이렇게 썼는지도 모른다. 아무튼 실제 말에서는 멀어졌다고 아니할 수 없다.

나) 몸의 한 부분이나 입은 옷이나 신발, 모자 따위를 가리킬 때에 '-의'를 쓰는 경우와 안 쓰는 경우. 여기 나온 말은 '노마의 그 해진 고무신' '노마의 등' '어머니의 그 슬픈 얼굴' '강아지의 꼬리' '노마의 헌 모자' '할아범의 손' '똘똘이의 상처', 이 일곱 개다.

우리가 말을 할 때는 '노마 고무신' '아버지 모자' '할아버지 손' '어머니 얼굴' 이렇게 말하지, '노마의 고무신' '아버지의 모자' '할아버지의 손' '어머니의 얼굴' 이라고 하지는 않는다. 책이나 연필이나 가방도 그렇다. '영이 책' '영남이 연필' '누나 가방' 이다. 짐승의 경우도 마찬가지로 '강아지 꼬리' '비둘기 발가락' '제비 날개' 라 한다. 그런데 여기에는 이렇게 '-의'를 썼으니 그 까닭이 있는가 살펴보자.

먼저 '노마의 등' 부터 보면, '노마 손' '노마 모자' 는 좋은데 '노마 등' 이라고 쓰니 얼른 머리에 안 들어오고 딴 말로도 느껴진다. 목욕탕에서는 "너는 똘똘이 등을 밀어 줘라. 나는 노마 등을 밀고." 이렇게 말할 것이고, 이렇게 말한 것을 그대로 쓰면 된다. 그런데 "어머니는 노마 등을 두들기신다"고 할 때는 '노마 등' 보다는 '노마의 등'이라고 쓰고 싶어진다. 이것은 '등'이라는 말의 성격에서 오는 심리라 생각된다. 손, 발, 얼굴, 모자……라면 누구나 많이 쓰는 말로 되어 있지만 '등'은 그다지 안 쓰는 말이고, 또 다른 말과 섞일 수도 있는 말이기 때문이다.

'할아범의 손'을 생각해 보자. 우리가 말할 때면 '할아버지 손'이라 하지 '할아버지의 손'이라 하지는 않는다. 그런데 '할아범'이 되니 '-의'를 붙이고 싶어진다. 조금이라도 드물게 쓰는 말이 앞이나 뒤에 올 때는 '-의'를 붙이게 되기 쉽지만, 한편 이 경우에는 '할아범'이라고 받침이 있는 말로 끝나는 말이 되어, 좀 더 부드럽게 말을 이어가기 위해 '-의'를 붙이는 것이 아닌가 하는 생각도 든다.

다음에 '강아지의 꼬리'는 왜 '강아지 꼬리'로 안 쓰고 이렇게 썼는 가? 이 말이 들어 있는 글월이 "노마는 한 손으로 상자갑 강아지의 꼬리를 쥐고 깡충깡충 뛰는 시늉을 하며 방 안으로 마루로 빙빙 돕니다." 이렇게 되어 있다. 여기 나오는 '강아지의'에서 '-의'를 없애고 보면 '한 손으로 상자갑 강아지 꼬리를 쥐고'로 되어 말뜻을 알아차리는 데 좀 혼란이 일어날 수 있다. 그래서 '상자갑'이란 말이 '강아지'를 꾸민 말이란 것, 상자갑으로 만든 강아지란 뜻을 잘 알 수 있도록 하기 위해 '강아지의'로 한 것이다. 물론 글을 쓰는 사람이 이런 이치를 죄다 따져서 이렇게 쓴 것은 아니다. 읽는 사람이 누구나 잘 알 수 있는 말, 친절한 글로 쓰니까 저절로 이렇게 된 것이라 본다.

　그다음은 '똘똘이의 상처'인데, '상처'는 한자말이고 본래 우리 말은 '다친 데'다. '똘똘이의 상처를 처매 주는'에서 '상처'를 우리 말로 바꾸면 '-의'가 저절로 없어져서 '똘똘이가 다친 데를 처매 주는'이 된다. 또 이 이야기에 나오는 상처는 아주 크게 다친 것이 아니니까 바로 그 앞에 나온 '생채기'란 말을 써서 '똘똘이 생채기를 처매 주는' 하면 더 좋다. '상처'도 널리 쓰는 말이 되었지만 아무래도 어린아이들 얘기에는 '다친 데'나 '생채기'가 알맞은 말이다. '상처'를 쓰니까 '똘똘이의'로 쓰게 된다.

　이번에는 '노마의 헌 모자'다. '노마 모자'이지 '노마의 모자'는 아니다. '모자' 앞에 '헌'이 들어가도 실제로 말을 할 때는 "노마 헌 모자 어디 갔지?" 이렇게 말한다. 그런데 글을 쓸 때는 여기서도 '-의'를 붙이는 것이 더 쉽게 읽힌다. '어머니는 노마 헌 모자를 내다가'보다는 '어머니는 노마의 헌 모자를 내다가'로 쓰는 것이 더 친절한 글이 된다. 말과 글이 이런 점에서 조금은 다르다고 봐야 하겠는데, 입말을 살리나 글을 살리나 그 어느 쪽을 쓰는가 하는 문제는 그때그때 쓰는 말의 실제에서, 또는 글을 쓰는 사람의 주관을 따라서 그 어느 쪽으로든지 결정할 일이다. 그러니까 여기 나오는 '노마의 헌 모자'는 잘못 쓴 말이 아니란 것이다.

'노마의 그 해진 고무신'은 어떤가? 그런데 말을 할 때는 이렇게 안 된다. 이 말이 들어 있는 글은 "어머니는 마루로 나가 노마의 그 해진 고무신을 들고 뒤적뒤적 앞뒤로 보고 서 계시더니 가지고 밖으로 나가십니다"로 되어 있다. 그래서 이럴 때는 '그 해진'이란 말을 '노마'와 '고무신' 사이에 넣지 않고, 아주 앞에 내어서 "그 해진 노마 고무신을 들고……." 이렇게 말한다. 이렇게 하면 '노마의'라 해서 '-의'를 넣지 않아도 되는 것이다. 하지만 한번 '노마'를 맨 앞에 쓰게 되면 '-의'를 안 붙일 수 없다.

다음은 '어머니의 그 슬픈 얼굴'인데, 이것도 '어머니'와 '얼굴' 사이에 '그 슬픈'이 들어갔다. 바로 위에서 든 말법과 같이 되어 있지만 이 말이 들어 있는 대문을 옮겨 보겠다.

"……아버지 말만 나오면 어머니는 슬픈 얼굴을 하시는 것입니다.

그리고 노마는 어머니의 그 슬픈 얼굴을 보는 때면 떼를 쓰다가도, 울음을 울다가도 곧 그칩니다. ……"

이렇게 되어 있어서 그 앞에 '슬픈 얼굴을 하시는 것입니다'란 말이 있으니까 그 말을 받아서 '그 슬픈'이란 말을 앞에 내세워 "그리고 노마는 그 슬픈 어머니 얼굴을 보는 때면……." 이렇게 쓰는 것이 더 자연스럽고, '어머니의'라는 글말도 안 쓰게 되겠다 싶은데, 지은이로서는 아주 어린 아이들에게 주는 글이니까 '어머니'란 말을 앞세우고 싶었을는지 모른다. 그러나 '어머니의 그 슬픈 얼굴'은 아무래도 글이지 말은 아니다.

다) '하늘의 구름' 하듯이 '-의'가 '어디에 있는'이란 뜻을 나타내는 말로 쓴 경우다. 이럴 때 '-에 있는'보다 더 간결한 말이 된다고 '-의'를 쓰고 싶어 한다. 이런 말로는 '대야의 물' '밤나무의 밤' '정거장의 정말 기차' '그림책 속의 삼형제' '담 안의 쥐' '담 안의 숨은 쥐' '유리병 속의 노는 물고기들'이 일곱 개가 나온다. 과연 간결한 말이 되었는가, 또 그렇게 되어서 문제는 없는가 살펴보자.

'대야의 물'은 "연방 쭈욱 빨아올려다는 찌익, 쭈욱 빨아올려다는 찌익, 그러는 대로 대야의 물은 줄어갑니다." "그러나 한 번만 한 번만으로 또 거의 대야의 물을 말리는 것입니다." 이렇게 두 군데 나온다. 이럴 때 '대야에 있는 물'이나 '대야에 담은 물'이라 할 수는 없고, 할 필요도 없을 것이다. 또 '대야 물'이라고 해서도 (말을 할 때는 그렇게 하겠지만) 말뜻이 시원스럽게 느껴지지 않으니 '대야의 물'이라 쓸 수밖에 없다.

'밤나무의 밤'이 나오는 글월은 "축대 밑에서 귀뚜라미는 지금 영이처럼 어서 집 뒤 밤나무의 밤이 익기를 기다립니다." 이렇게 되어 있다. 이것은 '밤나무에 달린 밤'이라고 쓸 수도 있겠다. 그러나 '밤나무 밤이'는 안 된다. 이상한 말로 느껴진다. 차라리 '밤나무의 밤'이 낫다.

'정거장의 정말 기차' 이것은 요샛말로 하면 '정거장의 진짜 기차'다. 이것을 '정거장에 있는 정말 기차'라고 쓸 수도 있지만 '정거장의 진짜 기차'라 해도 아이들이 쉽게 자기들 말로 알아들을 것 같다. 하지만 아주 어린 아이들에게 들려주는 말에는 될 수 있는 대로 이 '-의'가 들어가는 말법을 쓰지 않는 것이 좋다.

'그림책 속의 삼형제' 이것도 '그림책 속에 나오는 삼형제'라 하는 것이 더 친절한 말이 된다. 물론 '그림책 속 삼형제'는 안 된다.

'담 안의 쥐'란 말은 "담 밖에 고양이란 놈이 담 안의 쥐를 노리고 빙빙 돌고 있습니다"에 나오는데, 그 앞에 '담 밖에'로 썼으니 이것도 '담 안에 있는 쥐를'이라고 쓰면 된다.

그다음에 나오는 '담 안의 숨은 쥐'는 정말 잘못되었다. '숨은'이란 말을 썼으니 마땅히 그 앞의 말은 '담 안에'로 되어야 할 것이다. 이것은 아마도 '의'와 '에'를 실제 발음에서는 똑같이 소리내는 데서 오는 '뒤섞어 쓰는' 현상이 아닌가 싶다.

'유리병 속의 노는 물고기'도 마찬가지다. '노는'이란 말이 있으니, 그 앞에는 마땅히 '유리병 속에'라 써야 할 것이다. 이것 또한 토씨 '에'와 '의'를 똑같이 소리 내는 때문에 '에'로 써야 할 자리에 '의'를 써 버린 것이라 본다.

라) '-의'란 토씨가 '가진' '에게'란 뜻이 되면서 그다음에 오는 말이 눈으로 볼 수 있는 어떤 특정한 것을 가리키는 말이 아니고 일반 개념이나 추상된 말로 되어 있는 경우가 있다. 이런 말에는 '자신의 세계' '그들의 마음' '노마의 이런 실력' '어린아이들의 모범' '어머니의 힘' '아이들의 마음' '영이의 사정' '영이의 보호자' '자기의 임무' '할아범의 옛날 얘기' 이렇게 10개가 씌어 있다.

먼저 '자신의 세계'부터 살펴보자. "노마, 기동이, 똘똘이 자신의 세계처럼 조그만 모양으로⋯⋯." 이렇게 되어 있는 글이다. '자신'도 '세계'도 한자말이다. 한자말과 한자말을 잇게 되면 흔히 '-의'를 붙이게 된다. 같은 한자말이라도 '자신'이 아니고 훨씬 더 널리 입말로 쓰는 '자기'를 쓰면 '자기 세계'가 되는데, 이것 또한 앞말의 끝에 받침이 있고 없는 데 따르는 것일 수도 있겠다는 생각이 든다. 하지만 '자기들 세계' '저들 세계' 해도 되는 것을 보면 아무래도 입에 익은 쉬운 말이라야 '-의'를 쓰지 않게 되는 것 같다.

'그들의 마음'은 "그러다가 그들의 마음을 좀 더 즐겁게 하기 위하여 조금도 생각하지 않았던 것이 나타났습니다"고 쓴 글이다. 이것은 한자말이 아니다. 하지만 '그들'이란 말은 입으로 하는 말이 아니다. '그 아이들'이나 '그 애들'이라고 하면 '-의'가 없어도 된다. 눈으로 읽는 글이 되고 보니 '-의'를 붙여서 쓰게 되는 것 같다.

'노마의 이런 실력'은 '노마의 실력'이라고 해도 '-의'가 있어야 된다. '실력'이란 말 때문이다.

'어린아이들의 모범'은 "사실 옥이는 어린아이들의 모범이 될 만치 옷 매무시도 단정하고 얼굴도 깨끗합니다"고 한 글에 있다. 이것은 아무래도 '어린아이들에게 본보기가 될 만치' 이렇게 쓰는 것이 좋고, 어린아이들이 시원스럽게 알 수 있는 말이 될 것이다. 다시 말하면 '아이들에게 본보기가 된다'는 말을 '아이들의 모범이 된다'고 쓰는 것은 한자말과 한자말을 쓰는 글말의 질서를 따라가는 것이다.

'어머니의 힘'은 작품의 제목부터 나와 있다. 입으로 하는 말은 '어머니 힘'인데, 글로 쓰니 '어머니의 힘'이 되기 쉽다. 내 생각으로는 글에서도 '어머니 힘'이라 쓰는 것이 좋겠다. 말이 너무 글을 따라가서 자꾸 죽어 가니, 말을 살려서 쓰도록 해야 한다. 이렇게 하면 우선은 좀 낯설게 느껴지거나 어색할 수도 있지만 곧 이런 느낌은 사라져서 싱싱한 말과 글을 쓰기와 읽기로 즐기게 될 것이 틀림없다.

'아이들의 마음'은 앞에 나온 '그들의 마음'에서 말하기도 했고, '어머니의 힘'의 경우와도 같다. 입말을 살려서 '아이들 마음'이라 쓰는 것이 더 바람직하다고 본다. 더구나 이야기를 들려주어야 하는 유년동화에서는 귀로 듣는 말로 쓰는 것이 옳다고 아니할 수 없다.

'영이의 사정'도 마찬가지다. 그런데 이런 말이 들어 있는 작품 전체가 이야기 줄거리를 재미로 듣게 되는 동화가 아니고 어떤 장면을 그려 보이는 글이나 느낌을 나타내는 시처럼 되어 있다면 그래도 입말을 살려서 써야 할까? 내 생각으로는 시도 될 수 있는 대로 입말을 살려 써야 그 시가 살아난다고 본다. 우리가 쓰고 읽는 시는 말에서 너무 멀어져 있다. 그래서 시라면 으레 어려운 말이나 '고상'한 말, 그리고 괴상하게 꼬부라진 외국말법으로 써야 시같이 느끼게끔 되었다. 이것은 우리가 글을 쓰는 모든 문학작품을 말이라는 관점에서 근본부터 살피고 따져야 할 문제가 되어 있다고 본다.

'영이의 보호자'는 "자기가 영이의 보호자인 것을 똑똑하게 하기 위해서인가 봅니다"로 되어 있다. '보호자'란 말을 쓰게 되면 '영이의'로 될 수밖에 없다. '영이를 보호하는 사람'이라 하면 '-의'가 없어지겠지만, 어린애들의 이야기를 하는데 무슨 '보호'고 '보호자'고 하는 따위 어른들이나 쓰는 말이 필요한가? '자기가 영이를 지켜 주는 사람인 것을' 하면 될 것을.

'자기의 임무'도 마찬가지다. 아이들 이야기를 아이들에게 들려주는 말로 쓴다면 '임무'란 말을 쓸 수가 없다. '자기가 할 일'이라든지 '자기 할 일'이라면 되는 것이지.

'할아범의 옛날얘기'는 "아이들은 언제까지고 서서 할아범의 옛날얘기를 듣습니다"로 되어 있다. '할아범이 들려주시는 옛날얘기'라 써도 되지만, 이렇게 써도 되는 말이라 여겨진다. 말이 되면 '할아범 옛날얘기'라 하겠지만, 글로 쓰면 아무래도 '할아범의'로 해야 읽기가 좋다.

마) 그 밖에 '이상의' '이(저)편의' '한 채의' -이 세 가지가 있다.

'이상의'는 '그것 이상의 무슨 남 하지 못하는 일' '까치걸음 이상의 어려운 걸음으로' '자기 이상의 힘' '옥이 이상의 힘' 이렇게 네 번 나오고, '이(저)편의'는 '이편의 사람' '저편의 사람'으로 두 번 나오고, '한 채의'는 '한 채의 기차'란 말로 두 번 나온다.

"이만 하면 노마는 돌아가는 길도 까치걸음 이상의 어려운 걸음으로 뛰어간대도 실수를 하거나 할 염려는 조금도 없을 자신이 더합니다." 이렇게 되어 있으니 여기 나오는 '이상의'를 '-보다 더'라고 하면 어린 아이들이 쓰는 말로 되지 않겠나 싶다. 곧 '까치걸음보다 더 어려운 걸음으로' 하면 '-의'도 저절로 없어지는 것이다.

"어머니의 힘이란 자기 이상의 힘입니다." 여기 나오는 '어머니의 힘'이란 말은 앞에서 다루었다. 그런데 "어머니의 힘이란 자기 이상의 힘입니다"는 아이들이 좀 알아듣기 어려운 말이다. 여기서도 '이상의'란 말이 문제다. '이상의'를 쓰지 말고 '-보다 더한'을 써서 '어머니 힘이란 저보다 더한 힘입니다' 하든지, '어머니 힘이란 제 힘보다 훨씬 더 센 힘입니다'고 하면 될 것이다.

'옥이 이상의 힘'도 마찬가지다. '옥이는 옥이 이상의 힘으로…….' 이렇게 쓰지 말고 '옥이는 옥이보다 더한 힘으로' 하든지 '옥이는 제 힘으로는 낼 수 없었던 엄청난 힘으로' 하면 좋겠다는 생각이다.

"이편의 사람을 건너편으로 건너 주려면." "저편의 사람을 이편으로 싣고 오려면."

여기서 쓴 '이편의'와 '저편의'는 '-의'만 없애고 말하는 그대로 '이 편 사람을' '저편 사람을' 해도 될 것이다.

'한 채의 기차'는 "어디 내놓아도 부끄러울 것 없는 한 채의 기차입니다"로 되어 있다. 이것은 '한 채의 기차'를 '기차 한 채'로 쓰면 된다.

'기차 한 채입니다.' 또는 '기차 한 채가 되었습니다.' 이렇게 말이다. '책 한 권' '나무 한 그루'를 '한 권의 책' '한 그루의 나무'라고 흔히 쓰는데, 이것은 우리 말법이 아니다.

지금까지 매김자리토씨(관형격조사) '-의'를 어떻게 썼는가를 살펴보았다. 이 유년동화에서 바람직스럽지 못한 글말이 되어 버린 경우가 더러 있기는 하지만, 전체로 볼 때 우리 말이 될 수 없는 '-의'를 이만큼 안 쓰고, 그래서 살아 있는 말이 된 유년동화는 오늘날까지도 우리 문단에서 찾아내기 어렵다. 거듭 말하지만 일본말법 따라서 쓰는 '-의'가 한 번도 들어 있지 않은 작품이 18편이나 된다는, 다만 이 점만으로도 이 동화집은 우리 문학사에서 길이 남아 훌륭한 본보기가 되어야 한다고 본다.

이 동화집에서 함부로 쓰지 않은 토씨는 '-의'뿐 아니다. '-와의' '-과의' '-에의' 따위는 아주 한 군데도 쓰지 않았다.

그리고 그 밖에 다른 토씨까지도, 다른 작가들 같으면 그때나 요즘이나 예사로 쓰게 되어 있는 것까지도 줄여서 쓰지 않은 경우가 곳곳에 보인다.

일반 토씨를 줄여서 쓴 글의 보기를 다음에 들어 본다.

■ 노마는 고양이 모양을 하고 고양이 목소리를 하고, 그리고 고양이 가던 데를 갑니다.(《고양이》)

이럴 때 '고양이' 다음에 토씨 '-의'나 '-가'를 붙여서 쓰기가 예사인데, 여기서는 아주 토씨를 안 썼다. '-가'가 쓰일 자리조차 '고양이 가던' 했다. 아주 빈틈없는 입말이라 하겠다.

■ 모래 돈 열 닢 내면 가루 흙 한 줌, 모래 돈 스무 닢 내면 흙 두 줌, 이렇게 막 파는 가게입니다.(《싸전 가게》)

여기서는 '열 닢을' '스무 닢을' 할 것을 '을'을 줄여서 썼다.

■ 아이들 공기 노는 복판에 아버지 구두 신은 커다란 발을 들여놓습니다.(《아버지 구두》)

이것은 '아이들이 공기를 노는 복판에 아버지의 구두를 신은⋯⋯.' 이렇게 쓰기가 예사일 것이다.

■ 해 기울어 버드나무 그림자 길고, 축대 앞에서⋯⋯.(《귀뚜라미》)

이것은 여러 번 되풀이된 구절이다. '해가 기울어 버드나무의 그림자가' 이렇게 쓰기가 예사일 것이다.

■ 노마 어머니는 숙이고 섰는 노마 머리를 쓰다듬으시며 달랩니다.(《여자 고무신》)

같은 작품에서 '노마의 등을' '노마의 그 해진 고무신을' 이렇게 쓰기도 했는데, '노마 머리를'이라고 썼다.

■ 아주 정답게 손목 잡고 갑니다.(《대장 얼굴》)

'손목을 잡고'라 하지 않았다.

■ "으응, 너희들 노마 집 가는구나."

바로 입으로 한 말이라 더욱 그랬을 것이겠지만 '노마 집에'라 하지 않았다.

■ 아주 부러운 얼굴로 뿡뿡 뿡뿡 하고 돌아가는 자동차 기동이 등 뒤를 바라봅니다.(《토끼와 자동차》)

입으로 하는 말을 그대로 쓴다는 생각이 없었다면 '자동차 기동이 등'이라고 쓰지는 않았을 것이다.

■ 그러다가 노마는 두루마기 없어도 자동차보다 더 좋은 걸 생각했습니다.(같음)

'두루마기가 없어도'하는 말까지도 '-가'를 줄여서 '두루마기 없어도'로 썼다.

■ 기동이도 웅웅, 바람 소리를 하며 두루마기 자락을 올려 머리 위에 벌려 쓰고 노마 뒤를 따릅니다. 영이도 그렇게 두루마기 자락을 올려 머리 위에 벌려 쓰고 기동이 뒤를 따릅니다. 똘똘이도 그렇게 영이 뒤를 따릅니다. 웅웅 하고 바람은 입 있는 것처럼 노마 등을 밉니다. 그리고 바람은 손 있는 것처럼 노마 등을 밉니다. 기동이 등을 밉니다. 영

이, 똘똘이 등을 밉니다.(《바람하고》)

  여기 나오는 '○○ 뒤' '○○ 등' 같은 말을 요즘 작가들이라면 대개는 이름 다음에 '-의'를 붙여서 '노마의 뒤' '기동이의 뒤' '영이의 뒤' '노마의 등' '기동이의 등' '똘똘이의 등'이라고 쓸 것 같다. 그러나 이렇게 '-의'를 붙이게 되면 우리 말이 안 된다는 것은 분명하다.

  ■ 그리고 정거장으로 기차를 보러 기기를 잊고 돼지 가는 대로 따라갔습니다.(《기차와 돼지》)

  '돼지가 가는 대로'라 쓰지 않았다.

  ■ 노마 아버지는 벌써 오래 전에 먼데로 가셔서 돌아오질 않으십니다.(《강아지》)

  '노마 아버지' '영이 어머니' 이렇게 말이 나오고 글도 이렇게 써야 하는데, 이런 말조차 요즘은 '노마의 어머니' '순희의 아버지'로 쓰는 이들이 많아졌다.

9. 깨끗하고 넉넉한 우리 말

✤

이제부터 이 동화집에서 우리 말을 얼마나 깨끗하게 쓰고 있는가, 넉넉하게 쓰고 있는가를 살펴보기로 하겠다.

■ "난 인제 우리 어머니하구 우리 아는 집 <u>혼인</u> 잔치에 간다누." (《옥수수 과자》)

본래 우리 말은 '결혼'이 아니라 '혼인'이었다. 어린아이들도 이렇게 '혼인'이라고 말했다는 것을 알 수 있다.

■ <u>문지방</u> 밑 <u>응달</u>에 노마가 <u>싸전 가게</u>를 벌였습니다.(《싸전 가게》)

'문지방' '응달' '싸전 가게' 이런 말들을 어린아이들도 다 알고 있어야 할 말인데, 모르고 있다면 어른들이 제대로 가르쳐 주지 못했기 때문이다.

■ 이번엔 영이가 싸전 가게를 벌였습니다. 담 밑 응달에서 한길 싸전 가게 영감처럼 두 팔을 걷어 올리고 사람이 오기를 기다립니다.(같음)
■ <u>맨발 벗고</u> 살살 영이는 다리를 건너갑니다.(《맨발 벗고 갑니다》)

어느 분이 쓴 글에, '도둑 지키는 개'란 말이 있는데 이것은 이치에 맞지 않는 말이지만 모두가 그렇게 말하니 어쩔 수 없다고 한 것을 읽은 적이 있다. 그런데, 말이란 이치를 따져서 쓰는 것이 아니고, 이치를 따져서 지어 내는 것도 아니다. 느낌으로 몸으로 받아들이고 쓰는 것이다. 말을 이치로 따져서 쓰게 되는 것은 외국말의 경우다. 오늘날 우리나라 사람은 외국말법을 따라가는 글말을 쓰기 때문에 말을 자꾸 논리로 따지려 하는 것이고, 논리로 따지다 보니 자꾸 외국말법으로 괴상한 말을 글로 쓰고 입으로 지껄이게도 되는 것이다.

여기 들어 놓은 두 가지 말 '두 팔을 걷어올리고'와 '맨발 벗고'도 따지자면 이치에 안 맞다. 소매를 걷는 것이지 팔을 걷는 것은 아닐 것이고, 신을 벗는 것이지 맨발을 벗는 것은 아니다. 그러나 '소매를 걷어올리고'보다 '두 팔을 걷어올리고'가 훨씬 더 잘 느낌에 와닿고, '신을 벗고'보다 '맨발 벗고'가 훨씬 더 그럴듯한 말로 느껴진다. 이 동화집에서는 이렇게 살아 있는 말을 잘 쓰고 있다.

■ 기동이가 아래서 <u>쳐다봅니다</u>. 똘똘이도 거기서 <u>쳐다봅니다</u>. 모두 노마를 <u>으뜸</u>으로 보는 얼굴입니다.(《내가 제일이다》)
■ 기동이도 똘똘이도 축대 위에서 <u>내려다봅니다</u>.(같음)

여기 '쳐다봅니다'와 '내려다봅니다'를 왜 들어 놓았나 하면, 오늘날 글을 쓰는 거의 모든 사람들이 이 말을 제대로 쓰지 못하기 때문이다. 축대 밑에 있는 아이들은 축대 위에 올라가 있는 노마를 쳐다보아야 하는 것이고, 축대 위에 올라간 노마는 밑에 있는 다른 아이들을 내려다보아야 되는 것인데, 요즘 사람들은 어째서 이런 말조차 바로 쓰지 못할까? '저기 발밑을 쳐다본다' 따위로 쓰니 말이다.

'으뜸'이란 말도 많이 쓸 만한데, 모두 '일등' '제일'로만 쓰고 있다.

■ 활개를 치고 배를 내밀고 아주 뽐내는 걸음으로 아이들 노는 데로 갑니다.(《아버지 구두》)

'활개 치고 간다'고 할 것을 요즘은 모두 '활보한다'고 쓴다.

■ 응달 축대 밑에서 귀뚜라미는 점점 노마를 닮아 갑니다. 응달 축대 앞에서 점점 노마는 귀뚜라미를 닮아 갑니다. 그래서 노마는 점점 귀뚜라미 마음을 알게 되었습니다.(《귀뚜라미》)

우리 말은 이렇게 '점점'이라고 한다. '차츰' '차차'도 있다. 그런데 요즘은 어째서 모두 일본글에 나오는 '점차'를 쓸까? 이 동화집에는 그 어디에도 '점차'란 말이 없다.

■ "이런 먹콩 같으니."(《포도와 구슬》)
■ "난 일없어."(같음)

상대편을 찌르는 말이지만 재미가 있고 웃음이 난다. 그런데 요즘 아이들 입에서 나오는 말은 듣기가 거북하도록 상스럽고, 끔찍하기도 하고, 어른들이 내뱉는 더러운 욕설을 그대로 따라서 지껄이는 말이 되어 있기도 흔하다.

■ 널따란 벌판으로 나왔습니다.(《기차와 돼지》)

'초원' '광야' 따위를 쓰지 말고 제발 이렇게 '벌판' '들판'을 썼으면 좋겠다.

■ 해가 기울었습니다.(같음)

얼마나 정다운 말인가. '석양'이니 '황혼'이니 하는 말이 들어가야 동화가 되고 시가 된다고 생각하지 않았으면 좋겠다.

■ 만약에 그날 아는 어른을 만나 그 사람을 따라왔기에 망정이지 그러지 않았다면 아주 큰일 날 뻔했습니다.(같음)
■ 만약에 이런 때 어머니가 나오셔서 저녁을 먹으라고 부르셨기에 망정이지 그러지 않았다면 똘똘이는 아이들 앞에 큰 망신을 할 뻔하였습니다.(《큰소리》)

두 편의 작품에서 아주 뜻밖의 일이 일어나 문제가 해결된다는 결말로 써 놓은, 비슷한 꼴의 글월이다. 여기서 '-었기에 망정이지'란 말을 오늘날 글을 쓰는 이들이 잘 살려서 썼으면 좋겠다. '-었기에 다행이지'보다 더 구수한 우리 말이다.

그런데 여기 들어 놓은 두 보기글에서 첫머리에 나온 '만약에'는 그 자리가 잘못되었다. 두 보기를 모두 '만약에'를 없애든지, 아니면 '-기에 망정이지' 다음에 넣어야 바른 말이 될 것이다.

■ 아주 뽐내는 걸음으로 똘똘이는 뒷짐을 지고 갑니다. 뒷짐을 진 손바닥에는…….(《뽐내는 걸음으로》)

요즘 아이들이 '뒷짐을 지고'란 말을 알까? 아이들이 뒷짐을 지고 다닐 세월이 아니고, 뒷짐을 지고 다닐 자유조차 없으니 이런 말을 알수 없겠다는 생각이 든다. 그럴수록 이런 말을 동화 작품에서 써서 가르쳐야 할 것이다.

■ "접때 우리 집에 왔을 때 너 떡 줬지."(《너하고 안 놀아》)

이 '접때'는 '며칠 전'이나 '얼마 전'보다 더 친근한 아이들의 말이었는데, 요즘은 어떨까?

■ "그럼 이따 우리 어머니 돈 주면 과자 사서 너 조금만 줄게."(같음)

이 '이따' '이따가'도 아주 어린 아이 때부터 쓰게 되었던 말인데, 요즘도 그렇게 쓰는지 모르겠다. '조금 뒤에' 밖에 못 쓴다면 이 말도 살려 쓰도록 해야 하겠다.

■ 담처럼 둥그렇게 금을 긋고 그 안에는 발 하나 들여놓지 못하게 합니다.(같음)

요즘은 모두 '선을 긋고'라 한다. '선'보다는 '금'이 더 좋은 우리 말이다.

■ 그제야 영이는 금 안으로 똘똘이를 <u>맞아들였습니다.</u>(같음)

이런 말도 이제는 안 쓰고 '영접했습니다' 고 쓸까 싶어 걱정된다.

■ <u>우물두덩</u>에도 가 보았습니다.(《의심》)

'우물두덩'은 '우물둔덕'과 같은 말이고, '우물가' 라고 할 수도 있다. 우물이 아주 없어졌지만 이런 말은 살려 썼으면 좋겠다.

■ 기동이는 바로 <u>올러메는데도</u> 할 말이 없습니다.(같음)

이런 깨끗한 우리 말이 있는데도 이제는 쓰지 않고 '위협하는데도' 와 같은 말을 쓰게 된 것을 반성해야 되겠다.

■ 조그만 <u>알록</u> 강아지입니다.(《강아지》)

'알록 강아지' 얼마나 귀여운 느낌이 드는 강아지인가. 요즘은 모조리 '바둑이' 아니면 '점박이'다.

■ 그래서 노마는 <u>멀쑥해</u> 물러서고 말았습니다.(같음)

이것은 '머쓱해' 라는 말이다.

■ <u>한다 한</u> 강아지 집입니다.(《강아지》)

■ 이만하면 <u>한다 한</u> 어디 내놓아도 부끄러울 것 없는 한 채의 기차입니다.(《조그만 발명가》)

이 '한다 한'은 '한다고 하는' '한다 하는' '한다는'으로도 쓰는 말로 남들이 훌륭하게 여기는 '뛰어난'이란 뜻으로 써 온 말이다.

■ <u>달음박질</u>도 합니다.(《강아지》)

'걷는다'는 말도 '도보'니 '보행'이니 하고, '달린다'는 말도 '조깅'이라고 하는 판이라 이 '달음박질'이란 말도 앞으로 죽어 버리지 않을까 걱정이 된다.

■ 강아지는 또 정말 사냥개처럼 <u>풀섶</u>을 헤치며 킁킁 냄새를 맡습니다.(같음)

삶이 없고 자연을 모르니 이런 좋은 말도 이제는 자꾸 죽어 가게 되는 것이 안타깝다. 말을 살리고 아이들을 살리는 문학이 되어야 하겠다.

■ 노마는 오늘 처음으로 눈이 오는 걸 보는 듯싶습니다. 작년에도 <u>그러께</u>도 이렇게 눈이 왔던지 조금도 모르겠습니다.(《삼형제 토끼》)

'그러께'는 재작년을 말한다. 이런 말도 그대로 쓰면 좋겠지만 이제는 거의 안 쓴다. '작년' '재작년'을 많이 쓰지만, '지난해' '지지난해'도 있다.

■ 어머니가 나무를 하러 간 <u>등 너머</u> 숲입니다.(같음)

이 '등 너머'는 '산등 너머' '산등성이 너머'와 같은 말이다. '재 너머' '산 너머'도 비슷한 말이다.

■ "왜 없어요. 엿이 한 단지, 밤이 한 <u>함지</u>나 있는데요."(같음)

'다라이'라는 일본말을 쓰지 말고 이렇게 우리 말 '함지'를 써야 한다.

■ 잠자는 틈에 쌀, 엿, 밤을 훔쳐 가려는 <u>요량</u>이지요. 삼형제 토끼가 자는 척하고 <u>실눈을 뜨고</u> 있는데 늑대는 아주 자는 줄 알고 <u>광</u>으로 쌀을 훔치러 들어갑니다.(같음)

'요량' '실눈을 뜨고' '광' 이런 말들은 모두 어릴 때부터 알아 두어야 할 말이다.

■ 기동이는 엎어져 <u>비탈</u>을 눈 위로 지르르 미끄러져 내려갔습니다. 노마, 영이, 똘똘이는 이것도 장난으로 알고 일부러 엎어져 기동이 뒤를 따라 <u>비탈</u>을 눈 위로 미끄러져 내려가며 아아 아아 아아 좋아라고 손뼉을 치며 소리를 칩니다.(같음)

땅이 한쪽으로 기울어진 정도나 기울어진 곳을 우리 말로 '비탈'이라 하는데, '비탈길' '비탈밭' '비탈진 곳' '산비탈' 이렇게도 쓴다. 그런데 요즘은 이 '비탈'이란 말은 잘 안 쓰고 '경사'란 한자말을 많이 쓰고 있으니 잘못되었다. '비탈'이란 말은 반드시 살려야 할 말이다.

- 담을 뚫고 들어갈 무슨 틈을 <u>엿보며</u> 돕니다.(《고양이와 쥐》)
- 고양이는 고양이니까 아주 <u>앙큼스럽습니다.</u>(같음)

'엿본다' '앙큼스럽다' 이런 말들도 이야기말 속에서 자연스럽게 익히도록 해야 되겠다.

- 기동이는 대장이니까 대장 된 온갖 <u>의용</u>을 갖추었습니다.(《용기》)

우리는 이렇게 '의용'이란 말을 썼는데, 일본 사람들은 다 같은 한자말을 거꾸로 해서 '용의'라 썼다. 일제시대부터 학교에서 써온 '용의검사'란 말이 이것이다. 그런데 '의용'이란 말도 이제는 잘 안 쓰고, 다시 쓴다고 하더라도 소리내며 알아듣기가 힘드는 한자말이니, 아주 우리 말로 '몸차림'이라 했으면 좋겠다.

- 그리고 우물두덩을 서너 바퀴 돌다가 너른 <u>마당</u>으로 갔습니다.(같음)

이 '마당'이란 말을 살려서 얼마든지 쓸 수 있을 것인데, 모두 무슨 '장'이라고만 하고 있다. 《쉬운 말 사전》에는 '광장'을 '너른 마당'으로 쓰도록 해 놓았다.

■ 대문 안에서 <u>개구멍</u>으로 머리를 내놓고 짖습니다.(같음)

'개구멍' 참 재미있는 말이다. 이 글을 읽으면 '개구멍'이란 말이 무슨 말인지 대번에 알게 된다.

■ 대장 될 자격이 <u>넉넉합니다.</u>(같음)

'충분합니다' 하지 않고 이렇게 '넉넉합니다'고 하는 것이 훨씬 좋다.

■ <u>까치걸음</u> 이상의 어려운 걸음으로 뛰어간대도 실수를 하거나 할 염려는 조금도 없을 자신이 <u>더합니다.</u>(《실수》)

'까치걸음'은 모든 어린이들이 다 알고 있어야 할 말이다. '걱정'이란 말을 많이 쓰는 것이 좋지만 '염려'란 말도 더러는 쓸 자리가 있을 것이다. 그런데 '우려'란 말은 쓰지 말아야 한다.
'자신이 만만합니다'라고 쓰지 않고 '자신이 더합니다'고 쓴 이런 글쓰기 태도를 배울 필요가 있다.

■ 노마는 아주 <u>마음이 기쁩니다.</u>(같음)

아무것도 아닌 말이지만 이제는 이렇게 아무것도 아닌 말에서 배우지 않을 수 없다. '마음이 기쁩니다' 하지 않고 모두가 '기분이 좋습니다'고 하니 말이다. '기분이 좋다'는 말은 일본말을 따라서 쓰게 된 말이다.

■ "덤 좀 주세요. 덤 좀요."
하고 제법 어른처럼 투정도 해보았습니다.(같음)

'덤' '우수' 이런 말도 이런 이야기로 배울 수 있다. '투정'은 어린이가 하는 것이니까 말도 알아야 하겠지.

■ 그래서 사람은 차차 실수 없는 완전한 사람이 되어 가는 것입니다.(같음)

'점차'라고 하지 말고 이렇게 '차차'나 '차츰'을 써야 한다. '점차'는 일본말 따라서 쓰는 말이다.

■ 점순이하고 막동이 옷 매무시를 고치고 얼굴에 묻은 흙도 털어 주고 합니다.(《어머니의 힘》)

'매무시'는 '옷을 입을 때 매고 여미고 하는 뒷단속'이란 말로 움직씨 '매무시한다'고 쓰기도 한다. 이렇게 매무시한 모양새를 말할 때는 '매무새'란 말이 또 있는데, 이 글에 나온 '매무시'는 '매무새'로 써야 할 것이다. '매무새'와 '매무시'는 비슷하기에 아마도 함께 썼던 것 같다.

■ 그리고 집 건너편 언덕 밑에서 가루 흙 한 줌을 모아 쥐고 돌아오는 때 뜻하지 않은 재난이 생기었습니다.(같음)

'뜻하지 않은'이나 '뜻밖에'와 같은 말을 써야 할 자리에 동화작가들은 거의 모두 '이외에' 또는 '이외의'라고 쓰고 있는데, 홀소리만 잇달아 나오는 이런 말은 알아듣기가 힘들고 소리내기도 어려우니 쓰지 말아야 할 것이다. '이외'란 말은 우리 말이 될 수 없고 되어서도 안 된다고 본다.

■ 난데없는 커다란 개 한 마리가 어슬렁어슬렁…….(같음)

이런 말도 아이들이 잘 익혀서 쓰도록 했으면 좋겠다.

■ 그래서 옥이는 옥이 이상의 힘으로 한 손에는 막대기, 한 손에는 돌을 집어 들고 "이 개! 이 개!" 하고 큰 소리를 치며 막 겁도 없이 마주 나섰습니다.(같음)

소를 몰아 쫓을 때는 '이라' '이러' 하고, 개를 쫓는 말은 '이 개' '요 개'다. 이런 말도 소와 개를 기르면서 살아가던 생활이 없어짐에 따라 잊어버리게 되는 것은 어쩔 수 없지만, 그 대신에 온갖 거친 말과 괴상한 외국말이 넘치고 있으니 답답하다.

■ 땜가게 할아범은 어린 사람 같습니다.(《땜가게 할아범》)
■ 조그만 집 안에서 혼자만 드나들 조그만 문을 열어젖히고 조그맣게 앉아서 땜일을 합니다. 구멍 뚫어진 냄비를 때웁니다. 대야를 때웁니다. 양철통을 때웁니다.(같음)

'땜가게' '땜일' '때운다' '땜장이' '땜질' 이런 말도 길가에 앉아 그릇이나 신 같은 것을 때우는 사람이 없어짐에 따라 모조리 죽은 말이 되어야 할까? 그렇지 않다. 옷을 깁는 일, 그 밖에 잘못된 데를 임시로 고치는 일도 모두 땜질이고 땜질한다. 때운다고 한다. 그런데 오늘날 어른들은 모조리 '수선' '미봉' 따위 한자말을 쓰고 있다. 우리 말을 살려 쓰는 슬기가 없이는 문학을 살릴 수가 없을 것이다.

■ 그 나룻배 한 척으로 할아범은 오고 가는 사람에게 강을 건네 주지.(같음)

이제는 '나룻배'를 '도선'이라고 하고, '나루터'를 '도선장'이라고 하니 아주 잘못되었다. '도선' '도선장' '선착장' 따위가 모두 일본말이다.

■ 이렇게 나룻배 할아범은 왼종일 배를 부리고 땜가게 할아범은 왼종일 땜일을 합니다.(같음)

'배를 부린다' '차를 부린다' 이렇게 '부린다'고 말했는데, 이제는 거의 모두 '운전한다' '조종한다'고 한다.

■ 그리고 노마, 기동이, 똘똘이, 영이는 마침내 조그만 것을 좋아하는 산새, 병아리, 옥토끼가 있는 땜가게 할아범네 식구가 됩니다.(같음)

'식구'를 안 쓰고 '가족'만을 쓰는 까닭도 일본말에는 '食口(식구)'가 없기 때문이다.

■ ……이렇게 일일이 따지자면 수월치 않습니다.(《조그만 발명가》)

'수월치 않다' '수월찮다' 이런 말도 살려 쓰도록 해야겠다.

■ 노마는 사람이 걸쌈스러우니까 삼태기를 맡기에 적당합니다. (《실망》)

'걸쌈스럽다'는 '남에 지기 싫어하고 억척스럽다'는 말인데, 이런 말을 쓰는 사람이 아주 드물게 되었다. 아이들 교육을 학교에서 교과서만 가지고 하는 바람에 우리 말이 자꾸 죽어 간다. '삼태기'도 삼태기를 가지고 일하거나 노는 삶이 없으니 말도 모르게 되었다.

■ "그럼, 정작 붕어가 없어?"(《동정》)

이럴 때는 '정말'이나 '진짜'보다 '정작'이 더 알맞은 말이다. 그런데 이 '정작'도 우리 아이들은 제대로 이어받지 못하는 말이 될 것 같다.

■ 해가 저물고 바람이 붑니다. 그래도 영이 집 문지방에는 다홍 치마, 파랑 치마, 노랑 치마, 쪼르라니 세 소녀가 앉아 아주 쓸쓸한 얼굴로 고개를 기우듬히 한 손으로 턱을 괴고 비탈 아래 먼 길을 바라봅니다.(같음)

'해가 저물고' ─ 요즘은 방 안에서 시계만 보고 시간을 알게 되는 시대가 되어서 이런 아름다운 말도 거의 안 쓰게 되었다.

'문지방'과 '비탈'은 앞에서도 나왔는데, 잘 익혀서 쓰도록 해야 되겠다.

'다홍' ―옛날부터 많이 써온 말인데, 반드시 익혀야 할 이런 말조차 학교에서 제대로 가르쳐 주지 못하는 것이 안타깝다.

'쪼르라니' 참 재미있는 말이다.

'얼굴로' ―왜 이 말을 살펴보아야 되는가 하면, 오늘날 글을 쓰는 이들은 거의 모두 '표정'이라는 한자말만을 써서 '쓸쓸한 얼굴로'라고 할 것을 '쓸쓸한 표정으로'라 쓰고, '성난 얼굴로'나 '성난 기색으로' 할 것도 '성난 표정으로' 하고 쓰기 때문이다.

'기우듬히' '갸우듬히' ―이런 말을 익혀서 잘 쓸 수 있게 하는 것이 국어교육이 되고 문학교육이 되어야 하겠다.

'괴고' ―이런 말도 아주 어렸을 때부터 익히게 되어야 하겠는데, 누가 어디서 어떻게 가르칠까 마음이 안 놓인다.

'비탈'은 앞에 나왔다.

■ 하지만 동무 영이가 혼자서 산을 가기가 허전해…….(《우정》)

'동무'는 아이들 말이고 '친구'는 어른들 말이다. 지금이라도 아이들의 말을 도로 찾아 주어야 하고, 이 일은 그 누구보다도 동화를 쓰는 사람들이 할 일이다.

'허전해' (허전하다)는 '둘레에 아무것도 없어서 서운하고 텅 빈 듯한 느낌이 든다'는 말로 반드시 익혀야 하겠다.

■ 손바닥과 무릎에 생채기가 나고 벌건 피가 흐릅니다.(같음)

'생채기'는 '할퀴거나 긁히거나 해서 생긴 작은 상처'다. 이 좋은 말을 두고 '상처'니 '찰과상'이니 하는 한자말을 쓰니 한심하다.

■ 모두 곧이 안 믿는 얼굴을 합니다.(《큰소리》)

'곧이 듣는다' '곧이 안 듣는다' '곧이 믿는다' '곧이 안 믿는다' — 이런 말을 써야 할 때 요즘 글에서는 모두 '수긍한다' '수긍 안 한다'고 쓴다. 이것도 우리 말을 찾아 써야 되겠다.

'얼굴을 합니다'도 '표정을 짓습니다'로 쓰지 말아야겠다.

■ 이발소 앞엘 왔습니다.(《둘이서만 알고》)
■ 우물 앞을 왔습니다.(《바람하고》)
■ 그리고 조그만 도랑 앞엘 왔습니다.(《의심》)
■ 마침내 동리를 지나고 개울을 건너고 목적한 곳에 이르렀습니다.(《우정》)
■ 마침내 똘똘이는 전봇대 앞에 이르러 걸음을 멈추었습니다.(《큰소리》)

이와 같이 '왔습니다' '이르렀습니다' '닿았습니다'고 할 것을 오늘날에는 거의 모두 이런 말을 쓸 줄 모르고 '도착했습니다'고만 쓰고 있다. 과연 우리 말이 이렇게 되어도 좋은가?

이 밖에 우리 말을 넉넉하고 아름답게 하는 여러 가지 소리시늉말이나 짓시늉말에 대해서는 지금까지 거의 말하지 않았는데, 이 동화집에 나와 있는 것을 대강 들면 다음과 같다.

고대고대, 냉냉냉 냉냉냉, 야금야금, 둘레둘레, 디굴디굴, 조랑조랑, 오곤오곤, 도굴도굴, 두리번두리번, 갸웃갸웃, 더벅더벅, 비죽비죽 ······.

10. 잘못 쓴 말과 다듬어서 써야 할 말

❧

이 동화집은 아주 썩 보기 드물 만큼 우리 말을 잘 살려서 썼다. 그러나 잘못 쓴 말이 몇 군데 있고, 좀 더 깨끗한 우리 말로 썼더라면 좋았겠다 싶은 말도 더러 보인다. 이것은 우리 말에 대한 깨달음을 제대로 가질 수 없었던 일제시대에 쓴 글이라 넓은 생각으로 보아야 하겠지만, 아무튼 본보기로 삼을 만한 훌륭한 이야기글이란 점과 함께 이런 조그만 흠까지도 묻어 버리지 말고 잘 살펴서 참고로 삼을 수 있어야 비로소 우리는 이 작가의 뜻을 바르게 잇게 되리라 생각한다.

다음에 잘못된 말이나 다듬어 써야 할 말을 차례로 들어 보겠다.

■ 왜 그러냐면, 혹 어머니에게 들킨대도 고양이처럼 달아나면 고만, 그걸로 인해 노마가 이전처럼 매를 맞거나 할 리는 없으니까요.(〈고양이〉)

■ 점순이하고 막동이는 어린아이니까 그렇게 장난이 심하고, 그리고 옥이는 어머니이니까 어린아이들로 인해 매양 속이 상합니다.(〈어머니의 힘〉)

여기 '―로 인해'라 썼는데, 이것은 아이들 말법이 아니다. '그걸로 인해'는 '그것 때문에'라 써야 하고, '어린아이들로 인해'는 '어린아이들 때문에'라고 써야 된다. 아이들 말이 아닌 것은 거의 모두 우리 말이 아니라고 보면 틀림없다. '매양'도 '번번이'라 하는 것이 좋겠다.

■ 그리고 골목 밖 큰길을 향해 찌익 찌익, 그야 물딱총만 가졌으면 노만들 하지 못할 재주가 아닐 텐데…….(《물딱총》)

■ 전차는 골목을 돌아서 한길을 향해 달립니다.(《새끼 전차》)

■ 똘똘이와 기동이는 (줄임) 아주 뽐내는 걸음으로 뒷짐을 지고 집을 향해 돌아갔습니다.(《뽐내는 걸음으로》)

■ "어머니" 하고 노마는 방 안에서 바느질을 하시는 어머니를 한마디 부르고는 담벼락을 향하고 돌았습니다.(《강아지》)

■ 그리고 살살 토끼 집을 향해 갑니다.(《삼형제 토끼》)

■ 마침내 기동이, 노마, 영이, 똘똘이는 그 개가 있는 검정 판장 한 집을 향해 갔습니다.(《용기》)

■ 난데없는 커다란 개 한 마리가 어슬렁어슬렁 막동이하고 정순이가 있는 편을 향하고 가까이 옵니다.(《어머니의 힘》)

'학교로 갔습니다'로 쓸 것을 '학교로 향했습니다'로 쓰는 글버릇은 아주 잘못되었다. 여기 들어 놓은 '-을 향해' '-을 향하고'를 차례로 깨끗한 말로 다듬어 보면 다음과 같다.

큰길을 향해 → 큰길을 보고

한길을 향해 → 한길 쪽으로

집을 향해 → 집으로

담벼락을 향하고 → 담벼락 쪽으로

토끼 집을 향해 → 토끼 집 쪽으로

집을 향해 → 집으로

편을 향하고 → 편을 보고

이 '-을 향하고'도 아이들 말이 아니고 어른들이 글에서나 쓰는 글 말이고, 일본글 따라서 쓰는 말이다.

- 모래 돈 다섯 닢 내고 종이표 사고 탑니다.(《새끼 전차》)
- 모래 돈 열 닢 내면 가루 흙 한 줌, 모래 돈 스무 닢 내면 가루 흙 두 줌, 이렇게 막 파는 가겝니다.(《싸전 가게》)
- 노마가 모래 돈을 하나 둘 소리 높여 셉니다.(같음)

이와 같이 두 편에서 아이들이 전차 놀이나 가게 놀이를 하면서 모래를 가지고 돈이라 해서 한 닢 두 닢 세어서 주고받았다고 했는데, 아무래도 좀 이상하다. 가게 놀이에서 흙을 쌀이라 하는 것은 되겠는데, 모래를 어떻게 하나 둘 세어서 주고받고 할 수 있겠는가? 자갈이라 했더라면 되었을 텐데. 이 작가가 모래와 자갈을 구별하지 못했을까? 그러고 보니 현덕의 동화에는 농촌의 자연과 산이며 들이 무대로 되어 있는 이야기는 없다. 이 작가가 도시에서 자라나서 자연을 제대로 모르기 때문이 아닌가 하는 생각도 든다.

- 전차가 골목 모퉁이 전선주 앞에 닿았습니다.(《새끼 전차》)
- 전선주 앞엘 왔습니다. 전선주 앞을 지나 골목 안으로 들어섰습니다.(《둘이서만 알고》)

■ 아무리 나무를 잘 올라가기로 그 높은 <u>전봇대</u> 꼭대기까지 올라가기는 노마나 기동이도 못 하겠습니다.(《큰소리》)

이 동화집에는 한 작품에서만 '전봇대'라 쓰고, 그 밖에 다른 여러 작품에서 모두 '전선주'라 썼다. '전선주'고 '전신주'고 다 쓰지 말고 '전봇대'란 우리 말을 써야 할 것이다.

■ 문지방 밑 응달에서 노마가 쌀을 팝니다. 한 줌을 팝니다. 두 줌을 팝니다. <u>세 줌, 네 줌</u>을 팝니다.(《싸전 가게》)

'세 줌' '네 줌'이 아니고 '석 줌' '넉 줌'이다. 이런 말을 1930년대에 나온 작가가 몰랐을까, 더구나 동화며 소설을 잘 쓴 이만 한 작가가 이런 말조차 몰랐을까 하고 이상한 생각이 든다. 그러나 이것은, 농촌에서 일을 하면서 살지 못하고 도시에서 자라난 사람은 벌써 일제시대에도 우리 말을 온전히 익힐 수 없었다는 사실을 말해 주는 것이 아닐까 싶다.

■ 기동이는 아버지 구두를 신고 아버지 <u>음성</u>으로 아버지처럼 소리 칩니다.(《아버지 구두》)

'음성'이 아니라 '목소리'라 해야 한다.

■ 분명 노랑빛 구슬이 둘, 파랑빛 구슬이 하나, 이렇게 세 개를 <u>가 졌었는데요.</u>(《잃어버린 구슬》)

이 동화집에서 움직씨의 과거형이 겹으로 된 것이 여기 이렇게 꼭 한 번 나온다. 그 수많은 과거형 움직씨 가운데 겹으로 된 것이 딱 하나 이렇게 나온 것을 어떻게 설명할 수 있을까? 아무 생각 없이 우연히 썼다고 할 밖에 달리 말할 수가 없다. 이 우연이란 것도 따지자면 그 까닭은 있다. 20세기 초에 우리 한글학자들이 서양문법을 따라 우리 말법에서 이중과거형 '-었었다'를 만들어 내고부터, 영어를 우리글로 번역하는 사람들이 이 괴상한 말을 쓰게 되고, 문인들이 또 가끔 이것을 쓰니까 어딘가 유식한 느낌이 들어 학생들과 젊은이들이 따라서 쓰고, 그래서 차츰 퍼져간 것이다. 이런 글쓰기 흐름에서 책을 읽고 글을 쓰게 된 사람들 가운데 아무리 깨끗한 우리 말로 쓰겠다고 생각하는 사람이 있어도 우리 말이 어떤 말인가, 일본말법과 어떻게 다른가, 영문법과 어떻게 다른가, 많은 한자말들이 어째서 우리 말과 어울릴 수 없는가, 그리고 무엇보다도 우리 말의 주체는 누구인가를 아주 분명하게 깨닫지 못하고서는 어떤 작가도 어떤 학자도 다 저도 모르게 외국말법을 따라서 쓰게 되었던 것이다. 그래서 이 '-었었다'도 하필 현덕뿐이 아니라 다른 많은 작가들의 글에서 그저 때때로 여기 저기 심심하면 불쑥불쑥 나왔다. 따라서 이 '-었었다'가 쓰이는 것은 아무런 원칙도 까닭도 없다. 우리 말이 될 수 없으니 원칙이고 뭐고 있을 수 없다.

■ 이만하면 됐습니다. 강아지 이름은 역시 '쫑'이라고 지었습니다. 노마에게 있어 '쫑'은 정말 산 강아지나 다를 것 없습니다.(《강아지》)
　■ 정거장에서 보는 정말 기차와 모양에 있어서 그다지 틀릴 것 없습니다.(《조그만 발명가》)

이 동화집에서 '-에 있어(서)'가 이렇게 꼭 두 군데 나온다. 이것은 일본말법이요 일본글법을 따라서 쓴 말이다. '노마에게 있어'는 '노마에게'라 하면 우리 말이 되고, '모양에 있어서'는 '모양에서' 하면 된다.

■ 며칠 지난 <u>후</u>입니다.(《강아지》)

'후'보다는 '뒤'가 낫다.

■ 영이, 노마, <u>그 외에</u> 여러 아이가 서로 팔을 벌리어 손을 맞잡고 둥그런 원을 치고 앉았습니다.(《고양이와 쥐》)

이것은 '그 밖에'라 써야 된다.

■ 그러나 이때의 노마는 얼굴에 비죽비죽 울음을 만드는 <u>외에는</u> 다른 도리를 몰라하였습니다.(《실수》)
■ 사람 타는 차 창 수효가 몇인 것을 안 <u>외에</u> 또 기관차 맨 앞에 길을 비추는 등이 있다는, 어머니나 노마가 조금도 몰랐던 사실까지 알 수 있게 되었습니다.(《조그만 발명가》)
■ 노마하고 똘똘이는 영이를 보호해 주는 <u>외에</u> 영이를 위해서 나물이 있는 곳을 가르쳐 주고 또 자기도 캐고 하는 수고를 아끼지 않았습니다.(《우정》)

여기서 쓴 '외에는'은 '것밖에는'이나 '수밖에는'으로, '외에'는 '것 밖에'로 써야 한다.

■ 골목 안에서 조그만 군대가 교련을 하고 있습니다. 노마, 영이, 똘똘이는 병정입니다. 모두 어깨에 막대기 총을 메고, 눈을 똑바로 기척을 하고 섰습니다.(《용기》)

여기 나온 '기척'이 무슨 말일까? 아무리 살피고 생각해도 모르겠는데, 이것은 아마도 글자를 잘못 쓴 것이 아닌가 싶다. 원문에는 아마도 '기착'이라고 썼을 것 같다. 그것을 이제 와서 새로 책을 만들면서 '기착'이란 말이 무슨 말인지 모르니까 이것은 아마 '기척'이란 말을 잘못 찍어 내었겠다 싶어 '기척'으로 고친 것이라 본다. '기착'이란 말은 없어도 '기척'이란 말은 있기 때문이다.

그러나 '기척'이란 말이 여기 쓰일 수가 없고, 이런 엉뚱한 말을 썼을 리가 없다.

그러면 '기착'은 뭔가? 이 '기착'은 일본말이다. 일본말 '기오쓰께'란 말을 '氣着'이라고 쓴다. '기오쓰께'란 말을 그대로 번역해서 지금까지 써 온 구령이 '차렷' 하는 것이다. 따라서 위의 글에서 '기척'이라고 쓴 말 대신에 '차렷'을 바꿔 넣어 보면 글 뜻이 비로소 환하게 된다.

일제시대에 쓴 글에는 이와 같이 일본말이 그대로 들어 있는 수가 가끔 있다. 그때는 그런 일본말을 널리 썼고, 더러는 그런 말을 대신해서 쓸 우리 말이 없고, 대신할 말이 있다고 해도 모두가 모르기에 글로 써 놓아도 읽기가 불편하니 그만 일본말을 썼던 것이다. 그러니까 일제시대에 쓴 작품, 더구나 아동문학 작품에서는 이런 잘못 쓴 말을 그대로 두지 말고 마땅히 우리 말로 고쳐서 읽도록 하는 것이 옳고, 그렇게 해야 작품을 써서 남긴 분의 뜻도 바로 이어 주는 일이 된다고 본다.

■ 그래서 노마는 이런 <u>제의를 하였습니다</u>.(같음)

이 '제의를 하였습니다'는 아이들의 말이 아니다. '의견을 내었습니다' 해도 되지만 '말을 했습니다' 하면 된다.

■ <u>이번 기회에</u> 노마는 자기의 실력을 보여 한번 어머니로 <u>하여금</u> 깜짝 놀라시게 해야겠습니다.(《실수》)

'이번 기회에'는 '기회'란 말을 빼고 '이번에' 하면 된다. 그리고 '하여금'도 아무 소용이 없는 말이다. 이런 '한문새김말'은 어른들이 읽는 글에서도 쓸 필요가 없다. '어머니로 하여금'은 '어머니가' 하면 다 되는 것이다.

■ 이만하면 노마는 때 묻은 바지저고리만 <u>입었어도</u> 대장 될 자격이 넉넉합니다.(《용기》)

이 '입었어도'가 우리 말법이 아니다. 이것은 이중과거형은 아니지만, 이럴 때 우리 말에서는 '-었어도'를 안 쓴다. '입었어도'는 '입었지만'이라 써야 된다. 이렇게 '-었어도' '-었어야' 꼴을 더러 쓰게 되는 것도 이중과거형 '-었었다'의 영향이라고 본다.

■ 다만 실수를 할 때는 어째서 실수를 하게 되었나 그 연유를 캐어 보고 <u>명심함으로써</u> 다음에는 같은 실수를 두 번 하지 않도록 해야 합니다.(《실수》)

276

'연유'는 '까닭'이라 해야 된다. '명심'이란 말은 바로 이 글 앞에서도 또 나와 있는데, 마음에 새긴다는 말이니 '명심해'는 '마음에 새겨'로 쓰면 되고 '명심함으로써'는 '마음에 새겨서'로 써야 하겠다. 그런데 '함으로써'라는 글말은 '감으로써' '먹음으로써' 이렇게 많이 쓰고 있는데, 아이들이 읽는 글에는 말할 것도 없고 어른들이 읽는 글에도 쓰지 않는 것이 좋다. 실제로 말하지도 않는 이런 말을 쓸 필요가 없다.

■ 그리고 점순이와 막동이는 또 좀 옥이를 어머니로 알기 위하여 이런 소청을 하였습니다.
"어머니, 나 밥 줘."
"어머니, 나 밥 줘."
이것은 응당히 어머니에게 할 수 있는 요구이고, 그리고 어머니는 응당히 들어주어야 할 소청입니다.(《어머니의 힘》)

아이들 이야기니까 '소청'이란 말은 쓰지 말고 '부탁'이라고 해야 한다. '응당히'도 '마땅히'라 쓰는 것이 좋다.

■ 그리고 집 건너편 언덕 밑에서 가루 흙 한 줌을 모아 쥐고 돌아오는 때 집에는 뜻하지 않은 재난이 생기었습니다.(같음)

'재난'이란 말도 쓰지 않는 것이 좋고, 안 써도 되는 말이다. 이 글에 나온 '재난이 생기었습니다'는 '일이 일어났습니다' 하면 된다.

■ 막동이와 점순이는 한걸음에 옥이에게 달려들어 구원을 청합니

<u>다</u>.(같음)

이것도 내가 쓴다면 '구해 달라고 합니다'로 쓰겠다.

■ 사랑하는 아들이나 딸을 위하여서는 자기 몸을 돌아보지 않고 어떠한 어려운 <u>경우</u>이든지 앞장을 서 나서는 힘입니다.(같음)

이 '경우'란 말도 '때'라고 하면 될 것이다.

■ 그 재주를 대접하기 위하여 동네 <u>여인</u>들은 할아범에게 밥을 가져다줍니다. 반찬을 줍니다. 또 돈을 줍니다.(〈땜가게 할아범〉)

여기 나오는 '여인'은 '아주머니'로 써야 우리 말이 되고 아이들 말이 된다.

■ 우뚝한 <u>연통</u>이 될 것도 오립니다.(〈조그만 발명가〉)

'연통'은 '굴뚝'이라 써야 한다.

■ 창은 <u>도합</u> 열두 개씩입니다.(같음)
이 '도합'은 '모두' 하면 된다.

■ 어머니는 아시는 것이 많으니까 그 <u>지혜</u>를 <u>이용하는</u> 것은 매우 <u>영리한</u> 일입니다.(같음)

여기 나오는 '지혜'는 '슬기'로 쓰는 것이 좋겠고, '이용하는'은 '빌리는' 하면 어린이 말이 되고, '영리한'은 '똑똑한'이라면 될 것이다.

■ 기차 바퀴만 하더라도 기관차에 드는 바퀴는 모양을 얼마큼 하고, 갯수는 몇 개를, 그리고 객차와 화물차는……, 이렇게 일일이 따지자면 수월치 않습니다.(같음)

이 글에서 쓴 '일일이'는 '낱낱이'라고 하면 더 깨끗한 우리 말이 된다.

■ 정말 기차나 틀릴 것 없는 기차를 노마 자기 손으로 만들어 냈다는 기쁨 실로 말할 수 없이 큽니다.(같음)

'실로'는 '참으로'라고 하는 것이 좋다.

■ 노마가 이대로 십 년이고 이십 년이고 이 길에 노력하면 필시 정말 기차나 그보다 더 훌륭한 기차도 만들어 낼 것입니다.(같음)

어린아이들의 이야기에는 '노력하면'이란 말도 '힘쓰면'이라든지 '애쓰면'이라고 하는 것이 좋고, '필시'는 '반드시'나 '꼭' 아니면 '아마도'라고 써야 한다.

■ 삼태기는 돌 밑에나 나무뿌리 같은 데 숨은 고기를 몰아내어 잡기에 매우 적당하고, 쳇바퀴는…….(《실망》)

이 '적당하고'는 '알맞고' 하면 된다.

■ 이렇게 <u>각기 적당한 소임을</u> 작정해 가진 것이 또한 즐거운 일입니다.(같음)

여기서 쓴 '각기 적당한 소임을'은 '저마다 알맞는 일을'이라고 해야 할 말이다.

■ 똘똘이는 <u>연해</u> 그 일을 노마와 기동이에게 묻습니다.(같음)

이 '연해'는 '자꾸'라 하면 된다.

■ 딴은 <u>경우에 의해서는</u> 똘똘이 팔뚝만 한 메기가 잡힐는지도 모르겠습니다.(같음)

'-에 의해' '-에 의하면' 이것은 어른들이 잘못 쓰는 일본말법이다. '경우에 의해서는'은 '경우에 따라서는'이라 해도 되지만, 그보다도 여기서는 '어쩌면'이라 하는 것이 더 알맞고 좋은 말이다.

■ 그만 한 메기가 잡히면 잡히는 때 어떻게 <u>조처하기로</u> 하고, 그만 한 메기도 잡힐는지도 모르는 그 일이 또한 즐거웠습니다.(같음)

이 '조처한다'는 어른들 말이다. 또 이 말은 안 써도 되는 데도 흔히 쓴다. '어떻게 하기로 하고' 이러면 될 것을 공연히 '하기로' 앞에 '조처'를 붙인다. 아이들이 하는 말을 따르면 깨끗한 우리 말이 되는 까닭을 이런 말에서도 알 수 있다.

이와 같이 한자말을 쓸데없이 자꾸 덧붙이는 보기는 얼마든지 들 수 있다. '그것은 우리가 해야 할 일이다'고 하면 될 말을 '그것은 우리가 실천해야 할 일이다'고 할 때 쓰는 '실천'도 그렇고, '한 번 해 볼 만하다'고 하면 될 것을 '한 번 시도해 볼 만하다'고 할 때 쓰는 '시도'가 그렇다. 한자말을 쓴다는 것이 얼마나 이치에 맞지 않고, 우리 말을 어수선하게 만들어 놓는가 하는 문제를 누구보다도 먼저 아동문학에 관심이 있는 사람들이 깨닫고 풀어 나가도록 해야 할 것이다.

■ 하지만 동무 영이가 혼자서 산을 가기가 허전해 <u>보호</u>를 <u>청하는</u>데는 더욱이 남자 되어서 <u>거절</u>을 하는 수는 없습니다. 물론 노마하고 똘똘이는 <u>쾌히 승낙</u>을 하였습니다.(《우정》)

여기 나오는 말 '보호를 청하는' '거절을' '쾌히 승낙을' 따위는 유년동화에서 안 쓰는 것이 좋다. '보호를 청하는'은 '같이 가자고'로 쓰면 될 것이다. 실제로도 '같이 가자'고 했지, 무슨 '보호'를 해 달라고 했겠는가? 그리고 '거절을'도 '안 간다고' 하면 될 것이고, '쾌히 승낙을'은 '좋다고 가겠다' 쯤으로 쓰면 아이들 말이 될 것이다.

■ 영이는 노마하고 똘똘이가 자기를 위해서 산엘 가 주는 데 <u>감사</u>하며 <u>무한</u> 기쁩니다.(같음)

'감사하며'도 '고마워하며' 하는 것이 더 좋은 우리 말이 되고, 또 아이다운 말이 된다. '무한'도 이 말 대신에 '무척'이나 '매우'나 '아주' 어느 것을 써도 다 좋은 우리 말이고 아이들 말이다.

■ 또 노마하고 똘똘이는 영이가 자기에게 <u>보호를 청한 데 무한</u> 만 <u>족해합니다</u>.(같음)

이것도 '같이 가자고 해서 무척 흐뭇해합니다'고 하면 좋겠다.

■ 마침내 동리를 지나고 개울을 건너고 <u>목적한</u> 곳에 이르렀습니 다.(같음)

이 '목적한'은 '가려고 한'이나 '가려고 했던'이라고 하는 것이 더 아 이들다운 말이라 본다.

■ 서로 제 재주와 또 <u>우정</u>을 보여 주게 된 때문이겠지요.(같음)

이 '우정'을 어떻게 할까? '정'이나 '정분'이라면 좀 더 나을 것 같 다. 또 글의 앞뒤 흐름으로 보아 그냥 '마음'이라면 되는 경우도 많을 것이다.

■ 영이는 <u>자기로 말미암아</u> 산엘 왔다가 이런 일을 당한 것이 퍽 미 안한 게지요.(같음)

이것은 '저 때문에' 하면 된다. '말미암아'는 오늘날 쓰지도 않는 죽은 말이다. 한자말 새겨 읽을 때 나오는 말이어서 글을 쓰는 이들이 가끔 쓰는데, 죽은 말을 글에서 쓴다고 살아나는 것이 아니고 도리어 말을 어렵게 하고, 유식을 자랑하는 글쓰기 풍조를 돕는 노릇도 되니, 살아 있는 말이나 죽지 않게 잘 쓰도록 하는 것이 옳다고 본다.

11. 아이들의 이름에 대하여

✤

이 동화집에 나오는 아이들 이름을 다시 한 번 들면 노마, 기동이, 영이, 똘똘이, 만이, 옥수, 점순이, 막동이, 숙정이 ─ 이렇다. 이름이 참 좋다는 느낌이 든다. 이름이 좋다는 것은 부르기 좋고 듣기 좋고 알아 보기 좋다는 것이다. 이렇게 부르기 좋고 듣기 좋고 알아보기가 좋게 되어 있는 것은 우리 말로 되어 있기 때문이고, 우리 배달겨레 아이다운 이름으로 되어 있기 때문이다.

여기서 이름 이야기를 하나 하면, 요즘 작가들이 써 놓은 동화를 읽어 보면 우선 거기 나오는 아이들의 이름부터 읽는 사람을 골탕 먹이기가 예사다. 아이들 이름이 나오는데, 그것이 비슷비슷해서 어느 아이인지 헷갈리게 하는가 하면, 남자아이인지 여자아이인지 분간을 할 수 없는 경우도 흔하다. 또 요즘 한글 이름을 짓는 유행을 따라 이야기에 나오는 아이들 이름도 한글 이름이 많이 나오는데, 서양 아이 같은 느낌이 드는 이름이 있는가 하면, 무슨 풀 이름인 줄 알았는데 나중에 알고 보니 아이 이름이다.

우리 나라 사람들은 아이 이름을 지을 때도 옛날에는 중국 글자의 뜻을 생각해서 좋은 뜻이 들어 있는 글자를 이름으로 짓다 보니 우리 말로 부를 때는 그만 괴상한 느낌이 드는 이름이 되거나 답답한 느낌이 나는 이름으로 되는 수가 적지 않았다. 요즘 한글로 짓는다고 하는 것도 아이들의 처지를 생각하지 않고 모두 어른들 생각이나 기분만으로 지어 놓고는, 아이가 자라나 학교에 가서 이름 때문에 온갖 어려움을 겪고 괴로움을 당한다는 사실을 늦게야 깨닫고 이름을 다시 고쳐 짓는 소동이 온 나라에서 벌어지는 판이다. 이것이 모두 어른들이 아이들을 마구잡이로 다루는 데서 생겨나는 일이다.

아이들 이름 잘못 지은 것은 그 아이가 자꾸 자라나서 어려움을 말하게 되니까 고치게 되는 것이지만, 작품 속에 지어 놓은 이름은 그 아이가 자라나지 않고 따라서 괴로움을 하소연할 수 없다. 설사 어떤 읽는이가 그것을 느낀다고 해도 그 소리가 작가의 귀에까지 들어가지 않을 것이고, 들어간다고 하더라도 한 번 책으로 나온 것을 다시 고쳐서 내기가 어려우니 그만 버려둔다. 이래서 작가는 작품에 나오는 아이들 이름 짓는 일부터 책임 없이 자꾸 하게 되는 것이다.

〈바람은 알건만〉이란 작품에는 세 아이가 나오는데, 그 아이들의 이름은 안 나오고 아이들이 입은 옷의 빛깔을 이름 대신에 써서 '분홍 치마' '노랑 치마' '파랑 치마' —이렇게 해 놓았다. 이 작품은 이야기 줄거리가 별로 없으니 아이들의 이름이 이렇게 되어 있어도 조금도 불편하지 않다. 도리어 시 같은 정경을 그려 내어 놓은 이 작품에 참 잘 어울리고, 그림 같은 풍경 속에 분홍 치마, 노랑 치마, 파랑 치마가 한층 더 산뜻하게 나타난다.

〈조그만 어머니〉에서는 영이와 그 동생을 '파랑 치마 영이' '다홍 두루마기 아기'라고 해 놓았다. 여기서도 두 아이를 그 옷의 빛깔로 나타내어 읽는이들이 눈앞에 환히 보는 듯하는 효과를 거두고 있다.

〈동정〉에도 '파랑 치마 영이' '노랑 치마 점순이' '다홍 치마 숙정이' 이렇게 세 아이가 나온다. 그리고 마지막에서는 이름조차 줄여서

"해가 저물고 바람이 붑니다. 그래도 영이 집 문지방에는 다홍 치마, 파랑 치마, 노랑 치마, 쪼르라니 세 소녀가 앉아 아주 쓸쓸한 얼굴로 고개를 기우듬히 한 손으로 턱을 괴고 비탈 아래 먼 길을 바라봅니다."

이렇게 써 놓았다. 다홍 치마, 파랑 치마, 노랑 치마, 얼마나 또렷하고 고운 그림인가!

12. 부름말 '어머니'와 '아버지'에 대하여

✤

내가 어렸을 때, 그러니까 1920∼1930년대의 시골(경북)에서는 '아빠'란 말을 들어 본 적이 없다. 아이들도 모두 '아버지'가 아니면 '아부지' 했고, 더러는 '아배'라고도 했다. 어머니만은 대개 '엄마'라 했고, 여나믄 살이 되면 '어머니'라 하기도 하고, 그대로 '엄마'라 부르기도 했다. 아마 내 고향 경북뿐 아니라 우리 나라 농촌에서는 어디든지 어머니 아버지를 부르는 말은 비슷했을 것이라 믿는다.

농촌에서는 이렇게 아버지·아부지·어머니·엄마로 말했지만 도시에서는 어떻게 말했을까? 아마 도시 아이들도 거의 다르지 않았다고 본다.

그런데 요즘은 농촌이고 도시고 '아빠' '엄마'다. '아버지'라고 하는 아이가 있다면 아주 특별한 부모의 교육을 받은 아이일 것이다.

언제부터 이렇게 되었을까? 내가 알기로 6·25 전쟁이 끝난 뒤로 도시 아이들의 말이 차츰 이렇게 달라졌다. 그리고 농촌 아이들까지 도시 아이들의 말을 따라 아버지를 '아빠'라고 하게 된 것은 1980년 이후 텔레비전이 널리 보급되고부터다.

말은 이렇게 되었지만, 글에서는 '아빠'란 말이 진작부터 나타났다. 동화나 동시에서는 벌써 1920년대에 '아빠'가 쓰였다. 그래도 일제시대에서 해방 바로 뒤까지는 거의 모두가 '아버지' '어머니' '엄마'를 쓰고, 어쩌다가 '아빠'가 나왔는데, 1960년대를 지나 1970년대부터 차츰 '아빠'를 쓰는 동시인과 동화작가가 늘어나, 텔레비전이 이 말을 가르치고 퍼뜨리기에 앞서 아동문학작가들이 우리 말을 오염시키는 일에 앞장섰던 것이다.

'아빠'란 말이 어째서 문제가 되나 하면, 이것은 젖먹이 아기들의 혀짤배기 소리다. 혀짤배기말이라도 그것이 말이라 할 수 있으니까 특수한 경우에 글로 쓸 수는 있다. 그런데 이 말을, 아이들이 자라나서 학교에 간 다음에도 그대로 쓰게 하는 것이 잘못되었고, 더더구나 요즘은 중학생이 되어도 '아빠'고, 고등학생이 되어도 '아빠', 대학생이 되어도 '아빠'니 이래서 안 되는 것이다. 우리 나라 부모들은 '아버지' '어머니'라는 말, 아이들이 그 어느 말보다도 먼저 배워야 하는 말도 제대로 가르칠 줄 모르고 어린애들의 혀짤배기 소리를 스스로 흉내 내어 보이면서 그 말을 언제까지나 자기 자식들이 쓰도록 한다. 그러면서 학교에도 가기 전에 영어를 가르친다고 아이들을 학원으로 쫓아 보낸다. 제 자식이 '어머니' '아버지'란 말도 할 줄 모르면서 영어 낱말 한두 가지를 지껄이면 교육한 보람이 나타난다고 죽을 판 살 판 돈 벌어 그런 데다 쓰고 있으니 참으로 어이가 없다. 이래서 아이들은 아이들대로 얼이고 넋이고 다 빠지고, 어른들은 그저 먹고 마시고 구경하며 사는 세상에 눈이 멀어 한 치 앞도 내다보지 못하고는, 온갖 형태의 장사꾼, 정치꾼, 사기꾼들의 그럴듯한 선전에 속아 넘어가 오직 한 길로만 달려가고 있다. 낭떠러지가 기다리는 죽음의 길로!

내가 여기서 글을 쓰는 작가들의 책임을 묻는 까닭은 병든 말을 퍼뜨리기 때문이다. 좋은 작품은 안 써도 되니 제발 잘못된 말만은 퍼뜨리지 말라! 아무리 훌륭한 작품이라고 하더라도 그것이 우리 말을 병들게 하는 일본말법이나 서양말법으로 쓴 것이라면 차라리 안 쓰는 것이 낫다. 그 작품이 많은 사람들의 마음에 파고들면 들수록 그만큼 병든 말도 파고들 것이고, 그래서 우리 말은 여지없이 망가지고 무너질 것이기 때문이다. 이 점에서 나는 지금도 〈고향의 봄〉을 지은 이원수 선생을 참으로 딱하게 생각한다. 심지어 어느 이름난 문학평론가조차 '나의 살던 고향'이란 말이 조금도 이상하게 느껴지지 않는다고 말했다니까 말이다.

앞에서 텔레비전이 보급되고부터 농촌 아이들까지 '아버지'란 말을 안 하고 '아빠'라고 말하게 되었다고 했고, 말보다 글에서 먼저 '아빠'를 썼다고 했다. 그런데 사실은 텔레비전에 나오는 말이 글에서 나온 것이다. '아버지'란 말은 누구나 다 아는 케케묵은 말, 시골 사람들이나 하는 말이고, 그래서 어렸을 때부터 동요나 동시나 동화에서 읽은 '아빠'란 말을 써야 유식하고 세련되고 서울 사람답고 교양이 있어 보인다. 그러니까 방송인들이 같은 값이면 새로운 말, 들어온 말, 유행하는 말을 쓰고 싶어 하는 것이고, '아빠'도 그래서 방송이란 날개를 타고 온 나라에 퍼진 것이다.

여기서 '아빠'란 말이 말에서보다 먼저 글에서 썼다는 사실과, 농촌에서보다 도시에서—서울에서 먼저 쓰기 시작했다는 사실을 간단한 자료로 보이겠다.

자료 **1** 윤석중 동요선집 《날아라 새들아》(창비아동문고)
이 선집에는 '아빠'란 말이 나오는 작품이 3편 있다. 이 3편 중에서 맨 처음에 쓴 작품이 1933년에 발표한 〈한 개, 두 개, 세 개〉다.

자료 **2** 이원수 동요 동시 전집 《고향의 봄》(웅진출판)

이 전집에서 '아빠'란 말을 쓴 작품은 13편이다. 이 가운데서 맨 처음에 발표한 작품이 〈잘 가거라〉이고, 1930년에 발표했다.

윤석중, 이원수, 이 두 분은 우리 동요·동시 문학에서 가장 큰 업적을 쌓고 그 영향도 크게 끼쳤다. 이런 분들이 동요·동시를 쓰기 시작할 때부터 '아빠'란 말을 썼던 것이다. 그러나 이 두 분은 이 말을 함부로 썼다고는 볼 수 없다. 대체로 알맞게 썼고, '아빠'보다는 '아버지'를 언제나 많이 썼던 것이다.

자료 **3** 《조선 아동문학 전집》(조선일보사, 1938.)

이 책에는 〈동요·동시〉와 〈동화·소년소설〉, 그리고 〈동극〉이 실려 있다.

〈동요·동시〉는 31명의 작품 57편이 실렸는데, 이 가운데서 어머니·아버지를 부르는 말이 들어 있는 작품이 11편이다. 이 11편 가운데서 '엄마'가 6편, '어머니'가 3편, '엄마, 아빠'가 2편이다.

〈동화·소년소설〉은 20명의 작가가 쓴 28편이 실렸는데, 이 가운데서 어머니·아버지를 부르는 말이 들어 있는 작품이 작가 열일곱 사람이 쓴 21편이다. 이 21편에 나타난 말을 살피면 다음과 같다.

어머니 — 9편
엄마 — 6편
어머님 — 4편
아버지 — 6편
아버님 — 1편

아빠 — 3편

전체 작품 수가 안 맞는 까닭은 한 작품에서 이런 말들이 두 가지씩 쓴 것이 있기 때문이다. 이 숫자를 보면 일제시대에는 '어머니' '엄마' '아버지'를 많이 썼다는 사실을 알 수 있지만, '아빠'도 썼다는 것을 알 게 된다.

〈동극〉 3편에는 부모를 말하는 말이 없다.

자료 ④ 《한국 아동문학 선집①》 1·2학년용(교학사, 1964.)

이 책에는 동시 14편과 동화 28편이 실렸다. 동시 14편 가운데 아버지·어머니를 부르는 말을 쓴 작품이 4편뿐인데, 이 4편 가운데서 '아빠'를 쓴 작품이 3편이나 되고, '어머니'를 쓴 것이 1편이다.

동화 28편에서 부모를 가리키는 말을 쓴 작품이 16편이다. 그 내용을 적으면 다음과 같다.

어머니 — 4편
어머니, 아버지 — 5편
아버지 — 1편
엄마, 아버지 — 2편
엄마, 아빠 — 1편
"엄마", 어머니 — 1편
"엄마", 어머니, 아버지 — 2편
(따옴표는 주고받는 말에 나온 것이고, 따옴표 없는 것은 바탕글에 나온 말임.)

이 책에 실려 있는 작품은 일제시대에 쓴 작품도 들어 있다. 아무튼 이 숫자를 보면 〈동시〉에서 '아빠'를 많이 쓴 반면에 〈동화〉에서는 뜻밖에도 16편 가운데서 겨우 1편만 '아빠'를 썼다. 그리고 이 책은 1·2학년 어린이들이 읽도록 엮은 책이라는 것, 곧 유년동시, 유년동화란 사실을 생각할 필요가 있다.

자료 **5** 《꽃잎이 흐르는 여울》(한국아동문학가협회 엮음, 1982.)

이 책에는 동화작가 44명이 쓴 44편과 동시작가 54명이 쓴 54편이 실려 있다.

동화 44편 가운데서 부모를 부르는 말이 들어 있는 작품이 22편이다. 이 22편에서 쓴 말을 나누면 다음과 같다.

아빠 — 9편
엄마 — 12편
아버지 — 10편
어머니 — 6편

이렇게 1980년대에 들어오면 '아빠'가 '아버지'와 거의 같이 쓰이게 되고, 이윽고 '아빠'가 '아버지'를 압도하게 되는 것이다. '엄마'는 '어머니'의 2배가 되어 있다.

동시 54편 가운데서 부모를 가리키는 말을 쓴 작품은 겨우 7편뿐이다. 이것은 아마도 아이들이 그 부모와 함께하는 생활이 그다지 없기 때문에 동시도 저절로 이렇게 되는 것이 아닌가 싶다. 7편에서 쓴 말을 보면 다음과 같다.

아빠 — 3편

아버지 — 1편

엄마 — 1편

어머니 — 2편

'아빠'라는 혀짤배기 말은 이렇게 해서 동화작가와 동시인들이 퍼뜨려 왔던 것이다.

그러면 이번에는 아이들 자신이 말을 어떻게 썼는가를 알아볼 차례다. 아이들이 쓴 말의 실상을 알아보려면 아이들이 쓴 글을 살펴보면 환히 나타난다.

자료 **6** 10년 동안 추려 모은 《본보기글》(새싹회, 1957.)

이 책은 1946년부터 10년 동안, 윤석중 선생이 관여한 여러 '글짓기 내기' 행사에서 뽑힌 글들을 모은 책인데, '동요' 66편과 '작문' 54편으로 되어 있다. 부모를 가리키는 말이 들어 있는 글이 동요에서는 7편이고, 작문에서는 27편이다. 이 내용을 나누어 보면 다음과 같다.

〈동요〉

어머니 — 4편

아버지 — 2편

엄마 — 2편

아버지, 어머니 — 1편

아빠, 엄마 — 1편

〈작문〉

어머니 — 16편

어머니, 아버지 — 8편

엄마, 아버지 — 1편

아버지 — 1편

아빠 — 1편

이것을 보면 '어머니' '아버지'가 절대 다수이고, 〈작문〉 곧 이야기 글에서는 '엄마'란 말조차 거의 안 쓰고 있다. '아빠'는 겨우 〈동요〉에서 1편, 〈작문〉에서 1편이 나왔다. 그리고 이렇게 1편씩 나온 것조차도 잘 살펴보면 〈동요〉에서는 윤석중 선생의 동요·동시를 모방하는 데서 쓰게 된 것이라고 판단된다. 또 〈작문〉에서 '아빠'가 나온 작품을 쓴 아이는 역시 서울의 아이였다.

자료 7 농촌 어린이 시 모음 《일하는 아이들》(1978)

1958년에서 1976년까지, 농촌 아이들이 쓴 시를 모아 놓은 이 책은 다시 살펴볼 필요도 없이 '아빠'란 말을 쓴 작품이 한 편도 없다고 알고 있다. 실제로 '아빠'란 말을 하지 않았으니 시로 쓸 리가 없다.

자료 8 농촌 아이들의 이야기 글 모음 《우리도 크면 농부가 되겠지》(1979)

이것은 1959년부터 20년 동안에 쓴 농촌 아이들의 줄글을 모아 놓은 책이다. 여기에는 어느 아이도 '아빠'를 안 썼는데, 딱 한 아이가 썼다. 1978년에 안동군 길산국민학교 2학년 아이가 쓴 글인데, 제목이

'일 시켜주세요'다. 이 글은 한 번 읽어 볼 만하니 다음에 그대로 옮겨 보겠다.

> 우리 아빠와 우리 엄마는 우리들에게 일을 너무 안 시키는 것 같아요. 꼭 우리들에겐 공부만 열심히 해라 하는데, 어쩐지 다른 아이들이 일 하는 것을 보면 부러워서 꼭 하고 싶어요. 그래도 엄마는 일하는 아이 들은 손에는 손톱까시래기가 많다고 일을 하지 마라 합니다. 나는 공 부는 하기 싫은데 꼭 공부만 하면 다 해준다고 깨달아서 공부를 해라 하니 할 수 없이 공부만 합니다. 오늘도 학교 갔다 오면 공부 좀 해라 하는 엄마 말씀이 난 귀가 아파요. 엄마, 일 좀 시켜 주세요. 요새론 일 좀 시켜 주시는데 더 시켜 주시면 좋겠어요. (권금주, 1978. 10.)

일을 하고 싶어 하는 아이, 이런 아이가 있는가 하고 이상하게 여길 것 같은데, 이 아이의 아버지는 공무원이었다. 봄부터 가을까지, 온 마을의 아이들이 학교에 갔다 오면 논밭에 나가서 일을 하게 되는 농촌 환경에서, 저만 일을 할 거리가 없고, 일을 시키지도 않고 언제나 공부 만 하라고 하니 이런 글을 쓰게 되는 것이다. 또 아이들이 하는 일이란 흔히 놀이와 다름없는 것으로 되어 있으니, 방 안에 앉아 지긋지긋한 공부만 하는 것보다 들판에 나가 일하는 것이 얼마나 부러웠겠는가? 일만 하는 아이들 편에서 보면 공부만 하는 이 아이가 부러웠을는지 모른다. 차라리 이 글은 요즘 아이들이 읽으면 도시 아이고 농촌 아이고 모두 깊이 공감할 것이다.

이때만 해도 벌써 웬만한 농가에서는 다 텔레비전이 있었다. 한창 텔레비전이 보급되던 때였던 것이다. 그러나 농삿집 아이들이 아버지

를 '아빠'라 하는 아이는 없었다. 그런데 이 아이만 이렇게 '아빠'라고
한 것은 부모들이 그렇게 가르친 까닭이다. 그리고, 이 아이의 부모가
이렇게 된 것은 학교 공부를 좀 더 많이 해서 월급생활자가 되고, 그래
서 일찍이 일만 하는 농사꾼의 신세에서 벗어났기 때문이다. '내 자식
만은 어떻게 해서라도 농사꾼이 되지 않게 해야겠다'고 생각하는 이런
사람들은 입신출세주의로만 살아가다 보니 아이들 교육도 그렇게 하
고, 텔레비전에 나오는 도시 사람들의 삶을 그대로 따르고 싶어 하여
말이고 행동이고 남 먼저 도시 사람처럼 되어 시골 사람의 티를 감추고
지워 없애는 것이다.

지금까지, 우리 아이들이 어째서 '아버지'라고 말하지 않고 '아빠'
라고만 말하게 되었는가 하는 내력을 살펴보았다. 그리고 이 '아빠'란
말이 우리 어른들이 하고 있는 교육과 창조한다는 문학, 살아가는 태도
와 깊이 관련되어 있다는 사실을 대강이라도 말하려 하다 보니 글이 제
자리에 돌아오지 못했다. 사실은 현덕의 동화집에서 아버지와 어머니
를 부르는 말을 어떻게 쓰고 있는가를 말하기 위해서 이렇게 앞머리 이
야기를 한 것이다.

이 동화집에서는 그 어느 작품에서도 '아빠'란 말은 말할 것도 없고
'엄마'란 말도 쓰지 않았다. 바탕글이고 주고받는 말이고 죄다 '어머니'
'아버지'만을 썼다. 더구나 이것이 학교에도 들어가기 전인 아이들의
이야기인데도 그렇다. 이것은 이 작품들을 쓴 때와 같은 해에 나온 자료
③《조선 아동문학 전집》(1938년)과 견주어 보아도 잘 대조가 된다. 이
자료 ③에서는 '어머니' '아버지'를 많이 쓰기는 했지만 '엄마'를 '아버
지'만큼 많이 썼고, '아빠'를 '아버지'의 반수쯤 되게 썼던 것이다. 이
《조선 아동문학 전집》이 1938년, 곧 작가 현덕이 동화집《너하고 안 놀

아》에 나온 작품을 쓰던 해에 책으로 되어 나오기는 했지만, 이 전집에 실린 거의 모든 작품이 그 이전에 씌어졌다는 사실과, 앞에서도 지적했지만 현덕의 이 동화 작품들은 유년기 어린이들의 이야기가 되어 있다는 사실, 이 두 가지를 함께 참고했을 때, 한 권의 동화집 안에 실린 모든 작품에서 '아빠' '엄마'가 한 번도 안 나온다는 것은 아주 특이한 일로 볼 수 있고, 따라서 이 문제를 한 차례 생각해 봐야겠다.

현덕이 이 유아동화를 쓰던 때에 내 나이가 소년 시절이었으니, 그 무렵 농촌 사람들이 어떤 말을 하면서 살았나 하는 것은 나로서 잘 알고 있는 터라 앞에서도 말했다. '엄마' '어머니' '아버지'(아부지, 아배) 이 세 가지로 썼고, 어른들만은 '어머님' '아버님'도 썼던 것이다. 이것은 자료 ❸에 나온, 그 당시 작가들이 동화에서 쓴 말과도 비슷하다. 다만 작가들은 간혹 '아빠'를 썼을 뿐이다.

그런데 현덕은 많은 작가들이 쓴 대로 따르지도 않고, 실제로 도시 아이들이고 농촌 아이들이고 모두 썼던 '엄마'란 말도 쓰지 않고 다만 '어머니'만 쓰고 '아버지'만 썼으니 어떤 생각으로 그랬을까? 우리 말에 대한 남다른 깨달음이 있었던 것일까? 현덕의 글이 다른 작가들의 글에 대면 더 깨끗한 우리 말로 되어 있고, 더구나 이 유년동화의 글은 우리 말을 잘 살려 썼지만, 어쩌다가 눈에 띄는 엉뚱한 일본말이나 일본말법을 보면 우리 말의 본질을 깊이 있게 붙잡고 있었다고는 생각할 수 없다. 그리고, 더구나 그때부터 몇 십 년 뒤에 '아빠'란 말이 서울에서부터 유행이 되어 드디어 온 나라에 퍼져서 '아버지'란 말조차 쓰이지 않게 되리란 것을 미리 내다보았다고는 조금도 생각할 수 없다.

내가 보기로는 이것 또한 이 작가가 아이들을 지극하게 사랑한 마음에서 나온 것이다. 현덕은 이른바 교육자는 아니었지만 그의 작품을 읽으면 어떤 교육자보다도 더 훌륭한 교육을 문학으로 해내었다는 생각이 든다. 아이들을 사랑했기에 그 아이들이 잘못된 말을 하게 되는 것을 걱정하는 것은 당연하다. 그래서 아이들이 바르고 깨끗한 말을 하도록 하고 싶었고, 유행하는 말을 흉내 내거나 어리광 부리는 말을 하거나 혀짤배기소리를 내도록 하는 글을 쓰지 않았다. 따라서 일제시대에 이른바 동심 천사주의 작가들이 어린애들을 장난감으로 여겨서 어린애 흉내를 낸다고 '아빠'란 말을 글로 쓰는 것에 대해 틀림없이 못마땅하게 여겼다고 본다. 그러기에 그로서는 '아빠'란 말은 말할 것도 없고 심지어 '엄마'란 말까지도 쓰지 않고 다만 '어머니' '아버지'란 우리 모국어를 바르게 가르쳐서 자랑스럽게 쓰도록 해서 아이들을 의젓하고 당당하게 키우고 싶었던 것이다. 물론 일부 작가들이 실제로 아이들이 쓰지도 않는 '어머님' '아버님'이란 말을 쓰는 것을 따라서 써서 아이들을 주눅들게 할 아무런 까닭도 그로서는 찾아 내지 못했을 것이다.

이런 내 짐작이 틀림없다면, 이런 작가의 태도는 참으로 훌륭한 문학자다운 태도라 아니할 수 없다.

13. 높임말 토씨 '-께서'를 어떻게 썼나

❦

우리 말에서 높임말 토씨 '-께서'가 있는데, 이 말은 아주 특별한 경우에만 쓴다. 그리고 주로 어른들이 쓰는 말로 되어 있다.

'할아버지께서 살아 계셨을 때……'라든가, 편지글에서 안부를 물으면서 '아버님께서도 평안하신지……' 하고 쓸 때다. 말하자면 특별한 예의를 갖추어서 말할 경우에만 '-께서'를 쓰는 것이다.

성경에는 '하느님'과 '예수'에 '-께서'를 붙였다.

"한 처음에 하느님께서 하늘과 땅을 지어 내셨다."(《창세기》 첫머리)

"예수께서 배를 타고 건너편으로 다시 가시자……."(《마르코복음》 5장 21절)

이렇게 말이다.

이 '-께서'를 아무데나 마구 붙여 써서는 안 되는 까닭이 몇 가지 있다.

첫째는, 우리가 실제로 말을 할 때 이 '-께서'란 토를 거의 쓰지 않는다. 앞에 말한 것처럼 특별히 예의를 갖추어서 말할 때만 쓰는 것이다.

둘째는, 이 '-께서'를 높임말이라고 해서 아무데나 자꾸 붙이게 되면 말이 아주 어설프게 된다. 그래서 우리 말의 아름다움을 아주 깨뜨려 버리게 되는 것이다.

셋째, 지난날 우리 시인이나 소설가들도 이 '-께서'를 함부로 쓰지 않았다. 우리 말이 그렇게 되어 있으니까 당연한 것이다.

그런데 지금 우리 아이들이 쓴 글을 보면 '아버지' '어머니'에는 말할 것도 없고 심지어 '아빠'라 하면서도 '-께서'를 꼭꼭 붙여 놓았다. 이래서 아이들의 글이 그만 아주 어설프고, 재미가 없고, 억지로 만들어 낸 듯한 글이 되어 버렸다. 실제로 하는 말로 쓰지 않았으니 이렇게 될 수밖에 없다.

아이들의 글이 이렇게 된 것은 교과서 때문이다. 국어 교과서를 보면 '아버지' '어머니' '할아버지' '할머니' 다음에는 반드시 '-께서'가 붙었다. 국어 교과서에 제대로 쓴 문학작품을 싣지 않고 아이들에게 높임말을 가르친다고 일부러 글을 이렇게 쓰게 해서 교과서를 만들어 아이들에게 가르치고 있으니, 이래서 국어 교육이 우리 말을 망치는 교육이 되어 있는 것이다. 더구나 우리 교육이 교과서만을 달달 외어서 시험을 치는 것으로 되어 있으니 아이들이 쓰는 글이 이렇게 되지 않을 수 없다. 이대로 가다가는 철없는 동화작가들이 또 교과서 따라 아이들 따라 '엄마께서' '아빠께서' 하고 쓰게 될 것 같아 걱정된다. 어렸을 때부터 이런 교과서로만 글을 배우고 말을 배워서 자라나 어른이 되어 글을 쓴다고 할 때, 그렇게 배운 말과 글의 영향에서 과연 얼마나 벗어날 수 있을 것인가?

그런데 이 점에서도 이 동화집 《너하고 안 놀아》는 훌륭한 글쓰기의 본을 보여 주고 있다. '어머니'란 말이 많이 나오는데 그 어디에도 '-께서'를 붙이지는 않았으니 말이다. '-께서'를 붙인다고 해서 높여 주는 마음이 나타나는 것이 결코 아니다. 도리어 반대다. '어머니' '아버지'에다 '-께서'를 붙여 놓으면 그 말을 마지못해 쓴 것 같고, 일부러 쓴 것처럼 느껴진다. 그런데 '-께서'를 안 붙이면 더 다정하고 친근하게 느껴지고, 진정으로 쓴 말로 받아들인다.

〔이 '-께서'란 토씨에 대한 좀 더 자세한 살핌은《우리글 바로쓰기 ③》(276 ~295쪽)에 실어 놓았기에 참고하시기 바람.〕

14. 작품 〈우정〉에 나타난 문제점

❋

이 동화집에 들어 있는 〈우정〉이란 작품에는 그냥 놓쳐 버릴 수 없는 문제가 몇 가지 있기에 그것을 생각해 보려고 한다. 먼저, 이 이야기의 줄거리가 이렇다. 영이·노마·똘똘이, 세 아이가 산으로 나물을 캐러 간다. 그런데 영이는 나물을 많이 캘 생각으로 바구니를 가지고 가지만, 노마와 똘똘이는 맨손으로 따라간다. 두 아이는 남자니까 영이를 지켜 주려고 가는 것이다.

산에 가서 나물을 캐면서 다니는데, 나이 좀 어린 똘똘이가 가파른 언덕을 올라가다가 그만 미끄러져서 다쳤다. 그래서 영이는 똘똘이 무릎을 처매어 주고, 노마는 업어 주려고 하지만 똘똘이는 괜찮다면서 씩씩하게 걸어간다. 이래서 세 아이는 더욱 가까워진 사이가 되었다는 것이다.

여기서 우선 무엇보다도 먼저 찜찜한 느낌이 드는 것은 노마와 똘똘이가 영이를 보호해 주려고 산에 갔다는 것이다.

도대체 남자가 되어서 산으로 나물을 캐러 가는 것도 없는 일입니다. 하지만 동무 영이가 혼자서 산을 가기가 허전해 보호를 청하는 데는 더욱이 남자가 되어서 거절을 하는 수는 없습니다. 물론 노마하고 똘똘이는 쾌히 승낙을 하였습니다.

모두 마음이 기쁩니다. 영이는 노마하고 똘똘이가 자기를 위해서 산엘 가 주는 데 감사하며 무한 기쁩니다. 또 노마하고 똘똘이는 영이가 자기에게 보호를 청한 데 무한 만족해합니다.

노마하고 똘똘이는 영이보다 앞을 서서 활개를 치며 아주 활발한 걸음으로 발을 구르고 갑니다. 자기가 영이의 보호자인 것을 똑똑하게 하기 위해선가 봅니다.

노마하고 똘똘이는 영이를 보호해 주는 외에 영이를 위해서 나물이 있는 곳을 가르쳐 주고 또 자기도 캐고 하는 수고를 아끼지 않습니다.

이와 같이 노마와 똘똘이는 영이를 지켜 주는 보호자가 되어 있다. 영이가 이렇게 보호해 달라고 '청한' 것이고, 두 아이는 그 요청을 반갑게 받아들였다는 것이다. 산에 혼자 가기가 쓸쓸해서 같이 놀러 가자고 하고, 그래서 같이 가서 꽃도 꺾고 산나물도 캐거나 뜯고 하면서 재미있게 놀았다면 얼마든지 있을 수 있는 일이다. 그런데 산에 나물을 캐러 가는데 무슨 보호가 필요한가? 여자아이는 남자아이한테 보호해 달라고 하고 남자아이는 여자아이를 보호해 주는 것을 자랑스럽고 영광스럽게 여기고—이것이 학교에도 들어가지 않은 유년기의 어린이들이 한 행동으로 되어 있으니 아무리 좋게 본다고 해도 고개를 갸우뚱거리지 않을 수 없다.

어떤 재난이 일어났을 때 힘이 약한 부녀자나 노인들을 힘센 장정들이 보호하거나 도와주는 일은 어느 사회에서도 있을 수 있는 좋은 일이다. 그런데 아주 어린 아이들이 남자와 여자로 나누어져서 계집애는 사내아이의 보호를 받고 싶어 하고, 사내아이는 계집애를 보호해 주는 것을 당연하게 여긴다는 것은 있을 수 없는 일이다. 이것은 어린아이들을 너무 일찍 어른으로 만들어 버린 것이고, 이 작가가 같은 동화집에서 쓴 다른 모든 작품 속에 나오는 같은 아이들의 모습과도 아주 어긋나는 엉뚱한 모습이다. 여자아이고 남자아이고 조금도 다름없이, 티 하나 묻지 않고 순진하게 함께 뛰놀면서 자라나던 이 아이들이 어째서 이렇게 갑자기 유럽 중세기의 기사도 정신을 나타내는 기사가 되어 버렸는가.

다음 또 하나는, 나물을 캐러 갔다는 이야기가 제대로 되어 있지 않다. 이른 봄인가 한봄인가 모르지만, 어느 때든지 산으로 나물을 캐러 가는 일은 아주 썩 드물다. 캐는 나물은 들로 가서 캔다. 산나물은 우리나라 경기도나 충청도일 경우 5월도 중순이 되어서야 뜯으러 간다. 캐는 것이 아니고 뜯거나 꺾거나 칼로 도려낸다. 그래서 산나물을 하러 갈 때는 호미를 가져가지 않고 칼을 가져 간다. 캐는 것은 도라지와 잔대와 더덕인데, 이때는 보통 괭이를 가지고 간다. 따라서 '산나물 하러 간다'든지, '산나무 뜯으러 간다'든지, '고사리 꺾으러 간다'고 말하고, '도라지 캐러 간다'고 하는 것이다.

그런데 이 동화를 보면 산으로 나물을 캐러 갔다고 해 놓았고, 영이가 바구니를 가져갔다고 했을 뿐, 어떤 나물을 무엇으로 캤는지 조금도 쓰지 않았다. 호미를 가져갔다는 말도 없다. 더구나 노마와 똘똘이는 빈손으로 따라갔는데, "노마하고 똘똘이는 영이를 보호해 주는 외에 영이를 위해서 나물이 있는 곳을 가르쳐 주고 또 자기도 캐고 하는 수고를 아끼지 않습니다"고 했다. 호미도 없이 빈손으로 무슨 나물을 무슨 재주로 캤단 말인가?

이 작가가 농촌 사정을 도무지 모르고 있다는 것은 "그러나 노마하고 똘똘이는 남자니까 치마도 바구니도 안 가졌습니다. 도대체 남자가 되어서 산으로 나물을 캐러 가는 것도 없는 일입니다"고 한 말에도 잘 나타난다. 산으로 나물을 '캐러' 가는 일은 없지만 '나물을 하러' '고사리를 꺾으러' 산으로 가는 일은 많이 있고, 이럴 때는 계집애고 사내아이고 조금도 다름이 없이 간다. 계집애는 나물 하러 산에 가지만 사내아이는 나물 하러 산에 가지 않는다는 것은 있을 수 없는 일이다. 적어도 내가 겪어서 알고 있는 어린 시절은 그러했다. 오히려 산에 자주 가기로는 남자아이들 쪽이다. 나물뿐 아니고 땔나무를 하러 산에 가기도 했으니까 말이다.

그리고 또, 이렇게 '남자가 되어 산으로 나물을 캐러 가는 일도 없는' 두 아이라고 해 놓고서 어떻게 무슨 산나물을 그렇게 잘 알고 있는지 '영이를 위해 나물이 있는 곳을 가르쳐' 주었다는 것도 너무 제멋대로 써 버린 말이 되었다고 아니할 수 없다.

이 작품은 체험의 바탕이 없이 관념으로 생활 이야기를 쓰다 보니 이런 잘못을 저지르게 되었다. 관념에서 만든 이야기가 되어서 다른 작품보다 오염된 한자말이 더 많은 것도 당연하다 하겠다.

15. 아이들과 문학을 살리는 길(맺는말)

✤

맺는말을 짧게 적어 본다. 이 유년동화집에서 보게 되는 작가 현덕은 일제시대에 많은 작가들이 그랬던 것처럼 아이들을 장난감으로 보고 즐기는 함정에 빠지지 않았고, 아이들을 어른들의 생각을 나타내는 수단으로 삼지도 않았다. 어디까지나 아이들을 글쓰기의 주체로 목표로 삼았고, 아이들을 겨레의 중심으로 희망으로 보았다. 이러한 참으로 깨끗하고 올바른 작가정신을 가졌기에 그의 남다른 글쓰기 재주는 거의 비뚤어지지 않고 이와 같은 어린아이들에게 주는 이야기에서 뛰어나게 살아났던 것이다.

이 작가의 글쓰기 재주는 무엇보다도 아이들에 대한 깊은 이해와 애정에서 싹이 트고 자라나 꽃으로 피어났다. 그 아이들 가운데서도 가난하게 살아가는 아이들에 대한 사랑이 지극했다. 그것은 이 작가 자신이 너무 가난하게 자라났기 때문이다. 그리고 이것은 분명 하늘이 그에게 준 은혜였다. 대체 어려서 가난을 맛보지 않은 사람이 어떻게 가난하게 살아가는 사람들의 삶과 그 정서를 이해할 수 있겠는가? 우리 겨레의 삶과 마음을 제 것으로 삼을 수 있겠는가?

이래서 현덕은 아이들의 말을 할 줄 알았고, 아이들의 몸짓을 할 줄 알았다. 아이들의 이야기를 찾아낼 줄 알았고, 아이들 이야기를 지어낼 줄 알았다. 나는 이 작가를 본 적도 없고, 어떻게 살아갔는지 자세한 것

을 모르지만, 아마 틀림없이 어린아이처럼 순진한 얼굴을 하고 어린아
이처럼 살아갔으리라 믿는다.

그런데 다만 한 가지, 농촌 생활을 해 보지 못한 것이 유년동화를 쓴
이 작가로서는 큰 손실이 되었다. 도시에서 자라나는 아이들의 이야기
를 썼다는 것은, 그런 작품을 찾아보기 힘든 형편에서 더구나 요즘 아
이들에게 잘 전달이 되어 다행스럽고 좋은 점도 있다. 그러나 아이들의
이야기를 좀 더 큰 폭으로 넓혀 가지 못하고, 또한 말솜씨에 너무 취해
서 거기에 기대다 보니 비슷한 이야기를 더러 쓰는 안이한 태도도 느껴
진다. 체험이 모자라는 데서 오는 관념성도 조금은 나타나고, 한 해 동
안에 너무 많은 작품을 썼다는 생각도 든다. 하지만 이 모든 불완전함
을 얼마든지 바로잡아서 더욱 빛나는 작품을 쓰게 될 그 젊은 나이에
이 작가는 그만 겨레와 국토의 분단이라는 비극을 맞아 우리 앞에서 그
모습을 감추고 말았던 것이다.

현덕의 동화를 읽고 무엇을 깨닫고 무엇을 얻어 내어야 하나? 나는
이 작가가 다음 세 가지 과제를 우리에게 남겨 놓았다고 본다.

첫째는, 잘못된 공부라는 짐에 짓눌려 그 몸과 마음이 일그러질 대
로 일그러진 아이들을 어떻게 살릴 것인가? 곧 아이들에게 삶을 어떻
게 돌려줄 수 있겠는가?

둘째, 우리 아이들은 지금 저급한 오락물과 서양 아이들이나 읽어야
할 작품만을 읽고 있다. 우리 아이들이 우리 겨레가 되게 하는 문학을
어떻게 해서라도 창조해야 하는 것이다. 이 일을 어떻게 할 것인가?

셋째, 아이들에게 바르고 깨끗한 우리 말을 어떻게 이어줄 수 있겠
는가?

이러한 물음에 대한 대답을, 충분하지는 못하지만 나는 이 글에서

어느 정도 해 놓았다고 생각한다.

제 5 장

동요를 살리는 길

─이원수 동요 세계를 훑어보면서

1. 아이들의 입에서 저절로 터져 나왔던 노래

✤

　지금 동요라고 해서 아이들이 부르는 노래는 어른들이 말을 짓고 가
락을 붙여서 부르게 하는 것이다. 그런데 본래는 아이들이 스스로 지어
서 부르는 말이요 노래였고, '동요'니 '동시'니 하는 따위 말도 쓰지 않
았다. 아이들이 산과 들에서, 골목이나 방이나 마당에서 뛰놀면서(일하
면서) 즐거워 소리치는 말, 저절로 터져 나오는 소리, 중얼거림, 노래
……. 이런 것을 오늘날 글을 쓰는 사람들이 동요라고 한 것이다.
　내가 어렸을 때 불렀던 이런 소리(동요)를 몇 가지 적어 본다.

> 앞산아 땡겨라
> 뒷산아 밀어라
> 오금아 힘내라
> 으응, 이엿차!

　소꼴이나 나뭇짐 지게를 지고 일어설 때 지게 작대기를 잡고 용을
쓰면서 하는 소리다. 무거운 짐은 지게를 지고 일어설 때 가장 힘이 든
다. 그러나 앞산이 당겨 주고 뒷산이 밀어 준다. 오금아, 힘써라! 얼마
나 재미있고 멋있는 말인가. 일과 놀이 속에서 저절로 터져 나온 노래
라 하겠다.

해야 해야
김칫국에 밥 말아 먹고
북 치고 나오너라

여름날 소나 염소를 먹이면서 냇가에서 놀 때, 또는 물에서 고기를 잡거나 목욕을 하고 나왔을 때, 갑자기 해가 구름 속에 들어가는 수가 흔히 있다. 그러면 아이들은 해가 저들과 같이 놀다가 배가 고파서 참 먹으러 갔다고 생각한다. 그래서 이런 소리를 해서 해가 나오라고 부르는 것이다. 사실은 아이들도 배가 고프니까 이런 말이 나왔겠다. '김칫국에 밥 말아 먹고' 얼마나 먹고 싶었을까? '북 치고'를 '머리 빗고 장구 치고'라고도 하는데, 해가 짐을 구름 속에 들어갔다가 눈부신 빛살을 내뿜으면서 나오는 기쁨을 잘 나타낸 말이다.

바람아 바람아 불어라
대추야 대추야 널쩌라
아이야 아이야 주워라
할배요 할매요 맛보소
송아지야 송아지야 울어라

가을날 파란 하늘 위에 가지가 축 휘어지도록 오롱조롱 새빨갛게 익은 대추를 눈부시게 쳐다보면서 아이들은 그 꿀같이 단 대추를 따먹고 싶지만 딸 수가 없다. 다만 바람이 불어서 대추가 떨어지기를 기다릴 뿐이다. 바람에 떨어지는 대추는 누구네 집 대추든지 마음대로 주워 먹을 수 있으니까. 그래서 '바람아 바람아 불어라' 하는 것이다. 바람이 불면 이웃집 할아버지와 할머니도 대추를 주우러 지팡이 짚고 나오신다. 그러나 재빠른 아이들이 다 줍는다. 아이들은 주운 대추를 할배와 할매한테 먼저 드린다. 얼마나 아름다운 그림인가. 바람은 자꾸 불어서 아이들 주머니에 대추가 한가득 차고, 그래도 대추 주워 먹는 재미에 송아지 몰고 풀 뜯기러 가는 것도 잊었으니, 고삐 매인 송아지는 자꾸 울 수밖에 없다.

> 뿌우 뿌우 자동차가
> 영천읍내 성꺼러서니까
> 되지 못할 이원석이
> 찔락거린다.

내가 어린 시절을 보낸 고향에서 영천읍까지는 백 리 가까운 길이었는데, 신작로가 나 있었다. 우리는 이런 노래를 부르면서도 이원석이란 사람이 어떤 사람인지 몰랐다. 아무튼 건방지고 고약한 사람이란 생각만 했다. 그런데 나중에 어른이 되어 어느 책을 보았더니, 그가 아주 소문난 친일파로 못된 짓을 많이 한 사람이었다.

지금까지, 그 옛날에 부르던 아이들 노래 가운데서 철마다 한 편씩―모두 네 편을 들어 보았다. 아무튼 아이들이 스스로 불렀던 그 옛날의 동요는 이와 같이 깨끗하고 아름다운 자연과 하나가 된 삶 속에서 저절로 터져 나온 노래였고, 이런 노래를 부르면서 아이들은 자라났던 것이다.

2. 어른들이 지어 준 노랫말과 가락

❦

그런데, 서양에서 문학이란 것이 일본을 거쳐 들어오게 되자 어른들은 아이들의 노래를 동요라고 해서 지어 주게 되었고, 아이들은 어른들이 지어 놓은 동요를 글로 읽기도 하고, 붙여 놓은 가락을 따라 부르기도 했다. 아이들은 자연 속에서 뛰놀고 일하던 그 삶을 빼앗기고, 방 안에 갇혀서 어른들이 지어 준 글만 읽고, 어른들이 가르쳐 주는 노래만 따라 부르게 되었다. 여기서 문제가 되는 것은 아이들이 그들의 삶을 잃어버렸다는 것이고, 그 아이들에게 주는 동요란 것이 삶을 떠난 어른들의 머릿속에서 나왔다는 것이다.

내가 어렸을 때 배웠던 동요 이야기다. 학교에서는 일본의 동요나 군가를 배웠으니 이야깃거리조차 안 되고, 마을의 야학이나 교회에서 우리 어른들이 지어 준 동요를 배웠다. 그 가운데서 모두 잘 알고 있는 몇 가지만 들어 본다.

아버지는 나귀 타고 장에 가시고
할머니는 건너 마을 아저씨 댁에
고추 먹고 맴맴
담배 먹고 맴맴

이 노래를 지었던 1930년대 초에 나귀를 타고 장에 가는 사람이 있었던가? 없었다. 나는 그런 사람을 본 적이 없고, 경상도 산골뿐 아니라, 나이 많은 분들한테 물어 보았더니 충청도에도 경기도에도 없었다. 후렴에 나오는 '고추 먹고 맴맴'도 문제다. 이 동요 제목이 본래는 〈집 보는 아기 노래〉다. 집을 보는 아이라면 나이가 열 살 가까이 됐을 것이다. 그런 아이가 매워서 먹지도 못할 고추를 일부러 먹고는 맴맴 한다는 것이 아무래도 머리로 재미있는 말을 만들어 낸 노래가 되었다. 3절에서 아버지가 옷감을 떠서 나귀에 싣고 온다고 했다. 시골 농사꾼이 날마다 산과 들에서 땀 흘리며 일하는 것은 동요로 쓸 줄 모르고, 어째서 평생을 가야 겨우 몇 번쯤 있을까 말까 하는 아들딸 혼례 때나 하게 되는 옷감 떠 오는 이야기를 썼는가? 이런 것이라야 동요가 된다고 생각한 것은 분명히 민족의 삶을 등진 문학이 걸어간 잘못된 길이었다. 내가 어렸을 때 그래도 가장 재미있다고 즐겨 불렀던 노래가 이런 정도였으니 우리 아동문학이 얼마나 제 노릇을 하지 못했는가를 알 수 있다.

뜸북뜸북 뜸북새 논에서 울고
뻐국뻐국 뻐국새 숲에서 울 제
우리 오빠 말 타고 서울 가시면
비단 구두 사 가지고 오신다더니

〈오빠 생각〉이란 동요의 첫 절이다. 노랫말이 7·5조로 되어 있지만 가락이 우리 것이고, 더구나 슬픈 느낌이 나타나서 아이들이 모두 이 노래를 부르기 좋아했다. 그런데 오빠가 말을 타고 서울로 가? 언제던가 나는 이원수 선생한테 물어 본 적이 있다.(이 노랫말을 지은 최순애 씨는 이원수 선생의 부인이다.) "선생님, 그때 말을 타고 서울 가고 했습니까?" 선생님은 웃으시며 말했다. "그런 일 없었어!" '비단 구두'는 또 뭔가? 서양사람들이 쓴 옛이야기에나 나올 법한 것 아닌가.

> 쉿쉿쉬 쉿쉿쉬 고기를 몰아서
> 어여쁜 이 병에 가득히 차면
> 선생님한테로 가지고 간다야
> 랄랄랄라 랄랄랄라 굿빠이(사요나라)

이것은 '고기를 잡으러 바다로 갈 거나'로 시작하는 〈고기잡이〉 노래의 2절이다. 첫머리에 나오는 시늉소리가 재미있어서 아주 신나게 불렀다. 그런데 고기를 손으로 한두 마리 잡는 것이 아니고 쉿쉿쉬 쉿쉿쉬 하고 몰아서 잡았다면 반도나 그물, 아니면 적어도 고기잡이 소쿠리쯤은 가지고 가서 고기를 건져 올렸을 것이고, 그렇게 잡은 고기는, 큰 다래끼나 적어도 종다래끼만은 고기를 담는 그릇으로 가져가야 했을 것이다. 그런데, 그렇게 잡은 많은 고기를 병에다가 넣어? 그때는 기껏해야 사이다 병이었다. 그런 병에 고기를 몇 마리 넣겠는가? 한두 마리만 넣어도 집에 갈 동안에 다 죽는다. 그걸 선생님한테 선물이라고 가져가? 이 노랫말은 고기를 한 번도 잡아 보지 않은 사람이 지은 것이 틀림없다.

내가 어렸을 때 가장 널리 불렀던 노래가 이런 것이었으니 어른들이 지어준 동요가 아이들의 정서와 삶을 얼마나 잘못 이끌어 왔는가를 이만하면 짐작할 것이다. 그리고, 이렇게 잘못 나가게 된 동요가 저지르게 된 더욱 한심한 사태는 그 뒤로 벌어지게 되었다. 일본제국에서 해방이 되어 나라를 도로 찾아 모든 아이들이 학교에 다니게 되었을 때부터는 온 국민이 이런 삶을 떠난 노래, 삶을 비뚤어지게 보고 엉터리로 지어낸 노래, 일하면서 살아가는 이웃과 겨레를 멸시하고, 그런 자신을 부끄럽게 여기도록 하는 노래로 자라났으니 말이다.

3. 이원수 동요의 사실성

✤

거의 모든 동요시인들이 겨레의 삶과 아이들의 현실을 등지고 방 안에서 읽은 글 속에 갇혀 머리로 고운 말만 꾸며 만들어 내어서 아이들에게 읽히고 노래 부르게 하였다. 그리하여 우리 어린이들의 참된 삶과 노래의 전통이 거의 끊어지다시피 되었지만, 그런 가운데서도 다행히 아이들의 삶에 가까이 다가가서 그들의 눈이 되고 귀가 되고 입이 되어 준 동요시인이 있었다. 권태응과 이원수 두 사람이다. 농촌 동요시인 권태응에 대해서는 다른 자리에서 말하기로 하고, 여기서는 이원수 선생의 작품을 얘기하고 싶다. 권태응의 작품은 농촌 아이들의 삶에 남다른 애정과 관심을 가지고 그 아이들의 세계를 놀랄 만큼 아름답고 정확하게 나타내었지만, 이원수의 작품에는 농촌과 함께 도시와 도시 근처에 살고 있는 아이들의 세계를 동요로 지어 보였다. 그래서 오늘날 농촌이 다 허물어져 없어진 때에는 권태응의 동요를 우리 아이들이 제대로 받아들이지 못하고 낯설어 하게도 되었지만, 이원수의 동요 동시는 아이들이 제 것으로 느끼고 즐겨 받아들이게 되어 있어서 그나마 다행이라 하겠다. 더구나 이원수 동요 시에는, 그 55년 동안의 동요 창작 생활에서 몇 가지 흐름이 있는 가운데, 무엇보다도 우리 겨레의 운명과 삶에 문학의 뿌리를 두면서 가난하게 살아가는 농촌 아이들과 도시 서민층 아이들의 세계를 사실성 있게 그려 보이면서 그들의 소리를 대신해 나타내었다는 점이 가장 두드러진 특색으로 되어 있다.

그러면 이원수 선생의 작품을 대강 훑어보기로 하겠다. 이제는 우리 모두가 민요처럼 애국가처럼 부르게 된 〈고향의 봄〉으로 시작한 선생의 창작동요는, 우리 겨레가 일본제국의 식민지로 살았던 그 어둡고 숨막혔던 시절에 헐벗고 굶주리고 외로워하는 얼마나 많은 아이들을 손잡아 주고 끌어안아 주고 눈물을 닦아 주었던가. 〈기차〉, 〈헌 모자〉, 〈가시는 누나〉, 〈일본 가는 소년〉, 〈찔레꽃〉, 〈잘 가거라〉, 〈그네〉, 〈그림자〉, 〈보리방아 찧으며〉, 〈교문 밖에서〉, 〈눈 오는 밤에〉, 〈이삿길〉, 〈벌레 소리〉, 〈두부장수〉, 〈나무 간 언니〉, 〈자전거〉, 〈아카시아꽃〉, 〈보오야 넨네요〉, 〈양말 사러 가는 길〉, 〈앉은뱅이꽃〉, 〈가엾은 별〉, 〈군밤〉, 〈개나리꽃〉……. 1920년대 마지막부터 일본제국이 패망할 때까지 선생이 온 열정을 쏟아서 쓴 이 모든 작품들은, 우리 겨레의 수난을 아이들의 목소리로 증언한 생생한 기록이다. 여기에는 농촌에서 먹을 것이 없어 도시의 공장으로 팔려 가는 누나가 있고, 북간도로 또는 일본으로 살길을 찾아 온 식구가 떠나는 비극의 현장이 있고, 어디로 갔는지 알 수 없는 아버지를 기다리고 언니를 기다리며 고달픈 나날을 살아가는 아이들이 있고, 보국대라는 징용에 끌려간 아버지를 기다리는 아이가 나오고, 월사금을 못 내어 학교를 그만두고 어디로 가버린 아이가 나온다. 일본에 빌붙어 거짓 글을 쓰고 겨레를 팔아먹는 반역의 시를 지어 제 뱃속만 채우는 문인들이 수두룩하던 그 시절에, 갈 바를 몰라하는 아이들을 붙들고 그들을 대신해서 울어 주고 아파해 준 이 노래들은 우리 아이들에게 얼마나 큰 힘이 되고 빛이 되어 주었던가!

그러다가 일본제국은 그 마지막이 다 되어 발악을 하면서 우리 겨레의 생명인 글과 말까지 못 쓰게 하여 아주 죽어버린 암흑의 천지가 되었을 때, 선생은 그만 거의 입을 다물고 붓을 버렸다. 바로 해방이 되던 그해 봄에 쓴 〈개나리꽃〉이 있는데, 이 작품은 아마도 우리 문학사에서 우리 겨레가 그 혹독한 서리를 맞았던 때에도 살아 있음을 보여 준 보기 드문 빛나는 작품이라 하겠다.

개나리꽃 들여다보면 눈이 부시네.
노란 빛이 햇빛처럼 눈이 부시네.
잔등이 후꾼후꾼, 땀이 배인다.
아가 아가 내려라, 꽃 따다 주께.

아빠가 가실 적엔 눈이 왔는데
보국대, 보국대, 언제 마치나.

오늘은 오시는가 기다리면서
정거장 울타리의 꽃만 꺾었다.

4. 해방 후의 작품들

✤

　8·15 해방이 되자 선생의 동요는 다시 봇물 터지듯 터져 나왔다. 그러나 선생의 동요에서는 그 당시 동요시인들이 유행처럼 쓰던 해방의 기쁨을 노래한 작품은 거의 없다. 아이들은 또다시 굶주렸고, 학교를 그만두고 거리에 나가 껌을 팔고 양담배를 팔았다. 백성들을 억누르면서 권력을 잡으려는 세력에 맞서서 싸우는 부모들과 함께 고난을 당하는 아이들, 좋은 세상 오기를 기다리며 온갖 어려움을 참고 견디는 아이들의 삶이 선생의 동요 세계가 되었다. 〈너를 부른다〉, 〈부르는 소리〉, 〈송화 날리는 날〉, 〈밤중에〉, 〈토마토〉, 〈들불〉과 같은 명편을 비롯해서, 〈버들피리〉, 〈저녁〉, 〈해바라기〉, 〈가을 밤〉, 〈첫눈〉, 〈오끼나와의 어린이들〉, 〈빗속에서 먹는 점심〉, 〈어린이날이 돌아온다〉, 〈달밤〉, 〈민들레〉, 〈바람에게〉와 같은, 우리 아이들의 삶과 정서를 사랑에 넘치는 눈으로 정직하게 잡아 보인 수많은 작품이 이때에 나왔다.

　그러다가 6·25라는 참담한 전쟁이 터졌다. 이때부터 반공의 소용돌이 속에서 가난한 아이들의 삶과 마음을 글로 제대로 쓸 수가 없는 얼어붙은 세상이 되었다. 끔찍한 전쟁의 재난과 불온사상몰이의 함정에서 겨우 벗어나 글을 쓰게 되었을 때, 선생의 동요는 자연의 세계로 그 중심 무대가 옮겨 갔다. 자연의 참모습과 그 아름다움을 노래한 동요·동시는 가난한 삶의 아름다움과 참됨을 노래한 작품과 함께 선생의

55년 시 창작 생활에서 처음부터 끝까지 한결같이 볼 수 있는 터이지만, 유달리 이때부터 두드러지게 나타나는 것이다. 작품 쓰기가 자유롭지 못했던 탓도 있었겠지만, 한편 참혹한 전쟁을 겪으면서 그 마음이 황폐해지고 자연을 잃어버린 아이들에게 사람다운 심성을 심어 주고 싶었던 것이라 본다. 많은 사람들에게 애송되는 〈포플러 잎새〉라든가, 가락이 붙여져서 애창되는 〈겨울나무〉, 〈새 눈〉을 비롯해서 〈솔방울〉, 〈햇볕〉과 같은 작품들이 1950년대에 씌어졌다. 이런 작품들에는 아름다운 자연의 발견과 함께, 자연이란 글감으로 사람의 삶과 마음을 나타내면서 자연과 사람이 하나가 되어 있는 높은 마음의 세계를 보여 주고 있는데, 이러한 시 세계는 그 뒤로 더욱 깊어지고 넓어져 갔던 것이다.

그러다가 4·19가 왔다. 독재의 높은 성이 무너졌을 때, 아동문학인으로서는 오직 한 사람으로 선생은 〈아우의 노래〉와 같은 작품을 써서 혁명을 찬양하고 아이들에게 민주주의를 가르치려고 했다. '개나리 꽃봉오리 피는 것은'이란 격렬한 목소리도, 선생의 몸속에 오랫동안 잠재해 있었던 것인 듯, 이때 터져 나왔다. 그리고 농촌에서 일하면서 살아가는 아이들에게 눈길을 돌려 〈씨감자〉, 〈순희 사는 동네〉, 〈비 오는 밤에〉, 〈산에서〉, 〈산동네 아이들〉, 〈우리 어머니〉와 같은 작품을 썼다. 선생은 청년 시절부터 도시에서 살았지만, 언제나 농촌에서 일하면서 가난하게 살아가는 아이들을 잊지 못했고, 그 아이들을 가엾게 여기면서 위로하고 격려하고 용기를 주고 싶어 했다. 그러한 생각을 나타낸 작품이 많다고는 할 수 없지만 선생의 시 세계에 분명히 한 흐름을 이루었고, 가끔 이렇게 여러 작품이 쏟아져 나왔던 것인데, 마지막 병상에 누웠을 때도 바로 임종 전까지 쓴 작품들이 농촌의 자연과 일하는 현장의 풍경이었다. 1970년 이후에는 동화와 소설 쓰기에 시간을 빼앗겨 어쩌다가 드문드문 발표했지만, 〈쑥〉, 〈겨울 보리〉 같은 작품만 보아도 선생이 농촌의 삶과 농촌 아이들의 마음을 얼마나 깊이 이해하고 있는가를 알 수 있다.

5. 마지막 병상에서 남긴 작품들

✤

이원수 선생은 1979년 초겨울에 구강암으로 병원에서 수술을 하고 나서 1981년 1월에 세상을 떠날 때까지 1년 2개월 동안 온갖 끔찍한 수술과 치료를 받는 고통을 참고 병마와 싸우면서도 누워서 10편쯤 되는 시를 썼다. 그중 몇 편을 다음에 들어 본다.

빨간 장갑

1
하늘에서 펄펄
하얀 눈이 내려요.
두 팔을 쳐들고
빨간 장갑 낀 손으로
하얀 눈을 받아요.

2
하느님, 눈송이를
제게 많이 내려 줘요.
빨간 손을 보셔요.

우리 엄마가 짜 주신
예쁜 장갑이어요.

전집에 보면 이 작품이 어느 유아 잡지에 발표된 것이라 밝혀 놓았
는데, 1월호였는지 12월호였는지 모르지만 1980년이라 적혀 있으니
병상에서 쓴 것이 분명하다. 읽으면 저절로 웃음이 나오는 이 작품을
그 누가 죽음을 바로 눈앞에 두고 고통스러워하는 사람이 쓴 것이라 생
각하겠는가? 선생은 평생을 어린이 같은 깨끗한 마음으로 살고 싶어
했지만, 죽음의 문턱 바로 한 발짝 앞에서 정말 아기가 된 것이었구나
싶다.

대낮의 소리

대낮에 온 세상이 잠이 들었네.
바람 한 점 없네.
논의 물도 죽은 듯 누워만 있네.

먼 먼 산에서
뻐꾸기 혼자
뻐꾹뻐꾹, 그 소리뿐이네.

더운 김 푹 푹 찌는 벼논 한가운데
땀에 젖은 작업복 등만 보이며
혼자서 허리 굽혀 논 매는 아버지

발자국 옮길 때마다 나는
찰부락 찰부락
물소리뿐이네.

도시락 쳐들고
아버지를 불러도
흘긋 한 번 돌아보고 논만 매시네.

뻐꾹뻐꾹
먼 먼 산에서 뻐꾸기만 우네.
일하는 아버지의
물소리만 들리네.

　한 번 죽었다가 깨어난 사람들이 그렇게 죽었던 순간에 겪었다는 이야기에서 공통되는 것은, 저승에 가는 길에서 이 세상에 살아 있을 적에 가장 가까이 지냈던 사람 가운데서 먼저 간 사람을 만나게 된다는 것이라고, 어느 학자의 조사 보고가 있었다. 만약 그렇다면 사람이 죽기 전에 그 죽음을 앞에 두게 되었을 때도 누구나 먼저 세상을 떠나서 언제나 그리워하면서 만나고 싶었던 아버지나 어머니, 또는 아내나 남편이나 형제자매를 눈앞에 그리게 되는 것이 아닐까? 그래서 이원수 선생도 이렇게 아버지가 보고 싶어서 아주 어렸을 적 논 매는 아버지한테 도시락을 갖다 드린 일을 생각해 내어 이런 시를 썼을 것이다. 나는 우리 나라의 글을 쓰는 사람들이 소설이나 시나 동화를 쓰면서 농촌의 자연이나 농사 이야기를 사실 그대로 틀리지 않게 쓰는 사람을 거의 만나지 못했다. 그런데 이원수 선생의 작품은 놀랄 만큼 정확하여 그 어디에도 빈틈이 없다. 정말 큰 문학 작가의 모습이 나타나는데, 남들은 예사로 보아 넘길 것 같은 이 작품에도 결코 예사로 볼 수 없는 밝은 눈과 귀와 깨끗한 감성과 시 정신이 들어 있다고 본다. 사람이 죽음을 맞이하면 아득하게 먼 지난날로 사라졌던 그 어린 시절의 일들이 바로 눈앞에 다시 살아나 이처럼 생생하게 펼쳐져 보이는 것일까? 그렇게 정신이 맑아지는 것일까? 아무튼 놀라운 일이다.

아버지

어릴 때
내 키는 제일 작았지만
구경터 어른들 어깨 너머로
환히 들여다보았지.
아버지가 나를 안아 주었으니까.

밝고 넓은 길에선
항상 앞장세우고
어둡고 험한 데선
뒤따르게 하셨지.
무서운 것이 덤빌 땐
아버지는 나를 꼭
가슴 속, 품 속에 넣고 계셨지.

이젠 나도 자라서

기운 센 아이.

아버지를 위해선

앞에도 뒤에도 설 수 있건만

아버지는 멀리 산에만 계시네.

어쩌다 찾아오면

잔디풀, 도라지꽃

주름진 얼굴인 양, 웃는 눈인 양

'너 왔구나' 하시는 듯

아! 아버지는 정다운 무덤으로

산에만 계시네.

　이 작품은 1981년에 발표한 것으로 적혀 있으니(돌아가신 때가 1981년 1월 24일이다) 아마도 세상을 떠나시기 한두 달 전에 썼을 것이다. 여기서는 바로 아버지에 대한 친밀한 정을 어린 시절에 있었던 이야기로 써 놓았다. 이 세상에서 자기를 가장 아끼고 사랑하면서 지켜 주었던 아버지, 그 아버지를 보고 싶지만 산에서 무덤으로 계신다. 그 무덤을 찾아가 무덤 위에 핀 풀이며 꽃들을 아버지 모습으로 만난다고 했다. 저승에 가기 전에 벌써 이렇게 아버지를 만나고 있다. 어린이 마음 같은 깨끗한 시의 마음은 이와 같이 죽은 뒤의 일까지도 영감으로 느껴서 쓰게 되는 것이 아닐까.

설날의 해

설맞이한 어린이들이 나와 섰네.
나이 한 살 더 먹어 커진 아이들
질펀한 들판에, 눈 덮인 먼 산
마을엔 외양간에 쉬는 황소
광 앞에 담아 놓은 쟁기, 경운기

얼음 같은 하늘에
싸아한 바람에
은빛 비닐하우스에
엷은 눈 이불로 덮은 어린 보리 이랑에

먼 하늘 가에서 번쩍이던 해가
살며시 내려와 들여다본다.
남들이 못 보는 감춰진 세상을
혼자서 열어 보며 속삭이는 말,
"눈 속의 나물들아 잘 크느냐,
비닐 속의 나물들아 잘 자라느냐?"

그러고는
제기 차며 노는 아이들 이마빡에
알밤이라도 한 대씩 주려는 듯이
공터에서 애들 따라

함께 뜀뛰면서 번쩍거린다.

역시 1981년 한 월간지에 발표된 작품이니 앞의 작품과 같이 마지막 병상에 누워서 쓴 것이다. 이 작품에도 농촌 풍경이 나타났는데, 이 풍경은 이 시인이 유년 시절을 보냈던 그 농촌이 아니고 바로 1980년대 초의 그때 농촌 풍경이다. 어린 시절을 그 속에서 보냈던 농촌이라면 그 풍경이며 생활이 몸과 마음에 깊이 배어 있어서 오랜 세월이 흘러간 뒤에도 그것을 어느 정도 잘 되살려 낼 수 있는 것 같다. 그런데, 도시 한가운데 살면서 그다지 나가 보지도 않았던 새로운 농촌 모습을 이처럼 정확하게 그림같이 그려 보이고 있으니 그저 감탄할 수밖에 없다. 그것도 죽음을 바로 앞에 두고서 쓴 것이니 얼마나 놀라운 정신인가!

설날, 하늘에서 해님이 내려다보는 그곳엔 나이를 한 살씩 더 먹은 아이들이 나와 놀고 있다. 질펀한 들판, 눈 덮인 산, 마을에는 외양간에서 쉬는 황소, 광 앞에는 알뜰한 농사꾼들이 닦아 놓은 쟁기와 경운기 ……. 이러한 풍경화는 그 사실성도 놀랍지만 농촌과 농사꾼들에 대한 애정과 희망이 넘쳐 있다.

그 해님은 눈 속에 덮인 나물에게, 비닐 속에서 자라나는 나물에게도 따스한 웃음을 보내고 인사를 한다. 그리고 제기를 차며 노는 아이들 이마빡에 알밤이라도 한 대씩 주려는 듯이 함께 뛰놀면서 번쩍거린다는, 놀랍도록 싱싱한 묘사와 넉넉한 말솜씨를 보인다.

여기서 시인은 하늘의 해님이 되었다. 모든 것을 따스하게 비춰 주고 안아 주고 함께 뛰놀며 기뻐하는 해님, 그 해님이 된 시인!

때 묻은 눈이 눈물지을 때

동 동 동 추운 날에

기세 좋게 몰아치며 내려 쌓인 눈,

아기들 뛰노는 속에

장난치며 펄펄 쏟아져 온 눈,

깊은 밤, 등불 조용한 들창에

바스락 바스락

속삭이며 내려앉는 눈

언 땅 옷 벗은 쓸모없는 땅에

이랑마다 밀·보리 파란 잎 위에

조용히 쌓여 한 자락 이불인 양

그렇게 여린 것들 붙들고

한겨울을 지냈지.

차가운 몸으로나마

어린 싹 정성껏 안고 지낸 눈은

먼지와 낮 발자국에

때 묻은 몸으로 누워 있다가

이제 3월 여윈 볕에 눈물을 지으네.

그 눈물로 얼었던 싹, 마른 나무들은

입술을 축이고

딱딱하던 땅은 몸을 풀어 부풀어 오르네.

때 묻은 눈이 눈물로 변하고 사라져 갈 때

아, 그 어디서 솟아난 기운인가.

죽은 것만 같던 땅에

들리지 않는 환성, 보이지 않는 횃불로

봄은 온 세상을 뒤흔들고 있네.

역시 같은 1981년, 한 어린이 잡지에 발표한 작품이다. 여기서는 겨울 동안 모든 것을 안아 주다가 드디어 때가 묻고 밟히고 녹아 사라지면서 봄을 낳는 눈으로 되었다. 추운 겨울에 하늘에서 아름다운 모습으로 내리는 눈, 아이들의 즐거운 소리 속에 춤추며 내려오는 눈, 밤중에 바스락거리며 내려 쌓이는 눈, 그 눈은 얼어붙은 겨울에 옷을 벗고 서 있는 나무를 덮어 주고, 논밭에서 떨고 있는 밀과 보리 위에 쌓여 이불이 되어 준다. 그러다가 3월이 오면 눈물을 지으며 사라진다. 그 눈물로 얼었던 모든 생명들이 기운을 차리고 목말랐던 입술을 축이면서 살아난다. 땅은 부풀어 오르고 드디어 봄이 오는 것이다.

이원수 선생은 나이 70세에 세상을 떠났는데, 그중 꼭 반이 되는 35년은 일본제국의 식민지 백성으로 살았고, 나머지 반 35년은 이승만-박정희-전두환의 무지막지한 독재정권 밑에서 살았다. 그렇게 기막힌 시대를 살면서 언제나 겨레와 어린이를 생각했고 어린이 마음을 잃지 않으려고 했으니, 그 한평생이 바로 겨울을 지키다가 짓밟히고 때가 묻어 사라지면서 봄을 불러온 눈이 아니고 무엇인가.

겨울 물오리

얼음 어는 강물이

춥지도 않니?
동 동 동 떠다니는
물오리들아.

얼음장 위에서도
맨발로 노는
아장아장 물오리
귀여운 새야.

나도 이젠 찬바람
무섭지 않다.
오리들아, 이 강에서
같이 살자.

　병상에서 쓴 작품 가운데서도 맨 마지막에 쓴 것이라고 알려진 작품
이다. 드디어 시인은 얼음이 얼고 있는 강물에 놀고 있는 오리한테 말을
걸어 오리가 되었다. 사람이 죽으면 땅에 묻혀 흙이 된다. 그 흙에서 모
든 생명이 터나고 살아가는 것이니, 이 세상의 온갖 풀과 나무, 새와 짐
승과 벌레들이 사람과 한 끈으로 이어져 있는 목숨이 아니고 무엇인가.
　이 〈겨울 물오리〉는 이원수 문학 55년을 압축하고 상징해 놓았다고
볼 수 있다. 이원수 문학이 마지막에 닿은 종착역이요, 이원수의 예술
과 인간을 결산한 작품이라 하겠다. 식민지 35년과 독재정권 35년을
끝까지 버티면서 그 지조와 사람다움을 잃지 않았던 선생은, 그야말로
찬바람 부는 겨울 들판을 옷 벗은 나무처럼 홀로 서서 노래한 '겨울나

무'의 시인이었고, 어쩌다가 썼던 그 필명 '겨울 들판(동원, 冬原)' 그대로 겨울 벌판의 눈이 되고 해가 되어 모든 여린 목숨을 안아 주다가, 마지막에는 얼음 어는 강물에 노는 오리가 되어 세상을 떠난 것이다.

6. 참된 노래 지어 주기

✤

　이원수 선생은 우리 민족이 역사를 시작하고부터 가장 큰 어려움을 겪었던 일제와 국토 분단 70년의 세월을 살면서, 언제나 민족의 현실 속에서 아이들과 함께 숨 쉬며 글을 썼던 작가요 시인이었다. 왜정시대에는 일본제국에 버티면서 겨레와 어린이를 지키는 수많은 동요와 동시를 썼다. 일제의 마지막 암흑기에는 잠시 붓을 꺾었다가 해방이 되자 다시 고난을 당하는 아이들을 붙들어 주고 용기를 주는 글을 동화로 동시로 소설로 썼다. 그러다가 세상은 또다시 암흑의 천지가 되었다. 동족끼리 끔찍한 전쟁이 일어나고, 반공과 독재의 얼어붙은 세상이 되자, 불행한 겨레와 아이들의 이야기를 올바른 글로 쓸 수도 없게 되었다. 여기서 선생은 자연이라는 고향을 다시 찾아 갔다. 참혹한 전쟁으로 상처를 입고 황폐해진 아이들의 마음에 자연을 안겨 주어서 사람다움을 찾아 가지도록 했던 것이다.

　4·19혁명으로 독재정권이 쓰러지자 선생의 가슴에는 또 한 번―그러니까 세 번째로―불같은 시의 마음이 터져 나왔다. 그러나 이번에는 뜨거운 그 불길이 훨씬 더 깊고 폭 넓은 정신의 세계를 열어가게 되었다. 자연과 사람이 하나라는 사실을 온몸으로 느끼고 붙잡은 것이다. 농촌의 삶과 자연을 더욱 가까이 친밀한 정으로 대하면서, 자연 속에서 일하는 사람들의 모습을 생생하게 그려 보이려고 한 것도 사람과 자연

의 관계를 머리로 생각해서 깨달은 것이 아니라 가슴으로 느끼고 몸으로 겪어서 붙잡은 까닭이다.

이원수 문학은 동요와 동시, 동화, 소설, 동극, 수필, 평론—이렇게 모든 글의 갈래에 걸쳐 있다. 그러나 이 모든 글에서 가장 중심이 되는 것이 동요와 동시라 하겠다. 글쓰기에 바친 시간이나 발표한 글의 분량을 보면 동화나 소설이 많지만, 문학 세계를 이끌어 갔던 정신을 생각하면 아무래도 시가 그 중심이 되는 자리에 있다고 느껴진다. 15세에 처음으로 발표한 작품이 동요 〈고향의 봄〉이요, 마지막 병상에서 절필로 남긴 작품도 〈겨울 물오리〉라는 동요다. 글쓰기로 평생을 보낸 한 작가의 글에서, 그 첫 시작과 마지막 마무리가 어린아이들이 즐겨 부르도록 되어 있는 동요로 되어 있다는 사실은, 아동문학의 본질과 이원수 문학의 참 모습을 생각하는 데 뜻 있는 참고가 될 것이다.

끝으로 여기서, 그 오랜 세월에서 우리 아이들이 삶 속에서 즐기며 이어 왔던 노래(동요)의 전통을 어떻게 다시 살리고 이어받을 수 있는가를 생각하게 된다. 모든 것이 너무 낯설게 달라졌고, 자꾸 달라져 가고 있다. 이제 와서 우리 아이들을 학교라는 울 안에서 온전히 풀어 놓아 산과 들로 보낼 수는 없다. 어른들이 대신 써 주는 동요며, 작곡을 해서 부르게 하는 노래를 못하게 할 도리도 없다. 다만 이런 어쩔 수 없는 제도와 환경에서나마 아이들이 더 이상 병들지 않도록, 사람답게 자라날 수 있도록 모든 길을 찾고 힘을 기울이는 수밖에 없다. 매우 제한이 되어 있는 틀 속이지만 될 수 있는 대로 아이들에게 삶을 주고 자연을 주는 길을 모든 어른들이 연구해서 찾아내어야 할 것이다. 그리고 글을 쓰는 시인이나 작곡을 하는 음악가나 가르치는 교육자들은 무엇보다도 겨레의 현실과 어린이의 삶 속에 들어가 살아 있는 어린이의 마음과 목소리를 잡아 보여 주고 들려주어야 한다. 어린이와 함께 어린이가 되어 세상을 보고 듣고 느끼고 생각하는 길만이 동요를 살리고 어린이를 살리는 길이다. 그렇다면 그 어떤 시인의 작품보다도 이원수의 동요가 아직은 우리들이 나아가는 가장 분명한 길잡이가 될 것이라 믿는다.